네 번째 여름

.

네 번째

류현재 장편소설

여름

마음
서재

프롤로그

모든 여름이 그런 것은 아니다.

유난히 무화과 익어가는 향기 진동하고,

은빛 병어가 그물에 다닥다닥 꽂힌 채 입을 벙긋거리고,

백중사리 때맞춰 늦태풍이 올라온다 소식 들리면

바다와 땅, 바람과 달이 공모해

이곳 사람들을 흥분시켜 사람 하나를 잡고야 만다.

마을 사람이 죽지 않으면 파도가 죽은 이를 실어다 놓는다.

지금까지 그런 여름이 세 번 있었다.

첫 번째 여름에 내 아버지가 죽었고,

두 번째 여름에 그 남자의 아버지가 죽었고,

세 번째 여름에는 내 남편이 죽었고,

네 번째 여름에는 내가 죽을 것이다.

그 전에 그들의 무덤을 만들어주어야 한다.

목
차

1장

그 여자의 아버지

결혼할 생각이 없는 남녀가 타의에 의해 어쩔 수 없이 선을 보는 자리에서도 누가 누굴 찼는가 하는 게임은 진행된다. 예의를 차리면서도 누가 더 먼저, 누가 더 강하게 상대한테 무관심한지, 당신은 매력이 없고 나는 당신한테 전혀 끌리지 않는다는 마음을 어떻게 전달하느냐에 따라 게임의 승패가 결정되고 그날의 기분도 달라진다.

정해심은 초반부터 오늘의 승자는 나라고 자신하고 있었다. IT 기업에서 연구원으로 일한다는 남자는 그녀만큼 이런 자리에 숙련되지 못한 게 분명했다. 같은 직장에서 일했던 두 어머니들의 친분과 우정을 염려하느라 호감으로 오해될 법한 표정과 단어를 자주 사용했다. 그건 분명 실책이었다. 그녀는 "그

쪽은 호감이 있었지만 내가 차버렸어"라고 집에 가서 떠들어댈 테고, 남자의 엄마는 친구의 전화를 받고 자존심에 상처를 입을 테니까.

물론 너는 눈이 어디 달렸기에 이 남자도 싫다 저 남자도 싫다 하느냐는 잔소리를 감수해야겠지만 엄마 박문희는 그 잘난 남자들을 다 거절하는 자기 딸에 대해 내심 흡족해하며 소곤거릴 것이다.

"내 딸이 검사잖아."

그래서 어떻다는 뜻인지는 대화의 문맥에 따라 수없이 달라지지만 말하는 박문희의 태도만큼은 언제나 한결같다. 최대한 목소리를 죽이고 무슨 대단한 비밀이라도 되는 듯이 속삭인다는 것. 그 이유를 물었을 때, 박문희가 했던 말을 잊을 수가 없다.

"내 딸이 검사인 걸 알면 사람들이 막 청탁 같은 거 할까 봐 그러지."

그건 농담이 아니었다. 정해심은 다른 사람도 아니고 오랜 시간 신문사에 몸담았던 기자 출신 엄마가 그런 말을 한다는 것에 기분이 묘했다.

그녀는 검사가 아닌 사람들에게만 대단해 보이고, 검찰청으로 발을 내딛는 순간부터 일개 검사라는 무력감에 시달리는 검사다. 친구들이 붙여준 별명도 '일개'다. 검사가 되고 나서 제일 많이 입에 담았던 말이 바로 그 단어라서. 그런데 얼마 전부터 또 다른 별명이 생겼다.

한때 잘나가는 사회부 기자였던 엄마를 둔 남자가 '그것'에 대한 이야기를 꺼낸 것은, 시끄러운 커피숍 대신 조용한 바에서 맥주나 한잔하자고 해 대낮부터 지하 술집으로 자리를 옮긴 후였다.

"황금엉덩이 검사라고 불리신다면서요?"

강제추행으로 검찰에 송치된 사건을 처리하면서 피의자에게 벌금 500만 원을 물린 것이 발단이었다. 그녀는 그 별명 때문에 트라우마까지 생겼다. 어딜 가나 사람들이 자기 엉덩이만 바라보는 것 같고, '황금엉덩이 황금엉덩이'라고 손가락질하는 것 같아 엉덩이를 떼어버리고 싶은 지경이다. 그런데 처음 보는 남자가 그 이야기를 하면서 비실비실 웃다니! 게다가 이런 자리에서는 서로에 대한 깊은 이야기는 삼가는 것이 예의 아닌가?

남자의 무례함이 얼른 헤어지고 돌아가 평소 부족했던 잠이나 실컷 자려던 생각을 뒤집었다. 그래서 술집에 들어갈 때까지는 마실 생각도 없던 맥주를 벌컥벌컥 들이켜며 그 별명에 얽힌 억울함을 풀어냈다.

정해심이 문제의 피의자와 만나게 된 건, 버스 안에서 벌어진 강제추행 사건 때문이었다. 피해자는 옆에 앉은 남자가 자신의 엉덩이를 주물렀다고 주장하며 강제추행으로 고소했지만 피의자는 여자 엉덩이에 깔린 자신의 옷을 뺀 것뿐이라고 우겼다. 하지만 그날 남자가 입고 있던 옷은 옆 사람 엉덩이에 깔릴 만큼 길지 않았고, 버스 안 CCTV를 증거로 경찰이 허점을 지적하자 남자는 말을 바꾸었다. 옷이 아니라 핸드폰을 찾으려 여자 엉덩이 밑을 살폈던 거라고.

기소 의견으로 송치된 그 사건이 정해심에게 배당됐을 때, 그녀는 1차 조사만으로도 피의자가 반성의 기미라고는 눈곱만큼도 없는 악질임을 파악했다. 그래서 영장을 치려 했지만 아직 앞날이 창창한 20대 초범인데 징역형은 가혹하다는 수사관의 말과, 유독 성범죄 피의자들에게 중형을 내려 형평성을 해치고 있다는 부장검사의 충고에 벌금형을 내렸다.

그것이 두고두고 후회된다. 그럼 남자도 소개팅을 빙자한 맞선 자리에 나오기 전에 그 사실을 알지 못했을 것이다. 자기 역시 금쪽같은 주말에 지하 술집에 앉아 정식 재판을 청구해야지 비겁하게 여론 조작이나 하는 그를 욕하느라 에너지를 낭비할 필요도 없었을 것이고.

강제추행범의 일관성 없는 진술과 거짓말에 대해 아무리 늘어놓으며 열변을 토해도 앞에 있는 남자는 도통 정해심을 편들지 않았다.

"그래도 1초에 500만 원은 좀 심한 거 같은데."

정해심은 지극히 단순하고 무신경한 말들을 툭툭 내지르는 남자 때문에 두 번째, 세 번째 맥주잔까지 싹 비워야 했다.

"그게 뭐가 심하죠? 그 사람에겐 단지 1초뿐인 장난이지만 피해자에게는 그 1초가 영원히 재생되는데?"

"그건 너무 과장이다."

피의자 측 변호사가 하는 이야기를 그대로 가져온 듯 남자는 듣기 싫어하는 단어들만 잘도 골라 썼다. 과장, 엄살, 부풀려진 피해망상……. 그 단어들이 결국 직업병을 도지게 했다. 정해심은 피의자 측 변호사처럼 행세하는 남자의 말에 일일이 이의를 제기하고 항변했다. 상대가 빨리 항복하고 다른 화제로 옮겨가길 바랐지만 남자는 그녀가 바라는 방향과는 다른 곳으로 질주했다.

"장난이라고 어떻게 단정 짓죠? 그 남자한테 고의성이 없었다면요? 정말 옷을 빼려다, 아니 핸드폰을 찾으려다가 우연히 여자 엉덩이와 접촉한 것일 수도 있잖아요."

하필 제일 재수 없어 하는 변호사가 했던 말을 남자가 똑같이 하는 바람에 인내심이 끝장났다. 검사 기수로는 한참 선배이기도 한 변호사가 자신의 엉덩이를 훑으며 했던 말이 재생됐다.

"정해심, 네 엉덩이에는 눈 달렸냐? 한번 만져봐. 눈 달렸는지! 없지? 근데 어떻게 느낌만으로 고의적으로 만졌다 주물렀다 주장하는 피해자 진술만 믿고 범죄자로 몰아가냐고? 사람 엉덩이에는 눈도 없는데!"

그 변호사의 얼굴이 앞에 있는 남자의 얼굴과 겹쳐 보이는 순간, 정해심은 일어나 그의 옆자리로 옮겨가 앉았다. 그리고 손도 안 댄 맥주잔을 한 손에 쥔 채, 다른 손으로는 남자의 엉덩이를 주물렀다. 그녀는 당혹스러워하는 남자의 얼굴을 보고 나서야 자리에서 일어섰다.

"엉덩이에 눈이 없어서 모르겠다는 말은 이제 안 하시겠죠?"

집으로 돌아가면서 정해심은 강제추행죄로 고소당할지도 모른다고 생각했지만 걱정되지는 않았다. 변호사 없이도 스스로 한 행동의 정당성을 설득할 자신이 있었으니까.

하지만 기다리고 있는 건 재판정이 아니었다.

"네 딸이 우리 아들한테 홀딱 반해서 대낮부터, 그것도 사람들 많은 데서 마구마구 스킨십을 해댔대."

이야기를 듣고 충격받은 박문희는 정해심이 아무리 논리정연하게 자초지종을 설명해도 귀를 닫은 채 자기감정만 쏟아냈다.

"망신 망신. 세상에 이런 망신이 어딨어? 자기 아들이랑 인연은 아니지만 더 나이 들기 전에 아무한테나 시집 보내라더라. 오죽이나 남자가 고팠으면 그랬겠냐고! 너 때문에 내가 얼마나 자존심 상했는지 알아? 앞으로 박문희, 얼굴을 어떻게 들고 다니니?"

그 말을 들으면서야 오늘 게임에서 이긴 사람은 자신이 아니라 그 남자라는 사실을 깨달았다. 그는 이기기 위해 황금엉덩이 검사라는 별명을 이용해 자극했고, 그녀는 그 전략에 완전히 무너진 것이다. 처절한 완패. 뒤이어 강제추행죄로 벌금형을 받거나 징역형을 받아 감방에 갇히는 일보다 더 끔찍한 형벌이 기다리고 있었다.

매일 아침 엄마의 한심한 눈초리를 받고, 매일 밤 엄마의 한숨 소리를 들으며 자는 것. 겉으로는 아닌 척해도 연애 한번 못해봐 남자의 사랑을 갈구하는 불쌍한 노처녀라고 오해받으며 살아야 하는 종신형에 처해진 것이다.

내 딸이 검사라는 박문희의 자부심은 그날 이후 실종됐다. 그 대신 왜 딸이 이 지경이 됐나 탄식하며 원인 분석에 골몰했고 엉뚱한 결론에 도달했다.

'해심이라는 이름이 문제다!'

그 생각을 주입한 건 종로의 유명하다는 점쟁이였다. 그것이 신탁이라도 되는 양 박문희는 개명을 강요했다.

"사실 나도 애초부터 네 이름 마음에 안 들었어. 해심이가 뭐냐 촌스럽게. 그러니까 이제라도 싹 바꿔. 그럼 네 인생은 완전 꽃길이래더라."

"엄마, 제발 엄마답지 않은 소리 좀 하지 마. 왜 내가 우리 아빠가 지어준 이름을 알지도 못하는 점쟁이 때문에 바꿔?"

　말은 그렇게 했지만 꼭 그것 때문만은 아니었다. 지금 이 상황에서 이름을 바꾸면 사람들은 '황금엉덩이'라는 연관검색어를 피하려고 도망친 거라 여길 거다. 그럼 그런 악명을 붙여준 강제추행범에게 지는 게 된다. 그놈한테만큼은 죽어도 지고 싶지 않으니 이름을 바꿀 수 없다는 게 정해심의 본심이었다.

　박문희는 그런 심연까지는 투시하지 못하고 정해심이 뱉어낸 말만 짓뭉갰다.

　"그게 뭔 상관이야? 그 양반은 아무것도 모르는데."

　3년 전, 치매로 요양원에 들어간 해심의 아버지. 정만선에 대해 이야기할 때마다 박문희한테서는 영하 50도의 참치 냉동창고에서나 느껴질 법한 냉기가 흘러나온다. 꽁꽁 언 참치가 생선으로 안 느껴지는 것처럼 아버지와 어머니한테 부부라는 단어를 붙이는 일은 어색하다.

　그만큼 두 사람은 다른 부부들 같지 않았다. 서로 조금도 닮지 않았으며 사랑하지 않는다. 그들은 그런 부모 밑에서 자란 자식의 쓸쓸함을 알까. 그래서 엄마가 남편에 대한 냉기를 드러낼 때마다 오히려 아버지를 편들게 된다.

　"아버지가 다른 건 다 잊어버렸어도 내 이름은 알아. 다른 글자는 못 알아보고 못 쓰지만 내 이름은 읽고 쓴다고."

　"그러니까 바꿔. 그 꼴도 보기 싫으니까."

"엄마 지금 질투하는 거야? 아버지가 나만 알아본다고?"

일부러 농담처럼 보이기 위해 웃음까지 장식하며 노력했지만 박문희의 표정은 누그러지지 않고 더 차가워졌다.

"내가 질투를 왜 해? 나도 똑같이 그 사람 몰라보면 되지. 아니, 난 그 사람 살았는지 죽었는지도 몰라. 그러니까 넌 이름이나 바꿔. 현지나 서현이 둘 중 하나로."

직장이 있다는 건 좋다. 집에서 벗어날 수 있으니까. 가끔씩 그런 생각도 든다. 사람들이 직장에 다니고 일을 하는 이유는 가족과 떨어져 지낼 수 있는 시간을 만들기 위해서가 아닌가.

가정폭력은 집에 함께 있는 시간이 많을수록 늘어난다. 이것은 여성아동범죄부 소속 검사로 일하며 정해심이 경험적으로 얻은 결론이었다. 그렇다고 직장이 폭력을 막아주는 안전한 피신처이자 해결책이라고 말할 순 없다. 요즘 그녀에게 배당되는 사건 중에는 직장 내 성폭력 사건들이 많은 비중을 차지하니까.

회사가 크든 작든, 직종이 뭐든 직장 내 성폭력 사건의 메커니즘은 거의 똑같다. 주로 회식이나 2차 자리에서 성폭력이 발생하고 피의자는 피해자보다 지위가 높은 상사라는 것. 피의자들의 변명 또한 천편일률적이다. 자신은 동료이자 선배로서 사랑해서, 응원하는 파이팅 차원에서 혹은 서로에게 연애 감정이 있어 스킨십을 한 것뿐이라고 말한다.

강제추행치상 혐의로 정해심의 방에 불려온 장 팀장이란 남자도 그 범주를 벗어나지 않는다. 노래방에서 피해자에게 강제 키스하고, 도망치는 여자를 넘어뜨려 다치게까지 했으면서 잘못은 인정하지 않고 연인 사이였다고 주장한다.

"연애는 남자 여자 둘이 합의부터 하고 시작하는 거 아닌가요?"

"합의했어요. 그날 노래방에 가기 전에."

"피해자는 그런 말 한 적 없다던데요."

"홍 차장이 말은 안 했지만 분명히 눈빛으로 그랬어요. 그래서 같이 손 붙잡고 노래방까지 간 거구요."

대부분의 사람들은 검찰청에 소환되면 잔뜩 겁을 먹기 마련이다. 평소 일개 검사일 뿐이라는 무력감에 시달리는 정해심도 그들 앞에서는 '당신이 선인인지 악인인지는 내가 판단해주겠어'라는 권위와 오만으로 잠시 거만한 자세를 취하게 된다.

그런데 이 남자는 검사의 아우라에 전혀 주눅 들지 않는다. 그래서 정해심도 좀 더 강도 높은 제스처를 취한다. 팔짱을 끼고 남자를 뚫어져라 쳐다보며 '나는 당신 말에 절대 속아 넘어갈 사람이 아니니 진실을 털어놓으라'고 압박한다.

"그날 많이 취하셨죠?"

"아뇨. 술을 마셨지만 취하지는 않았어요. 그날은 우리의 첫날이니까. 두고두고 추억하려고 정신을 똑바로 차리고 있었어요. 그래서 그날이 며칠인지, 무슨 노래를 불렀는지, 그 여자가 어떤 표정을 지었는지 아주 세세한 것까지 다 기억하고 있다구요."

어떻게든 죄의 무게를 줄이기 위해 변명하는 피의자들과 달리 남자의 말은 일관성이 있고 꽤나 진지하다. 가끔씩 이런 부류의 피의자들이 있다. 멋대로 상대방이 자기한테 호감을 가지고 있다 착각해 일을 저지르고는 상대방이 배신했다, 오히려 상처받았다 주장하는 사람들. 이 자리에 불려와야 할 사람은 자신이 아니라 상대방이라고 하소연하는 사람들. 그들이 가장 억울해하며 하는 말의 요지도 똑같다.

"상대방이 먼저 꼬리를 쳤다."

그래서 피의자가 "제 손을 먼저 잡은 건 홍 차장이에요." 하고 말했을 때, 정해심은 당신 같은 사람들한테 수백 번 들었던 이야기라는 사실을 전해주기 위해 일부러 하품을 한다.

"그래서 성적 수치심과 혐오감을 느꼈어요?"

"아뇨."

"그러니까요. 누가 먼저 스킨십을 했냐가 중요한 게 아니라 무슨 의도로 그랬냐, 상대방이 어떻게 느꼈냐가 더 중요한 거예요."

"저도 홍 차장에게 성적 수치심을 주려고 그런 게 아니에요. 좋아서, 서로 좋아하니까 정말 자연스럽게 그렇게 된 건데……."

이 피의자가 여자의 신호를 오해하고, 혼자 연애를 시작했다고 해도 그는 유죄다. 피해자는 강제로 키스를 당해 성적 자유를 침해받았고 상해까지 입었으니까. 정신과 치료 기록과 타박상 진단서가 바로 그 증거다. 반면, 이 남자의 말을 입증해줄 증거는 없다.

"강제추행치상은 무기징역 또는 10년 이하의 징역에 처하는 중범죄니까 잘 생각하세요. 이렇게 끝까지 인정 안 하고 피해자와 합의도 안 하다가는 인생 제대로 망칠 수 있으니까."

"잘못한 게 없는데 어떻게 인정을 해요? 날 좋아하지 않은 거라면 왜 손을 잡았죠? 왜 날 좋아한다는 눈빛으로 계속 멋있다고 했을까요? 왜?"

정해심은 나이도 먹을 대로 먹어 보이는 남자가 이런 말을 한다는 게 우스워 피의자의 나이를 다시 한번 확인한다.

마흔 살. 그보다 다섯 살이 어린 자신과 동갑인 피해자는 다른 데서 스카우트된 팀장님이 낯선 환경에 적응할 수 있도록 친절을 베푼 것뿐이라고 했다. 술에 취한 상사가 넘어질까 봐 손을 잡아주고, 노래방 분위기를 띄우려고 형식적인 리액션도 했다고. 그걸 특별한 의미로 받아들인 이 남자의 순진함이 죄다.

"원래 남자들은 생물학적으로 여자들이 조금만 호감을 보여도 특별한 감정으로 오해한다는 말 들어본 적 없어요?"

"그럼 내 잘못이 아닌 거잖아요?"

"아니죠. 남성이라는 종족의 성향을 염두에 두고 좀 더 조심하고 자제했어야죠."

막다른 벽에 부딪힌 것처럼 피의자의 눈빛이 당혹과 절망으로 흐려진다. 자신에게 황금엉덩이 검사라는 별명을 붙여준 죄질 나쁜 피의자에 비해 이 사람은 확실히 진솔하고 순수해 보인다. 그렇다고 보이는 그대로를 믿는 건 아니다. 검사라는 종족은 뭐든지 의심하는 성향을 가지고 있으므로. 아니, 태생적으로 정해심은 의심이 많은 사람이다.

그녀의 최초 기억도 바로 그 의심에 관한 것이다. 엄마가 어린 자신에게 밥을 먹여주는 장면인데 당시 이 사람이 진짜 내 엄마일까 생각했던 적이 있다. 좀 더 자라서는 나는 이 집에 입양된 아이가 아닐까도 의심했다. 서로 데면데면한 엄마와 아빠가 함께 몸을 섞어 자신을 낳았다는 사실이 거짓말인 것만 같았다. 임신해 배가 남산만 했던 엄마의 옛날 사진을 보고 나서야 의문은 사라졌지만 여전히 정해심은 자신의 부모가 의심쩍다. 다른 부모들처럼 사랑하지도 싸우지도 않으면서 같은 집에 살며 평생 남처럼 서로에게 거리를 두고 살았던 두 사람이.

지금과 달리, 과거에는 마음이 안 맞는다고 이혼하는 일이 어려웠던 시절이라고 하지만 엄마의 동료 기자 중에는 이혼한 사람들이 많았다. 엄마 또한 다른 사람들의 시선 때문에 참고 사는 스타일이 전혀 아니다. 안 그랬으면 아버지가 치매 판정을 받자마자 요양원에 보내고 돌싱이 된 친구들과 여행을 다니며 인생을 즐기지도 않았을 것이다.

엄마가 이혼하거나 사별한 친구들과 어울리면서 자기도 과부인 양 행세한다는 사실을 정해심도 알고 있다. 그 친구들과 스페인에 갔을 때는 현지에 사는 외국인한테 프러포즈를 받았노라고 자랑까지 했다. 그때 아빠는 죽은 게 아니라 아직 살아 있다고 핀잔을 주었지만 박문희는 조금도 신경 쓰지 않았다.

"한번 요양원 들어가면 그걸로 끝이야. 죽어서나 나오는 걸 뭐. 그래서 요양원을 뭐라 그러는지 아니? 무덤 대기소!"

자기도 언젠가는 요양원에 들어갈 텐데 저렇게 매정하고 매몰차게 말할 수 있을까. 그런 생각을 하면서 '나도 나중에 엄마가 병들면 엄마가 아버지한테 한 것처럼 똑같이 해줘야지' 하고 복수 아닌 복수를 다짐했다.

하지만 박문희는 일흔이 넘었는데도 건강해서 또 예의 그 친구들과 그리스 여행을 계획 중이다. 정해심도 잠시나마 개명 압박에서 벗어나기 위해 다른 때와 달리 엄마보다 더 엄마의 여행을 학수고대하고 있다.

"내가 돌아올 땐 정현지나 정서현으로 마중 나오는 거다."

"둘 다 싫다니까."

"정해심보다는 훨씬 나은데 뭐가 싫어?"

"그냥 난 내 이름이 좋다고. 어쨌든 출발이나 해. 비행기 시간 늦겠다."

공항까지 배웅해주려고 반찬까지 낸 딸이 흐뭇했는지 박문희는 더 이상 개명 이야기를 하지 않는다. 대신 지난 소개팅의 여파로 친구들 사이에서까지 별명이 회자돼 이제는 '황금엉덩이 딸'이라고 그녀를 지칭한다는 이야기를 늘어놓는다.

"엄마, 그거 성희롱 발언이고, 엄연한 명예훼손이야. 왜 그런 말을 듣고 가만히 있어?"

"시끄러. 아무도 안 쳐다보는 '돌엉덩이'라고 하는 것보단 낫지. 뭘 그래."

"엄마도 진짜 늙었나 보다. 엄마, 요즘 그런 얘기하면……."

"뭐, 성인지 감수성 떨어지는 꼰대라는 말 듣는다고?"

"그래. 잘 아네."

"그런 말 듣거나 말거나 누가 내 늙은 엉덩이 좀 만져나 줬음 좋겠다. 더 쪼그라들어 썩기 전에."

박문희는 무슨 그런 말을 하냐고 나무랄 틈도 주지 않고, 시선을 외면한 채 처연한 눈길로 창밖을 본다. 평생 사랑받기를 갈구했지만 사랑받지 못한 여자처럼 허전하고 쓸쓸하게.

정해심은 엄마가 이런 표정을 지을 때마다 역정이 난다. 정작 옆에 있는 사람을 외롭고 쓸쓸하게 만드는 사람은 자신이면서 왜 본인이 피해자인 척하는 것인지.

가족들이 같이 TV를 보거나 외식을 할 때도 늘 이런 식이었다. 몸은 이곳에 있지만 마음은 이곳에 있지 않다는 듯 베란다 밖 허공을 응시하거나 다른 테이블을 바라보았다. 그럴 때마다 옆에 있는 사람들 기분은 생각이나 해본 적 있을까? 그래서 아버지는 가족들과 함께하기보다 혼자 있기를 원했는지도 모른다고 생각한다.

요양원에 가실 때도 다른 사람들처럼 싫어하거나 망설이지 않았다. 치매 판정을 받자마자 집을 떠나겠다는 이야기를 먼저 꺼낸 사람도 아버지였다.

하지만 정해심은 이야기를 꺼내자마자 즉각 동의하고 아버지를 요양원으로 모시고 간 엄마한테 감정이 남아 있다. 자신이 대신 돌볼 테니 요양원에 보내지 말라고 큰소리칠 만큼 효심이 강하거나 희생적인 사람이 아니라는 것도 알고 있다. 자신도 못 하는 일을 엄마는 해야 한다고 주장하는 게 아니다. 이 세상 모든 부모가 자식들이 결혼해 잘 살길 바라듯 자식들도 부모가 죽을 때까지 잘 지내길 바라는데 내 경우는 그렇지 못하다는 게 안타깝고 씁쓸하고 뭐 그런…….

공항에 도착할 때까지 두 사람은 아무 말도 하지 않는다. 박문희가 자신을 소외시킬 때마다 모른 척했던 아버지처럼 정해심도 박문희의 시선이 어디를 향하는지 모른 척한다.

같이 여행을 가기로 한 친구들은 아직 도착하지 않았다. 자신의 임무와 역할은 엄마를 공항에 모셔다드리는 것까지다. 박문희는 자기 친구들이 올 때까지 있다 가라며 붙잡는다. 둘이 있을 땐 딴청 부리고 딴 곳만 바라봤으면서. 친구들 앞에서는 다정한 모녀 사이를 연출하고 싶은 엄마의 가식과 허위가 못마땅하다. 바쁘다는 핑계를 대고 빨리 헤어지려 하는데 때맞춰 전화벨이 울린다.

　　아버지가 계신 요양원이다. 정해심은 그 사실을 일부러 큰 소리로 알리면서 통화버튼을 누른다. 박문희만 아무것도 못 들은 사람처럼 무심하게 지나가는 사람들을 구경한다.

　　"정만선 씨 보호자 되시죠?"

　　"네, 그런데요. 아버지한테 무슨 일 있어요?"

　　"그게 오늘 요양원에서 좀 사고가 있었는데……."

　　"사고요? 무슨 사고요?"

　　"아버님이 다른 할머님을 욕조에 가둬놓고 범하려다가……."

　　"네?"

　　"전화로 말하기는 그렇고 요양원에 좀 오셔야겠는데."

　　통화를 끝내고 나서도 충격이 가시지 않아 핸드폰을 든 손이 덜덜 떨린다.

　　박문희는 여행객들의 옷차림을 훑으며 건성으로 묻는다.

　　"왜? 네 아버지 돌아가시기라도 했다니?"

아무리 엄마지만 이럴 땐 정말 정나미가 떨어진다.

"왜 여행 못 갈까 봐 걱정돼? 그런 거 아니니까 걱정 마셔. 설사 돌아가셨대도 엄마가 뭔 상관이야? 그래서 보호자도 나로 지정해놓은 거잖아? 엄마는 아빠와 상관없이 엄마 인생 살고, 하고 싶은 거 다 하려고."

박문희는 서운해하지도, 그런 게 아니라고 부인하지도 않는다.

"그래 맞아. 그래서 내가 다른 건 다 후회해도 너 낳은 건 후회 안 한다니까."

엄마만 아니라면 한 대 때려주고 싶을 만큼 얄밉게 말하는 박문희를 보며 무슨 전화인지 절대 말해주지 않겠다는 오기로 똘똘 뭉친다. 아니, 사실은 무슨 일이냐고 엄마가 먼저 물어봐주기를 바라는 거다. 하지만 박문희는 친구들이 도착하고 비행기를 타러 들어갈 때까지도 끝까지 묻지 않는다.

"아버지가 다른 할머니를 가둬놓고 범하려 했다……."

용인의 요양원으로 가는 동안 정해심은 요양원장이 했던 말을 수십 번, 수백 번 곱씹어본다. 물과 기름처럼 그 말과 생각은 섞이지 않아 아무 감정도 일지 않는다.

"범하려 했다……."

이 말은 통상적으로 성폭행을 뜻한다. 하지만 자신의 아버지는 절대로 그런 단어와 어울리는 사람이 아니다. 아니, '성性'이란 글자도 아버지와는 거리가 멀다. 아버지는 전혀 '남성적'이지 않으므로. 그건 딸이라서가 아니라 함께 40년을 넘게 산 그의 아내 박문희의 지속적인 증언이 증명하는 사실이다.

"네 아버지는 남자도 동물도 아냐. 그렇다고 식물이라고도 할 수 없지. 식물도 옆에 있는 꽃을 한 번은 쳐다볼 테니까."

그런 사람이 어떻게 다른 할머니를 욕조에 가두고 범할 수 있단 말인가? 분명 요양원 측 실수로 다른 보호자에게 연락을 한다는 게 나한테 잘못 전화한 걸 거라고 확신한다.

요양원에 도착해 전화로는 곤란하다 했던 그 내용을 직접 듣는 동안에도 확신은 바뀌지 않는다. 구체적인 이야기를 들으면 들을수록 절대 내 아버지일 리가 없다는 생각이 더 강해진다.

"오늘 아침에 우리 요양원에 계시던 할머니 한 분이 노환으로 돌아가셨어요. 피해자 할머니와 같은 방을 쓰시던 분이라 그 방을 담당하는 요양보호사가 장례식장을 오가느라 정신이 없었죠. 그 틈을 타 아버님이 일을 벌인 겁니다. 파킨슨병 환자라 혼자 움직일 수도 없는 할머니를 욕실에 가둬놓고."

성범죄 사건을 수없이 다루면서 별별 장면을 다 상상해봤지만 이번만큼 상상하기조차 민망한 장면은 없었다. 74세 치매 노인이 파킨슨병으로 움직이지도 못하는 76세 노파를 욕실로 끌고 가…….

"피의자인 치매 노인한테 신체적 불편함은 없는 상태인가요?"

요양원장은 뜨악한 눈길로 바라본다. 정해심은 지금 사건을 조사하기 위해 여기 온 게 아니라 가해자인 아버지의 보호자로 불려온 것임을 깨닫고 멋쩍은 표정을 짓는다.

"너무 실감 나지가 않아서요. 그런 일을 저지른 피의자가 정말 우리 아버지 맞나요?"

"네. 정만선 씨예요."

"혹시 동명이인은 아니구요?"

요양원장은 거듭되는 확인이 피곤하다는 듯 한숨을 내쉰다. 그리고 직원을 호출해 직접 정만선 씨를 데려오라고 지시한다. 그러는 사이에도 정해심은 곧 문을 열고 들어올 사람이 자기 아버지가 아닐 거라는 자신감으로 직업적인 호기심을 드러낸다.

"같은 성범죄라고 해도 성추행이냐 성폭행이냐 혹은 강간미수냐에 따라 죄의 경중과 형량이 달라져요. 오늘 여기서 벌어진 사건은 어느 쪽이라고 봐야 하죠?"

요양원장은 아무래도 정신이 이상한 것 같다는 표정을 짓다 노크 소리에 고개를 돌린다. 문이 열리자 얼굴이 퉁퉁 붓고 멍든 노인이 직원과 함께 절뚝거리며 들어온다. '역시 우리 아버지가 아니었어'라는 안도감에 미소가 지어지는 찰나, 익숙한 목소리가 들려온다.

"해심이. 해심이."

피의자로 불려온 노인의 입에서 나온 소리다. 아버지처럼 안 보이는 이 사람이 바로 자신의 아버지라니. 정해심은 놀라서 입을 쩍 벌리고, 요양원장은 계면쩍은 표정으로 헛기침을 몇 번 하고 설명한다.

"발가벗은 상태로 피해자 할머니한테 붙어 떨어지려 하질 않아서 어쩔 수 없이 우리 직원들이 폭력을 좀 썼어요."

그녀가 한 번도 본 적 없는 아버지의 벌거벗은 몸. 그 몸이 여자 나체에 붙어 떨어지지 않으려다 몰매를 맞는 장면을 떠올리니 쥐구멍에 숨고 싶다는 말이 무슨 뜻인지 실감된다. 자신이 지금까지 살아오며 느꼈던 모든 수치심과 부끄러움을 다 합해도 지금 이 자리에서 느끼고 있는 것만큼은 못할 것이다.

그런 줄도 모르고 멍든 얼굴을 들이밀며 사람들이 막 때렸다고 고자질하는 아버지가 그녀는 야속하고 한심하다.

"그러니까 왜 맞았어? 아버지, 정말로 다른 할머니한테 나쁜 짓 하고 있었어?"

"문어."

"뭐?"

아버지는 이해할 수 없는 말들만 한참을 늘어놓는다. 정만선을 보다 못한 원장이 고개를 절래절래 흔들며 끼어든다.

"도통 말이 통해야 말이죠. 피해자의 요양보호사가 처음 상황을 목격하고 소리를 질렀다고 해요. 그때 순순히 포기했으면 좋았을 텐데. 요양보호사가 아무리 욕조 밖으로 끌어내려 해도 꿈쩍을 안 하고, 밑에 깔린 할머니는 까딱하면 익사해 돌아가실 뻔했다니까요."

정해심은 가해자의 얼굴에 아버지의 얼굴을 그리다가, 그 끔찍한 장면들을 더는 상상하고 싶지 않아 정만선의 딸 정해심이 아닌 여성아동범죄부 검사 정해심으로 도피한다.

"범죄 사실을 증명할 수 있는 CCTV를 먼저 보고 싶은데요."

"내 살다 살다 이런 보호자는 처음 보네."

점잖은 목사님처럼 보이는 60대 요양원장이 넥타이를 느슨하게 풀며 노골적으로 쏘아본다.

"왜 아버님이 욕실에서 그런 일을 벌인 줄 알아요? 우리 요양원에서 CCTV가 없는 곳은 욕실이랑 화장실밖에 없거든요. 거긴 사생활 침해 공간이라 CCTV를 안 달았는데 정만선 씨가 그런 짓을 한 거라구요. 아주 계획적으로."

말도 안 되는 소리다. 아버지는 치매 환자라 지적 수준이 여섯 살 어린아이 정도로 떨어졌다. 온전치 못한 아버지가 지능적으로 범죄를 저지르다니.

"오늘 아침 한 할머니가 돌아가셔서 관리자들이 정신없는 틈을 타 이런 일을 저질렀다고 말씀하셨는데요. 그럼 원장님은 우리 아버지가 오래전부터 계획해서 범행 장소까지 준비해놨다고 보시는 거예요?"

"네."

"치매에 걸려 사람도 못 알아보고, 글자도 분간 못 하는 환자가 정말 그럴 수 있을까요?"

"그거야 내가 치매에 걸려보지 않아서 모르지만……."

말꼬리를 흐리며 정만선을 바라보는 요양원장의 표정에서 의심의 시선이 느껴진다. 엄마 박문희의 그것과 무척 닮은.

박문희는 자신이 묻는 말에 엉뚱한 대답을 하는 정만선을 볼 때마다, 지금 요양원장과 같은 표정을 짓곤 했다. 정만선이 치매 환자인 척 연기하고 있지만 자신은 절대 속지 않는다는 눈빛으로. 정만선이 어린아이처럼 상처 난 입에 손가락을 집어넣고 찡그린다. 정해심은 그런 아버지를 의심하는 요양원장이 못마땅하다.

"모든 게 확실해질 때까지 우리 아버지는 범죄자가 아니라 엄연한 피의자예요. 그 점 명심해주시길 당부드리구요. 이런 사태가 벌어진 데는 요양원 책임도 있다는 거 알고 계시죠?"

원장이 불쾌한 기색으로 쏘아본다.

"네, 잘 알고 있습니다. 정만선 씨를 담당했던 요양보호사가 한눈팔고 업무를 소홀히 하는 바람에 오늘 같은 일이 벌어졌으니까요. 그 요양보호사는 오늘로 해고 조치했고, 보호감독을 소홀히 한 우리 요양원의 잘못도 피해자 측에 사과했습니다. 사실 여부를 따지고 누구 책임이냐를 밝히는 것보다 그게 더 우선돼야 한다고 생각하니까요."

정해심을 힐책하는 소리다. 그녀도 자신을 찾아온 피의자들에게 수없이 그랬다.

"먼저 피해자한테 사죄부터 하고 합의를 보셔야 할 거 아니에요?"

법보다 앞서는 인간의 도리, 공동체를 유지하기 위한 최소한의 예의, 더 나은 인간으로 살아가기 위한 반성과 참회를 강조하며 설교했다.

하지만 막상 자신이 그 당사자가 되자 쉽게 발걸음이 떨어지지 않는다. 내 자식이 잘못해서 사죄하는 거라면 잘못 키운 죄라도 있다 치지만 나보다 훨씬 나이 많은 부모의 잘못을 왜 내가 사죄해야 하나. 그런 불편한 자리에 왜 내가 앉아야 하나. 그녀는 자신을 설득할 수가 없다.

"그런데 무슨 일을 하시나. 형사예요?"

"예?"

"따님이 보통 사람은 아닌 것 같아서요."

"아니에요. 그냥 공무원이에요."

거짓말은 아니지만 신분을 들키고 싶지 않아 '공무원'이라는 단어 속에 숨는 자신이 가소롭다. 평소에는 일개 검사일 뿐이라고 자조하면서 이런 순간이면 검사직을 잃기라도 할까 봐 무의식적으로 가림막 뒤에 숨는 이중성도 부끄럽다.

동시에 이런 상황으로 빠뜨린 아버지한테 또다시 짜증이 난다. 이런 아버지를 맡기고 홀로 여행을 떠난 엄마에게는 더 화가 치민다. 마음 같아서는 지금쯤 하늘을 날고 있을 엄마를 땅으로 끄집어 내려 대신 앉히고 소리치고 싶다. '자식보다 부부가 더 가까운 거잖아. 엄마 남편 일이니까 엄마가 알아서 해야지!'라고.

"해심이, 해심이!"

정해심의 마음이 이곳에 없다는 걸 알아챈 듯 정만선은 연신 그녀의 이름을 불러댄다. 다른 사람은 다 잊어버렸으면서 딸 이름만큼은 잊지 않은 아버지한테 솔직히 감동한 적도 있었다. 그런데 지금은 아니다.

피해자가 입원한 병원은 요양원에서 차로 20분 거리에 있는 대학병원이다. 이 나라에 있는 아버지의 유일한 보호자로서 자신을 변호할 수도 사죄할 수도 없는 그를 대신한다는 명분으로 이곳까지 왔다. 하지만 정해심보다 먼저 연락을 받고 달려왔다는 피해자 측 보호자는 병실 출입을 쉽게 허락하지 않는다.

"숨도 못 쉬는 사람 간신히 살려놨으니까 우리 엄마 건들 생각 말고 나랑 얘기해요."

담배 찌든 내가 나는 40대 남자는 그래놓고 다짜고짜 합의
금 이야기부터 시작한다.

"당신 아버지 때문에 우리 엄마가 죽을 뻔했으니까 1억 아래
로는 절대 합의 못 해요."

"네?"

"이건 강간치사 미수라고!"

남자는 위협하듯 반말을 찍 내뱉고는 명함 한 장을 내던진다.

"내일까지 합의금 입금 안 되면 바로 경찰에 고소할 테니까
그렇게 알아요."

영화제작사 '시네마한국' 대표 하영석

정해심은 명함을 통해 알게 된 그의 정보와 그가 했던 말이
너무 어울리지 않아 고개를 갸웃한다. 하는 말이며 행동이 영화
제작자라기보다 사채놀이 하는 깡패의 첫인상이기 때문이다.

사실 여기 오기 전까지만 해도 경찰이 사건화하기 전에 피해
자 측 요구대로 합의하는 게 최선이라 생각하고 있었다. 그래
야 자신이 느낀 수치심과 부끄러움을 혼자만 간직할 수 있고,
지금의 명예와 지위에도 해가 되지 않으므로.

하지만 하영석 때문에 마음이 뒤집혔다. 사람도 개처럼 영역
을 침범당하면 본능적으로 공격 자세를 취하게 되는데 이쪽 계

통에 있는 사람들은 특히 더 그렇다. 그러니까 자기들이 일상적으로 쓰는 법률용어를 일반인들이 사용하면 일단 반감부터 생기는 것이다. 아버지가 성폭행을 했는지 여부도 확실하지 않은데 강간치사라는 말을 입에 올리며 거액의 합의금을 내놓으라니! 게다가 성범죄 중 가장 질이 안 좋다는 성폭행이라고 해도 합의금은 2~3,000만 원 선이라는 사실을 잘 알고 있기에 가당치도 않은 무리한 요구에 도저히 응할 수가 없는 것이다.

하영석이 담배를 피우러 나간 사이, 정해심은 경고를 무시하고 피해자의 병실 문을 열려다가 멈칫한다. 문에 붙어 있는 명찰 속 이름이 자신의 이름과 똑같아서다.

'고해심.'

해심이란 이름이 팔자를 사납고 외롭게 한다더니. 그래서 이 할머니도 노년에 흉한 일을 당한 건가? 문득 믿을 가치도 없다고 무시했던 종로 점쟁이의 말이 신경을 긁는다.

일흔여섯의 파킨슨병 환자 고해심. 그녀는 오늘 오전 10시, 같은 요양원에서 생활하는 치매 환자에게 몹쓸 짓을 당하고 인근 병원으로 옮겨져 안정을 취하고 있는 상태다.

정해심의 머릿속에서는 온몸을 각종 의료기기에 의지한 채 산소호흡기를 쓰고 있었지만 현실에서는 수액으로 보이는 링거 하나만을 꽂은 채 조용히 누워 있다. 당장 일이 벌어질 듯 위기감을 조성하는 기계음이나 의료기기는 보이지 않아 병실 분위기가 생각했던 것보다 평안하고 양호해 보인다. 그래서 요양원장과 피해자의 아들이 괜스레 호들갑을 떨고 오버액션을 한 게 아닌가 의심스러워진다.

"안녕하세요. 저, 저는 정만선 씨 딸인데요."

문을 닫고 몇 걸음 떼지 않은 채 쭈뼛쭈뼛 말을 건네자 천장을 보고 있던 고해심의 고개가 천천히, 아주 천천히 그녀 쪽으로 향한다. 그리고 입술이 움직인다. 아주 작게. 소리는 아무것도 들리지 않는다. 피해자가 파킨슨병이라는 말을 들었지만 정해심은 병에 대한 정보가 없다. 그 때문에 자신이 목격하고 있는 고해심의 상태가 파킨슨병 때문인지, 오늘 있었던 사건 때문인지 알 수가 없다.

"죄송해요. 뭐라고 위로의 말씀을 드려야 할지······."

가해자의 딸로서 진심으로 사죄한다는 마음을 보여주기 위해서는 어떤 행동을 해야 하나. 정해심은 순간 답을 알지 못하는 시험문제를 보고 있는 것처럼 머릿속이 새하얘진다. 이런 경우, 사람들은 일반적으로 무릎을 꿇지만 그 모습을 볼 때마다 무릎만 꿇는다고 사과가 되고 마음이 풀릴까 하는 의구심이 생겼다. 내가 피해자라면 상대가 무릎을 꿇는다고 용서하지는 못할 테니까.

무릎도 꿇지 못하고 어찌할 줄 몰라 어정쩡하게 서 있는데 고해심의 손이 작게 움직인다. 아니, 저절로 떨리는 것 같기도 하다.

그 모습을 보고 다가가자 고해심은 바로 자신이 원하는 것이었다는 듯 만족스러운 미소를 짓는다. 곧 그녀의 입술이 다시 움직이고, 정해심은 이를 듣기 위해 귀를 가까이 대보지만 작은 바람 소리밖에 들리지 않는다. 온 신경을 집중해 귀 기울여봐도 음절로 구분되지 않는 희미한 소음뿐.

포기할 무렵, 귀가 아닌 그녀의 손가락에서 낯선 진동이 느껴져 시선을 돌린다. 마디가 앙상하고 비뚤어진 고해심의 손가락이 정해심의 손을 힘겹게 붙잡은 채 떨고 있다.

순간, 나쁜 예감이 머리를 스치며 가슴을 서늘하게 한다. 법원에 갈 때마다 피해자가 받은 고통과 수모를 앙갚음하려고 가해자 가족들에게 원성을 퍼붓고 머리채를 흔드는 장면을 수없이 봐왔다.

고해심도 같은 목적으로 손을 움켜쥔 것일지도 모른다는 불안감에 정해심은 손을 빼고 물러나려다 멈칫한다. 그림자처럼 무게감 없는 고해심의 손가락은 무력과는 너무 거리가 멀어 보이기 때문이다. 자신에게 고정된 채 움직이지 않는 그녀의 눈길. 그 속에는 원망이나 적의가 조금도 없다. 그래서 자기도 모르게 엉뚱한 말이 입에서 튀어나온다.

"제 이름도 해심이에요. 바다 해, 마음 심."

순간 고해심의 눈에 핑글 눈물이 고였다고, 자기 손을 붙잡았던 그녀의 손이 그 순간만큼은 분명 떨림을 멈췄다고 정해심은 기억한다. 병실에 들어온 하영석이 난리를 피워 쫓겨난 지금도 말이다.

피해자에게 사과를 하기 위해 왔는데 제대로 된 사과를 하지 못했다는 찝찝함. 피해자의 태도가 여느 성범죄 피해자들과는 너무 다르다는 의아함. 이 모든 것 때문에 정해심은 선뜻 병원을 떠나지 못하고 서성거리다 요양원으로 돌아간다.

"피해자를 만나러 갔는데요. 좀 이상한 게 있어서요."

요양원장은 아예 싸가지 없는 여자는 아니라는 생각이 들었는지 아까보다는 누그러진 표정이다.

"그럼 피해자 가족들도 만나셨겠네요."

"네. 아들이란 분을 만났는데 거액의 합의금을 말씀하시더라구요. 1억."

"예? 1억이요?"

요양원장은 휘둥그레지며 아까 정해심에게 품었던 못마땅한 기색을 하영석을 향해 드러낸다.

"늙고 병든 어머니를 이용해 한탕 해보겠다는 심보야 뭐야? 몇 번이나 전화해도 받지도 않던 사람이. 내가 하도 답답해 문자로 이런저런 일이 생겼다 말을 했더니 그제야 전화가 오더라니까요. 말로는 바빠서 전화를 못 받았다지만 이제 보니 요양원에서 온 전화니까 귀찮아서 안 받은 거예요. 그러다 건수 생겼다 싶으니까 얼른 달려온 거지. 굳이 병원까지는 안 가도 되는데 할머니가 싫다는데도 억지로 구급차까지 불러서 가더라니까."

"원장님도 아까 할머니가 익사하실 뻔했다고 했잖아요."

"그거야 욕조에 물이 있었으니까. 그 할머니가 파킨슨병 환자라 신체 기능이 떨어지거든요. 폐도 마찬가지고. 평소에도 숨이 얕으니까 그럴 수도 있겠다 생각한 거죠."

"직접 봤는데 상태가 아주 나빠 보이진 않았어요."

얼굴이 여기저기 멍들고 부은 아버지가 오히려 피해자라고 여겨질 만큼 병실에서 본 고해심의 얼굴은 깨끗하고 온전했다. 늙고 주름진 얼굴이지만 오목조목한 이목구비가 젊은 시절 미인이란 소리 꽤나 들었겠다 짐작할 수 있을 만큼. 그중에서도 눈빛만큼은 유난히 또렷했다.

"게다가 이상한 건…… 저를 보고 화를 안 내시더라구요. 정만선 씨 딸이라고 분명히 말씀드렸는데."

"아, 그건 표정이 굳어서 그래요. 파킨슨병이 얼굴 근육까지 굳게 만들거든요. 그래서 더 간호하기 힘든 병이죠. 목소리가 잘 안 나와서 의사소통도 힘든데 표정까지 없으니까."

표정이 없다는 말에는 동의할 수 없다. 정해심은 그 얼굴에서 다양한 표정을 느꼈으니까.

"절 보고 미소 지으셨어요. 제 손까지 잡으신 걸 보면 저희 아버지한테 원망을 품고 있다고는 볼 수 없을 것 같아서……."

요양원장이 믿을 수 없다는 얼굴로 보다가 뒤늦게 속셈을 간파했다는 듯 코웃음을 친다.

"그러니까 두 사람이 합의해서 그런 거다? 지금 그 얘기를 하고 싶은 거예요?"

정해심은 얼굴이 화끈거린다. 가해자가 비슷한 이야기를 할 때마다 자신 역시 얼마나 가소롭게 들었던가.

"성범죄를 저질러놓고 연애 감정으로 스킨십을 한 거라구요? 당신은 지금 범죄보다 더 나쁜 짓을 하고 있는 거예요. 범죄는 실수일 수도 있지만 양심을 버리는 건 100프로 의도적인 거니까."

다행히 요양원장은 그녀처럼 야멸차게 대꾸하지는 않는다. 그런 아버지도 아버지라고 말도 안 되는 억지소리를 늘어놓으며 편드는 딸이 불쌍하다는 듯 조금은 짠한 표정으로 달래며 이야기한다.

"두 사람은 치매 환자와 파킨슨병 환자예요. 당신 아버님은 몸은 괜찮아도 정신에 문제가 있고, 반대로 피해자 할머니는 정신은 맑지만 몸에 문제가 있어요. 그런데 두 사람이 어떻게 연애할 수 있어요? 그건 불가능하죠."

"아까 한 말씀과 다르시네요."

"뭐가요?"

"저희 아버지가 계획적으로 그런 짓을 한 거라고 하셨잖아요."

"네. 그게 왜요?"

"그렇게 지능적으로 범죄를 계획하고 실행할 수 있는 사람이 연애는 절대 못 한다는 건 앞뒤가 안 맞는 모순 아닌가요?"

원장의 얼굴에서 동정심이 사라진다. 그는 잠시라도 좋게 봐준 게 후회스럽다는 듯 차가운 눈빛으로 피해자의 요양보호사를 만나보라고 한다.

"세상에 세상에, 내가 진짜 그 꼴 보고 눈 안 뒤집힌 게 신기허지. 아니, 차라리 눈이 뒤집혔으면 그 꼴은 못 봤을 거 아녀. 그동안 살면서 이 꼴 저 꼴 다 봤지만 오늘만큼 해괴망측한 광경은 또 처음 봤다니께. 아이구, 망측해라."

고해심을 담당했던 요양보호사는 요양원장이 정해심을 정만선 씨의 딸이라고 소개하자 다짜고짜 언성을 높인다. 그 바람에 다른 사람들의 시선까지 몰리는 게 불편하다.

원장은 상황을 즐기는 듯 흥분한 요양보호사를 더 부추긴다.

"다시 떠올리기 싫겠지만 그래도 오늘 아침 목욕탕에서 본 현장을 이분한테 자세히 말씀해주세요. 그래야…… 상황을 제대로 파악하실 테니까."

그가 중간에 삼킨 말이 무엇인지는 정해심도 안다. 그래야 성추행인지, 성폭행인지, 강간미수인지 알 거라는 말을 하고 싶었을 것이다. 또 두 사람이 합의하에 한 거라는 둥 연애한 게 아니냐는 둥의 헛소리도 더는 하지 않을 테니까.

"오늘 아침에 할머니 한 분이 돌아가셨다는 야그는 들었어요?"

"네. 피해자 할머니와 같은 방을 쓰시던 분이었다면서요?"

"그래요. 그래서 내가 아주 정신이 없었당게요. 7시에 출근하자마자 병원으로 할머니 옮기고, 가족들한테 연락하고, 사람들 올 때까지 장례식장 지키고. 그러느라 여기 다시 온 게 10시 다 돼서라요. 돌아가신 할머니 물건도 정리하고, 고 할머니도 살필 겸 방에 들어갔는데 할머니가 없어라.

이 양반, 내가 휠체어 안 태워주면 꼼짝도 못 하는데 도대체 어딜 갔나. 혹시 다른 요양보호사가 데리고 나갔나 싶어 식당이랑 휴게실, 마당까지 다 찾아다녔어라. 근데도 안 보여. 사람들도 못 봤다 그러고. 가슴이 철렁해서 무슨 사고가 났다 싶더랑게요. 난 화장실 같은 데서 쓰러졌나 싶었지, 그런 일이 벌어졌다고는 꿈에도 상상 못 했당게요."

커다란 항아리처럼 뱃살이 두둑한 50대 여자가 비난하는 눈초리로 쏘아본다. 어떻게 그런 사람을 아버지로 뒀냐는 눈빛으로. 그때부터 반말을 하기 시작한다. 그런 아버지의 딸한테는 그래도 된다는 듯, 그래야만 된다는 듯.

"처음 욕실 문을 열었을 때는 그쪽 아버지 혼자 욕조에 있는 줄 알았어. 여기 있는 어르신들은 요양보호사 없이 혼자 목욕하는 일은 없으니까 그게 좀 이상하더라고.

그래서 '어르신 왜 혼자 여기 계세요' 하고 가니까 그제야 밑에 깔린 고 할머니가 보이드랑게. 물속에 잠겨 제대로 숨도 못 쉬고 있는 할머니를 올라타 그쪽 아버지가 허우적거리는데…… 아이고 다시 생각해도 망측혀 죽겠당게."

"허우적거린다는 표현 말고 조금 더 정확하게 말씀해주세요."

"뭐?"

"우리 아버지가 어떤 행위를 하고 있었고, 하반신은 어디까지 접촉한 상태였는지 구체적으로요."

풍만한 요양보호사의 가슴이 깊은 숨소리에 출렁거린다.

"그 아버지에 그 딸이네잉. 참 독허다. 어떻게 그런 소리가 입에서 나온당가? 처녀가 부끄럽지도 않응가?"

"부끄러워요. 그래도 말씀해주세요."

"부끄럽기는. 말하는 거 봉게 하나도 안 부끄러운 거 같은디 뭘."

연좌제로 자신까지 죄인 취급하는 요양보호사의 태도에 반감이 인다. 그래서 일부러 그녀가 질색할 만한 단어를 골라 재촉한다.

"우리 아버지 성기가 피해자 할머니 몸속에 삽입된 걸 보셨어요?"

"그걸 눈으로 봐야 알어야? 눈에 그게 보인당가? 욕조에 물을 가득 받아놓고 그짝 아버지가 우리 고 할머니를 올라타고 앉아 있는디?"

"그러니까 직접 확인하신 건, 우리 아버지가 그 할머니 몸 위에 앉아 있는 것뿐이네요."

감정을 싣지 않기 위해 담담하고 건조하게 말한 것이 오히려 심기를 건드렸는지 그녀가 떠나가라 소리를 질러댄다.

"앉아만 있어? 말하는 본새하고는. 내가 도저히 혼자 힘으로 끌어낼 수가 없어서 사람들을 데려와봉께 우리 고 할머니 다리 사이에 얼굴을 파묻고 있더구만……. 더 얘기혀? 말하는 것도 징그러워 죽겠는디 아무리 잡아 떼내려 해도 그쪽 아버지가 할머니한테 찰싹 달라붙어서 물고 빨고. 더 자세히 얘기혀?"

잘못을 저지른 사람은 우리 아버지지 내가 아니라고, 나는 제3자로서 진실을 알려는 것뿐이라고. 최대한 객관적이고 중립적으로 사건의 개요를 살피는 중이라며 애써 당당한 척했지만 터질 듯 달아오른 얼굴이 그것이 거짓임을 증명한다.

"아뇨. 됐어요."

정해심이 꼬리를 내리자 원장은 만족스러운 웃음을 짓는다. 그는 최대한 조용하고 신속하게 이 문제를 마무리 짓고 싶은 듯하다. 이제 정해심이 해야 할 일은 무조건 죄송하다고 사죄하는 것뿐. 원래 그런 사람이 아닌데 치매라는 병이 아버지의 판단력을 흐리게 만들었다고 강조하면 더 좋을 것이다.

하지만 정해심의 의심 본능이 생각에 제동을 건다. 아버지가 정말 치매라는 병 때문에 범죄를 저지른 것일까? 인지기능이 떨어졌다고 성도덕도 양심도 모두 무너질 수 있는 걸까? 설사 그렇다 해도 평생 가지고 살았던 인격과 완전히 다른 인격이 어떻게 튀어나올 수 있을까? 차라리 내가 알고 있던 아버지가 진짜 아버지가 아니라고, 혹은 내가 아버지의 인격을 잘못 알고 있던 거라고 생각하면 맞지 않을까?

평생 은행원으로 살아온 아버지는 엄마 표현대로라면 식물보다 이성에게 더 무관심한 사람이었다. 늘 혼자 있는 것을 좋아했고, 언제부터 그랬는지 모르지만 그녀가 기억하는 아주 옛날부터 엄마와 각방을 썼다.

아버지의 방은 화려한 엄마의 방과 냄새부터 달랐다. 오래된 책들이 가득 쌓여 있는 책장과 먼지. 그 속에서 아버지는 혼자 책을 읽거나 술을 마시거나 글을 썼다.

아버지가 무슨 글을 썼는지는 모른다. 엄마는 해심이 아버지의 방에 들어가는 것을 싫어했다. 아버지가 쓴 글도 읽지 못하게 했다. 몰래 읽어보려고도 했지만 아버지가 쓴 글은 다음 날까지 남아 있지 않았다. 늘 혼자 쓰고 없애버리는 글을 왜 그리도 열심히 쓰는지 이해할 수 없었다. 그래도 해심은 책상 앞에 앉아 글을 쓰고 있는 아버지의 모습이 좋았다. 박문희는 정해심과 달리 그런 모습에 질색했지만. 차라리 다른 남자들처럼 친구들과 어울려 술이나 마시지, 남자가 방에 틀어박혀 뭐 하는 짓이냐고 노골적으로 아버지가 있는 방을 향해 눈을 흘겼다.

구박까지 당했던 아버지가 왜 병들어 홀로 몸을 가누기도 힘든 고해심한테 몹쓸 짓을 했을까? 날마다 글을 썼던 사람이 글자를 잊어버린 것처럼 자신의 본성도 잊어버릴 수 있는 걸까?

아버지가 치매 판정을 받고 요양원에 들어온 건 3년 전. 지금까지 이런 문제는 한 번도 없었다. 그때보다 치매가 더 악화됐다고 볼 만한 증상도 보이지 않는다. 오히려 두 달 전 면회 왔을 때보다 오늘 본 아버지의 표정이 더 밝고 눈에 힘이 있다. 늘 멍한 눈빛으로 허공을 바라보거나 졸던 아버지가 이제는 눈도 마주치고 말수도 많아졌다.

정해심은 아버지와 단둘이 이야기를 하고 싶다 말하고, 2층에 있는 아버지의 방으로 올라간다.

"아버지, 그 할머니한테 대체 왜 그랬어?"

"할머니 무서워."

"응?"

"할머니는 우리 엄마가 일본 사람이라고 싫어해. 내가 낚시 가는 것도 싫어해."

처음 듣는 정만선의 가족 이야기다. 아버지의 엄마, 그러니까 친할머니가 일본인이라 명절 때 만날 수 없었다는 이야기를 어릴 적 엄마한테 들은 기억이 있다. 아버지는 지금 자신의 옛날이야기를 하고 있는 것이다.

"아버지, 할머니 말고 여기 요양원에 있던 고해심 할머니 말이야. 그 할머니한테 왜 그랬냐고?"

"할머니는 아버지한테는 꼼짝 못 해. 그래서 아버지가 있을 때는 나도 안 혼내."

정만선이 소년 같은 미소를 짓자, 성범죄를 저지르다 구타당해 여기저기 붓고 멍든 얼굴이 일그러진다. 그 기괴한 간극이 정해심을 더 착잡하게 한다. 하필 이 시점에 평생 꺼내지 않던 옛날이야기를 쏟아내는 건 또 뭔가? 지금 자신은 이야기를 들어줄 여유도 없는데 말이다. 그녀의 심정, 그녀의 생각은 조금도 전달되지 않고 정만선은 아무도 들어주지 않는 이야기를 혼자 신나게 떠들어댄다.

"낚시를 나한테 처음 가르쳐준 사람은 우리 아버지야. 어장일을 하려면 물을 볼 줄 알아야 한다며 날 꽃섬에 혼자 데려다 놓고 저녁때까지 못 나오게 했지. 처음엔 너무 무서웠어. 온통 시퍼런 바다를 보기만 해도 멀미가 났어."

벨 소리가 울려 정해심이 핸드폰을 들고 문밖으로 나가는데도 이야기는 중단되지 않는다.

"그러다 1년도 안 돼 꽃섬에 가는 걸 좋아하게 됐어. 아버지가 가라고 안 해도 내가 먼저 어장 인부들한테 배로 태워다 달라고. 물을 보러 간다고 폼을 잡았지만 사실 난 물을 보러 간 게 아니었어."

정해심은 목소리를 차단하기 위해 통화버튼을 눌러 전화에 집중한다. 상대방은 자기가 누군지도 밝히지 않은 채 낯선 억양으로 다짜고짜 억울하다는 이야기부터 쏟아낸다. 그녀가 오늘 사건으로 해고당한 아버지의 요양보호사란 사실을 알아챈 건, 여자가 엄마 이야기를 하며 울먹거렸을 때다.

"나 화장실에 숨어서 자고 있었던 거 아니에요. 베트남에 있는 엄마가 아파요. 병원 가라고 했는데 돈 없다고, 돈 아프다고, 아니 돈 아깝다고 안 간다고 해서 병원 가라고 하느라 시간이 좀 걸렸는데 그런 일이 생긴 거예요.

내가 자리에 있었으면 사람들이 정 할아버지 때리지 못하게 했을 거예요. 잘못은 그 할머니가 했는데 왜 할아버지를 때려요? 정 할아버지는 아무 죄 없는데."

잘못한 사람은 정만선이 아니라 할머니라는 요양보호사의 격앙된 목소리가 마음에 꽂힌다.

"그게 무슨 말이에요?"

"그 할머니가 먼저 할아버지한테 꼬…… 아 그걸 뭐라고 하지. 꼬, 꼬……."

그녀가 하고 싶은 말이 무엇인지 알지만 정해심은 자기 입으로 말을 하는 데 거부감을 느껴 말해주지 않는다. 성범죄 사건을 담당할 때마다 피의자나 목격자들로부터 수없이 들었던, 그럴 때마다 혐오감이 밀려왔던 바로 그 변명이기 때문이다.

"여자가 먼저 꼬리를 쳤다."

아버지를 담당했던 요양보호사도 지금 그 이야기를 하고 싶은 것이다. 그동안 정해심이 만나왔던 수많은 목격자들처럼. 피해자보다 가해자와 가까운 관계인 그들은 결과적으로 잘못은 가해자가 했다 해도 원인 제공은 피해자가 했다고 주장한다. 단, 피해자가 여자일 때만. 여자가 먼저 꼬리를 쳤다고 말하는 목격자들 또한 대부분 여자들이다. 그래서 그런 말을 들을 때마다 반발 게이지는 두 배로 높아진다. 당신도 여자이면서 같은 여자인 피해자에게 어떻게 그럴 수가 있나 싶어서다.

"아, 생각났다. 꼬리! 꼬리를 쳤어요. 그 할머니가 먼저."

제발 그 말만은 하지 않기를 바랐는데 결국 그 단어가 상대방 입에서 나왔다. 익숙한 실망감을 느끼며 그만 통화를 끝내야겠다 싶어 숨을 고르는데 요양보호사는 자신의 말을 제대로 알아듣지 못해 반응이 없는 거라 여기고 이야기를 더 크게 반복한다.

"그 할머니가 먼저 꼬리를 쳤어요. 요양원에 들어왔을 때부터 우리 할아버지만 쳐다보고 졸졸졸 따라다녔다니까요."

달팽이처럼 느리게 고개를 돌리던 고해심과 '졸졸졸'이라는 단어가 너무도 어울리지 않아 헛웃음이 난다.

　"우리 아버지를 졸졸졸 따라다녔다구요? 혼자 걷지도 못하는데?"

　"휠체어 타구 그랬죠. 오늘도 분명히 할머니가 먼저 유…… 유혹했을 거예요. 우리 정 할아버지를."

　요양원에서 해고당한 서운함 때문에 가해자 가족들이 듣기 좋으라고 지어낸 소리일 것이다. 사람들이 거짓말을 하는 데는 수십억 가지의 이유가 있으니까.

　"나는 진짜 열심히 일했어요. 뚱땡이 아줌마는 진짜 편하게 놀고, 할머니 간식도 훔쳐 먹고 그랬지만 나는 한 번도 안 그랬어요."

　그 '뚱땡이 아줌마'란 자신이 아까 만났던 피해자의 담당 요양보호사일 거라고 짐작한다.

　"할머니가 먹으라고 해서 먹는 거라고 하지만 다 거짓말이에요. 그 할머니 말 알아듣는 사람들 아무도 없어요."

　이 말은 신뢰할 만하다고 판단한다. 입술만 움직일 뿐, 소리가 돼 나오지 않는 고해심의 텅 빈 말을 직접 들어보았기에.

　"그런데 왜 할아버지랑 내가 쫓겨나야 돼요? 잘못은 그 뚱땡이 아줌마랑 할머니가 했는데. 우린 진짜 억울해요."

　'우리'라는 말로 아버지와 자신을 함께 묶어 이 요양원에서 쫓겨날 수 있다 은근슬쩍 위협하는 베트남인 요양보호사는 꽤 영리해 보인다. 그 속셈을 빤히 알면서도 그녀의 말이 믿고 싶어진다. 그래야 아버지가 짐승만도 못한 일을 저질렀다는 수치심에서 해방될 수 있으니까. 세상에 그토록 거짓말이 많은 건, 지금 자신처럼 그 거짓말을 믿고 싶어 하는 사람들 또한 많아서일 것이다.

흔들리는 그녀의 마음을 다 안다는 듯 베트남인 요양보호사가 마지막 도끼질을 한다.

"나 거짓말하는 거 아니에요. 내 말 못 믿겠으면 CCTV 확인해봐요."

"욕실이랑 화장실에는 CCTV가 없다고 하던데요?"

"맞아요. 근데 다른 데는 다 있어요. 오늘 아침에 할머니가 할아버지를 목욕탕으로 유혹하는 장면도 전부 찍혀 있을 거예요."

CCTV를 확인해보기 위해 정해심이 다시 요양원장을 찾아가자 그는 질렸다는 표정을 짓는다. 애초에 이놈의 요양원 사업에 뛰어드는 게 아니었다. 실버산업만큼 전망 좋고 안정적인 사업도 없다는 브로커의 말에 속아 덜컥 시설을 인수한 일이 너무나 후회스럽다.

"그리고 보는 김에 예전 거까지 보고 싶어요. 고해심 할머니가 여기 요양원에 오신 게 언제죠?"

"한 달 좀 지났는데 CCTV 기록은 그렇게 오래 보관되지 않을 걸요."

원장 말이 맞았다. 요양원의 CCTV는 2주 간격으로 포맷되는 시스템이다. 그리고 화장실과 욕실을 제외한 2층짜리 건물에서 두 사람씩 자는 생활실과 마당, 거실, 식당 곳곳에 설치된 카메라는 모두 열네 대다. 정해심은 그것들의 기록을 모두 복사해달라고 요구한다.

'치사하고 드러워서 요양원을 때려치고 말아야지.'

요양원장은 다시 입 밖으로 튀어나오려는 소리를 애써 억누른다. 제 손으로 똥도 못 닦는 노인들이 교수 출신이네, 대기업 부사장까지 했네 하며 거들먹거리는 건 귀엽게 봐줄 수 있다. 다만 자기보다 한참 젊은 사람들의 비위를 맞춰야 하는 일이 그는 피곤하다. 한 살 한 살 나이가 들수록 그 피로도도 비례해 높아지고 있다.

"그러세요, 뭐. 대단한 공무원이 요청하시는데 저야 따를 수밖에 없죠."

원장은 그사이 정해심이 검사라는 사실을 아는 티 내며 은근히 비아냥거린다. 포털사이트에 이름을 검색해 정보를 알게 된 거라면 '황금엉덩이 검사'라는 연관검색어까지 이미 다 봤을 텐데. 정해심은 들키고 싶지 않은 죄를 들킨 사람처럼 얼굴이 빨개진다.

'1초 추행에 500만 원의 벌금을 선고해 별명까지 얻은 여성 아동범죄부 소속 검사가 가족의 성폭력은 믿지 못하고 피해자를 의심해 요양원을 들쑤시고 다닌다.'

원장이 말로 다 표현하지 않은 비난의 목소리가 귀를 울리는 것 같다. 그녀는 자료를 받자마자 2층에 있는 아버지의 방으로 도망친다. 그리고 사건이 벌어진 오늘 오전 기록부터 확인한다.

해고된 베트남인 요양보호사의 말은 틀렸다. 그녀는 할머니가 할아버지를 목욕탕으로 유혹했을 거라고 했지만 CCTV 화면 속에는 정만선이 고해심을 휠체어에 태우고 목욕탕으로 들어가는 모습이 선명히 찍혀 있다.

파킨슨병 환자를 욕실로 끌고 갔다는 요양원장의 말도 틀렸다. 화면 속 두 사람의 모습은 전혀 그런 분위기가 아니기 때문이다. 무지막지한 광경을 상상했지만 아버지는 얌전히 앉아 있는 고해심의 휠체어를 밀고 있을 뿐이다. 아무리 비명을 지르지 못하는 파킨슨병 환자라도 강제로 끌려가는 상황이라면 어떻게든 발악하지 않았을까?

아버지가 고해심을 휠체어에 태우는 장면을 확인하면 상황을 더 자세히 알 수 있을 것 같다. 하지만 고해심의 방에 설치돼 있던 CCTV 기록은 아무리 찾아봐도 온통 하얀색인 화면뿐이다.

"고 할머니가 그렇게 해달라고 했어요."

고해심을 담당했던 요양보호사는 아까와는 달리 풀 죽은 목소리로 변명한다. 다른 방에 설치된 CCTV 기록은 멀쩡한데 왜 그 방만 제대로 찍히지 않은 것인지 따지자, 고해심이 카메라가 싫다며 없애달라고 해 종이로 렌즈를 가려준 거라고 한다. 하지만 고해심이 부탁해서가 아닐지도 모른다.

요양보호사는 잘못을 저질렀다는 걸 잘 알고 있는 피의자들처럼 전과 달리 정해심의 눈을 똑바로 보지 못하고 말끝을 흐린다. 반말도 더 이상 하지 않는다. 자신 역시 떳떳하지 못하다는 죄의식이 성범죄자를 아버지로 둔 정해심보다 낫다는 교만심을 깎아낸 게 분명했다.

고해심의 방에 있는 CCTV는 무용지물이지만 다른 곳의 CCTV 기록을 살피면 아버지가 언제 그 방에 들어갔는지 유추할 수 있다.

오전 8시, 1층 식당에서 아침을 먹은 정만선은 8시 30분까지 거실에 있다가 모습을 보이지 않는다. 그러다 10시 10분 전, 휠체어를 밀며 욕실 쪽으로 가는 뒷모습이 식당 CCTV에 찍혀 있으니 8시 30분부터 9시 50분까지 고해심의 방에 있었다고 추정할 수 있다.

정해심은 한 시간이 넘도록 아버지가 그곳에 있었던 게 의아하다. 고해심을 강간하려는 의도로 간 것이라면 방에서도 충분히 할 수 있는 시간이다. 그런데 왜 목욕탕까지 고해심을 데려 갔을까? 그 방 카메라가 먹통이란 사실을 몰라 요양원장 말대로 CCTV가 없는 욕실에서 완전범죄를 저지르려고? 그럼 왜 한 시간이나 고해심의 방에서 지체했을까?

"아버지, 그 할머니 방에 가서 뭐 했어?"

"할머니는 무서워."

또다시 정만선이 퇴행하려 하자 정해심은 그의 손을 잡고 직접 고해심의 방으로 간다.

"아버지, 오늘 아침에 여기 왜 들어왔던 거야? 여기서 뭐 했어?"

"서대."

"응?"

"여름이 되면 서대가 물러서 맛없어."

"아버지, 제발! 제발 정신 좀 차리고 내가 묻는 말에 대답해. 딱 한 번만. 제발, 응?"

정만선이 간절한 목소리에 반응하듯 눈을 마주 보자 정해심은 손을 꼭 잡은 채 힘주어 묻는다.

"왜 여기 와서 할머니를 휠체어에 태우고 목욕탕에 간 거야? 그 할머니가 그러자고 그랬어?"

"할머니는 내가 나가는 거 싫어해."

기대가 실망으로 바뀌는 순간, 아버지가 제정신이면서 엉뚱한 말을 하는 거라 의심했던 엄마의 마음이 이해된다. 동시에 약

올리려 일부러 뻔뻔하게 거짓말만 둘러대는 피의자를 보고 있는 것처럼 화가 나 아버지의 손을 끌고 목욕탕으로 간다.

"여기서 오늘 아침 무슨 짓 했는지 말해. 왜 그랬어? 어!"

정만선이 멀뚱멀뚱 바라보다 갑자기 목욕탕 안으로 뛰어 들어가며 흥분해 소리친다.

"배!"

정만선이 자랑하듯 가리켜 보인 건, 목욕탕 구석에 나뒹굴고 있는 젖은 종이조각이다.

열네 대의 카메라가 2주간 찍은 요양원의 일상은 지루하고 따분하다. 그리고 희미하다. 처음에는 카메라 화질이 좋지 않아 그렇게 보이는 줄 알았지만 아니었다. 늙고 병든 사람들의 모습 자체가 젊고 건강한 사람들과 달라 빛바랜 옷처럼 희미하게 보이는 것이다. 사람과 배경과의 윤곽선이 없다고나 할까. 2인씩 생활하는 열 개의 방에 침대와 옷장은 잘 보이는데 정작 그곳에 있는 사람은 잘 보이지 않는 식이다.

공동으로 사용하는 거실과 식당도 10여 명이 모여 있다는 사실이 믿기지 않을 만큼 생명력이 없고 흐릿하다. 다행히 그들 속에서 고해심을 찾는 건 어렵지 않다. 남들보다 느리게 움직이지만 눈빛만큼은 다른 사람들보다 훨씬 또렷하기에.

그 눈빛이 향하는 곳에 정만선이 있다. 베트남인 요양보호사의 말이 모두 틀린 건 아니었다. 거실에서나 식당에서나 고해심의 시선은 늘 정만선의 움직임을 좇고, 어느 날인가는 다가가 무언가를 주기도 한다. 그게 무엇인지는 보이지 않지만 곧 다른 화면을 통해 알아낸다. 정만선의 방 CCTV에 그가 고해심에게 받은 것을 침대에 내려놓는 모습이 찍혔기 때문이다.

바로 종이배다.

"배."

사건 이후, 왜 고해심의 방에 갔냐고 물었을 때 정만선은 "배"라고 했다. 사건이 벌어진 목욕탕 바닥에 젖은 채 찢어져 있던 종이를 보고서도 "배"라고 소리쳤다.

'아버지가 말한 배는 바로 이 종이배였을까? 고해심은 왜 아버지에게 종이배를 주었을까? 목욕탕에서 종이배가 발견된 건 어떻게 해석해야 하나?'

정해심은 혼자 골머리를 썩다 혹시나 하는 마음에 하영석에게 연락을 한다. CCTV 기록상 정만선에게 먼저 관심을 보인 건 고해심이고, 정만선에게 종이배를 준 사람도 고해심이라는 말에 하영석이 발끈한다.

"지금 무슨 개 풀 뜯어먹는 소리를 하는 거야? 그래서 합의금을 준다는 거야, 못 준다는 거야?"

"먼저 어떻게 된 건지 알아야 될 거 아니에요."

"다 필요 없고, 아까 문자 보냈듯이 오늘까지 합의금 안 보내면 바로 경찰에 신고할 줄 알아. 딱 오늘 12시 땡 넘어갈 때까지만 기다릴 거야."

협박을 할 때는 상대가 어떤 사람인지부터 알아야 한다. 협박이 잘 통하는 인간이 있고, 협박을 받으면 반대로 튕겨나가는 인간이 있으니까. 정해심은 협박을 받고 나니 이런 사람에게는 한 푼도 줄 수 없다는 오기가 치민다. 그래서 그에게 불리하고 자신에게 유리한 근거를 하나라도 더 찾아내려 CCTV 기록을 보고 또 본다.

CCTV 기록을 보면 정만선이 치매가 아닌데 치매인 척한다는 박문희의 의심 그리고 자신도 엊그제 잠시 했던 생각은 틀린 것으로 판명된다. 정만선은 하루 대부분을 멍하니 앉아 있거나 자는 일과로 보낸다. 다른 사람들과 대화도 하지 않는다. 같은 방을 쓰는 사람이 말을 걸어도 귀가 멀어 들리지 않는 사람처럼 묵묵부답이고, 요양보호사들이 옷을 갈아입히거나 씻겨줄 때도 무반응이다.

그런 정만선이 어느 날부터 좀 달라진다. 늘 멍한 눈빛에 초점이 생기고 자는 시간도 확 줄어든다. 방에 있을 때도 무언가를 곰곰이 생각하는 표정으로 종이배를 바라본다. 그러다 소중

한 보물이라도 되는 듯이 그 종이배를 서랍 속에 넣는다.

정해심은 요양원을 다시 찾아가 아버지의 서랍을 뒤져 열 개가 넘는 종이배를 찾아낸다. 각각 다른 색종이를 접어 만든 종이배는 그 크기도 색깔도 다양하다. 고해심은 CCTV가 없는 곳에서도 정만선에게 종이배를 주었던 것이다. 종이배의 출처에 대해 묻자 고해심의 요양보호사는 할머니가 원래 배 만들기를 좋아했다고 한다. 자신이 도와준 적도 많다고. 하지만 그렇게 만든 종이배를 정만선에게 준 것은 몰랐다고.

정해심은 방에서 찾아낸 색색깔의 종이배를 요양보호사에게 의기양양 보여준다.

"한두 개가 아니고 열 개가 넘는데요."

"그걸 우리 고 할머니가 다 준 건지, 그쪽 아버지가 훔쳐간 건지 어떻게 안당가요? 그리고 다 줬으면 또 뭐? 그게 이 일과 뭔 상관이래요?"

무슨 상관이 있는지는 모른다. 하지만 중요한 단서라는 것만은 직감적으로 안다. CCTV 기록에는 이 종이배와 관련된 사건이 하나 더 있고, 아버지의 눈빛이 달라진 건 바로 그 일 이후니까.

목욕탕 사건 3일 전이다. 지루하고 반복되는 일상 중 그날은 요양원에서 조금 특별한, 생일 이벤트가 있었던 날이다. 이 요양원은 그달에 생일인 사람들을 모아 한꺼번에 생일잔치를 해주는데 그중 한 사람으로 정만선도 고깔모자를 쓰고 떡과 케이크, 과일이 차려진 생일상 앞에 앉아 있다.

이 영상을 처음 보았을 때 정해심은 아버지의 생신을 깜빡했나 싶어 잠깐 놀랐다. 그러다 곧 깨달았다. 아버지의 생일은 8월 30일이지만 생일잔치가 있던 날은 8월 16일이라서 아버지가 미리 생일상을 받았다는 사실을. 그리고 3일 후인 8월 19일에 사건이 발생했다.

화면 속 고깔모자를 쓴 정만선이 낯설다. 그녀의 가족은 생일이라고 아버지한테 그런 모자를 씌워본 적이 없고, 그랬다 해도 아버지는 절대 쓰지 않았을 것이다. 화려하고 밝고 시끌벅적한 건 무조건 기피하던 아버지였다. 농담을 하거나 코미디 프로그램을 보며 웃는 것조차 해심은 본 적이 없다.

정해심은 아버지가 유치한 고깔모자를 쓰고, 다른 사람들과 함께 박수를 치며 웃는 모습을 보니 정말 치매가 사람의 본성까지 잊게 만든 것 같다고 메모한다. 혹시라도 성범죄를 저질렀다는 결론이 내려지면 아버지를 변호할 때 유용하게 써먹을 근거가 될 수도 있다 여겨서다.

생일축하 노래가 끝나고 세 노인이 같이 촛불을 끄려 케이크 위에 얼굴을 모은다. 그때 갑자기 촛불 위로 종이배가 다가와 순식간에 불이 붙는다. 불붙은 종이배가 테이블로 떨어져 깔아놓은 종이 위로 불이 번진다. 놀란 사람들이 아우성을 치고 불을 끈다며 야단법석을 치는 동안, 두 사람만 굳은 듯 자리를 지키고 있다.

정만선과 고해심이다. 정해심은 화면을 다시 앞으로 돌려 촛불 위로 종이배가 나타나는 순간을 포착한다. 화면 속 종이배는 아버지의 방에서 찾아냈던 종이배보다 훨씬 크다. 아마 벽에 거는 달력을 찢어 만든 것 같다. 그 종이배가 촛불 위에서 춤을 추듯 흔들린다. 종이배를 쥐고 있는 손가락이 떨고 있기 때문이다. 손의 임자는 생일상 맞은편에 휠체어를 타고 앉아 있는 고해심이다.

그 종이배에 불이 붙는 순간, 고깔모자를 쓴 채 바보처럼 웃고 있던 정만선의 눈빛이 달라진다. 사람들이 놀라 일어서고 소리를 지르는 사이에도 그는 동요가 없다. 뚫어져라 고해심만 바라보고 고해심 또한 깊은 시선으로 응시한다. 너무 깊어 정만선의 각막을 뚫고 들어가 내시경 호스에 달린 렌즈처럼 그의 속을 샅샅이 훑는 것만 같다.

그 일 이후로 둘의 관계가 역전됐다. 늘 정만선의 행방을 따라 고해심의 시선이 움직였는데 이제는 정만선의 시선이 고해심을 좇아다니기 시작한다. 그가 자기 방에 머무는 시간보다 다른 곳에 있는 시간이 많아지기 시작한 것도 그때부터다.

'왜? 아버지가 그 일로 고해심에게 반했다고 봐야 하나? 아

님, 고해심의 유혹 작전이 그 일을 계기로 성공한 거라고 봐야 하나?'

둘 중 어느 경우든 이상한 점은 왜 하필 '배'냐는 것이다.

정해심은 아버지 방에서 찾아낸 종이배들을 중요한 증거물을 다루듯 봉투에 넣는다. 그러다 그중 한 종이배에 쓰여 있는 글자를 발견한다. 획과 획들이 제대로 연결되지 않아 알아볼 수가 없는데 글자를 잊어버린 아버지가 가르쳐주듯 말한다.

"동정호."

그러고 보니 제대로 연결이 안 된 가로획과 세로획, 동그라미들이 '동정호'처럼 보인다.

"동정호? 동정호가 뭔데?"

"우리 배."

"우리 배?"

정만선의 시선이 창문 너머 먼 곳을 향한다. 정해심은 공항 가는 길에 엄마와 차를 타고 가며 그랬던 것처럼 혼자 버려진다.

2장

바다에서 잉태된 사람들

　　　　　　　　　　　　　　남해 앵강만의 정치망 중에
서도 동정호 어장은 해마다 고기가 곱으로 잡히는 황금어장이
다. 그래서 일본 패망 후, 선주였던 일본인은 어장을 두고 본
국에 돌아가는 게 아쉬워 자기 딸과 결혼하는 사위에게 어장을
주겠다고 공표했다.

　사람들은 수십 년 동안 남의 나라 물고기를 수탈해 왔으면서
아직도 미련을 버리지 못하는 일본인 선주의 탐욕스러움을 비
난했다. 그리고 아무도 그의 사위가 되지 않을 거라 자신했다.
그가 조선에 남기고 간다는 첫딸은 지능이 모자라 사람 구실을
못 한다는 소문이 파다했기 때문이다. 일본인 선주의 진짜 속
셈은 어장을 지키는 게 아니라 바보 딸을 이곳에 버리고 가는

거라 말하는 사람들도 있었다. 이제 식민지에서 벗어나게 됐으니 어차피 일본인이 차지했던 모든 것이 우리에게 돌아오게 될 텐데 누가 그런 헛수작에 놀아나겠느냐고 다들 비웃었다.

그런데 선주의 바보 딸이 아이를 가졌다는 소문이 퍼졌다. 아이의 아버지가 누구인지를 놓고 사람들은 설왕설래했고, 만약 그 아비가 조선인이면 용서할 수 없다고 목청을 높였다. 한마음 한뜻으로 단결해 일본인 선주에게 망신을 주려던 그들의 계획을 배신한 자이기 때문이다.

선주가 일본으로 떠나기로 한 날이 다가왔지만 아이의 아버지는 밝혀지지 않았다. 할 수 없이 점점 배가 불러오는 딸을 데리고 떠나려는 일본인 선주 앞에 정표세가 나서서 절을 했다. 따님을 제 아내로 삼게 해달라고. 일본인 선주는 그 자리에서 정표세를 사위로 삼고, 남기고 갈 재산을 딸과 함께 넘겨주었다.

그날 밤, 동네 청년들이 조선인의 자존심을 짓밟았다며 정표세의 집에 횃불을 들고 모여들었다. 그와 일본인 아내를 멍석에 말아 바다에 빠뜨리겠다고 달려들었다.

그때 집안 대대로 어로장을 했던 고봉주가 그들을 가로막았다. 그렇게 하면 용왕님이 노해 물길을 막아버린다고. 청년들은 앞으로 물고기를 잡아먹고 살지 못한다는 말에 조용히 물러갔다. 나라를 빼앗기고는 살아도 바다를 잃고서는 살 수 없는 게 이곳 사람들이었다.

몇 달 후 정만선이 태어났고, 그는 동정호 도련님이라 불리었다. 정표세는 해방 후 잠만 자고 일어나면 바뀌는 정권과 정책, 좌파와 우파의 대립, 새로운 법안 실행과 폐기에도 동정호를 지켜냈다.

그리고 늘 그의 곁에는 친구 고봉주가 있었다. 다른 어장에서는 30년간 계속된 일본인들의 남획으로 고기 씨가 말랐다고들 한탄했지만 유능한 어로장인 고봉주의 말만 들으면 그물 가득 고기가 들었다. 동정호는 여전히 최고의 황금어장이었다.

일본으로 돌아간 옛 선주는 앵강만의 고소한 멸치 맛을 잊지 못해 한국 사위가 잡아 쪄낸 멸치를 전량 사가지고 갔다. 덕분에 정표세는 날이 갈수록 부자가 됐다. 쪽바리 바보 마누라 덕에 선주가 된 놈이라고 뒤에서 손가락질하던 사람들도 그 어떤 선주보다 더 선주다운 정표세의 배포와 아량, 넉넉한 인심과 도움에 점점 더 존경심을 품게 되었다. 그럴수록 동정호 도련님 정만선을 대하는 사람들의 태도도 깍듯해졌다.

정만선은 황금어장 동정호를 이어받을 유일한 후계자였지만 물을 무서워해 배를 타지 못했다. 아버지 정표세는 그런 만선을 억지로 배에 태워 꽃섬에 내려주고 하루 종일 그곳에서 낚시를 하게 했다. 그때가 만선의 나이 여덟 살이었다.

만선은 사방을 둘러봐도 바다뿐인 섬에서 하염없이 물만 보았다. 늘 똑같은 줄만 알았던 물 색깔은 날마다 다르고, 밀려오고 나가는 파도의 모양도 가지각색이었다.

그중에서도 신기한 광경은 산과 구름에 맞춰 바닷물색이 변할 때였다. 산에 초록의 봄기운이 가득해지는 무렵이면 바닷물색도 초록으로 조화를 맞추고, 잿빛 구름이 산허리에 걸리는 흐린 아침이면 바닷물색도 잿빛으로 일렁거렸다. 시퍼렇다고만 여겼던 무서운 바다가 얼마나 다양한 색을 가졌는지 알게 된 건, 물속에 있는 해심을 발견하고부터였다. 만선의 나이 아홉 살이 지나서였다.

그전에 그 여름이 있었다. 유난히 무화과 익어가는 향기가 진동해 온 마을을 감싸고, 귀한 병어가 그물에 다닥다닥 꽂힌 채 은빛 꽃을 피우는. 백중사리 때맞춰 늦태풍이 올라온다는 소식이 들린 것이다.

바다와 땅, 바람과 달이 공모해 만들어내는 기묘한 흥분에 사람들은 출렁거렸다. 그물에 걸려 있을 병어들을 생각하면 돈다발을 끌어모은다는 기쁨에 설레다가도, 한 시각만 늦어도 죽어버리는 병어 때문에 마음 졸이며 밤잠을 설쳤다. 곧 큰 태풍이 불어닥친다니 그 전에 한 마리라도 더 잡아야 하는지, 아니면 놓고 온 그물부터 걷어와야 하는지 이러지도 저러지도 못한 채 들뜬 마음으로 우왕좌왕했다. 아무리 병어가 지천이어도 태풍이 오기 전엔 어장을 철수해야 한다. 그러지 않으면 어장이 죄다 떠내려갈 것이기에.

하용범은 깃발이 빠져나간 빈 어장에 자기 깃발을 꽂고 그물을 뿌렸다. 손바닥만 한 병어보다 몇 배나 큰 덕자들이 나는데 어떻게 포기할 수 있는가. 다들 태풍이란 말에 겁을 먹고 내뺐지만 자신은 그런 인간이 아니라는 자만심과 덕자란 덕자는 죄다 잡고 말겠다는 욕심으로 바다에서 나오지 않았다.

그는 밤인 줄도 몰랐다. 보석처럼 반짝이는 은빛 덕자들이 눈을 가려 깜깜한 세상은 오히려 눈이 부셨다. 그의 눈에는 바다에서 올라오는 덕자만 보이고 집에 있는 아내는 보이지 않았다. 아이를 낳는 고통에 아내가 비명을 지르며 남편을 찾아도 그의 귀에는 조금도 들리지 않았다.

그러다 태풍이 근접해 늑대에 쫓기는 토끼 떼처럼 하얗게 날뛰는 파도를 보자, 다급히 배를 육지로 돌렸다. 어렸을 때부터 사람 하나를 잡고서야 끝이 나는 무서운 백중 이야기를 들은 기억이 있고, 그 심상치 않은 여름이 바로 지금이라는 사실을 직감해서였다. '올해의 희생자는 내가 아닐까' 싶은 생각에 식은땀이 바짝 났다.

천둥번개가 종 모양의 앵강만을 뒤흔들자 비가 쏟아지기 시작했다. 하늘에서 떨어지는 물벼락에 질세라 바다도 집채만 한 너울을 만들어 솟구쳤다. 그럴 때마다 작은 목선은 삐그덕삐그

덕 처절하게 울어대며 점점 더 물속으로 가라앉았다. 하용범은 미친 듯이 고인 물을 퍼내다가 애써 잡은 덕자들까지 다시 바다로 내던지며 용왕님에게 빌고 또 빌었다. 한 번만 살려주시면 다시는 욕심부리지 않겠습니다. 그렇게 모든 것을 바다로 되돌리고서야 간신히 목숨을 건졌다.

그 대신 두 사람이 여름에 잡혀갔다. 한 사람은 해심의 아버지 고봉주였다. 동정호의 어로장인 그는 선주인 정표세와 함께 태풍이 오기 전 어장을 빼러 나갔다가 사고를 당했다.

하용범이 난파 직전의 목선을 끌고 간신히 항구에 도착했을 때, 고봉주는 머리에 피를 흘리며 친구 정표세에게 업혀 동정호에서 내려지는 중이었다. 정표세는 하용범에게 자신이 마차를 가져올 동안 고봉주를 보살펴달라고 부탁했다. 하지만 그가 돌아오기 전에 고봉주는 숨이 끊겼고, 집에서 혼자 산통을 겪고 있던 하용범의 아내는 딸을 낳다 죽었다.

태풍 속에 쌍초상을 치르느라 호구산 아래 자리 잡은 동네 호구리는 난리 법석이었다. 비바람에 천막 하나 칠 수 없는데도 대를 이은 어로장으로 이곳 어부들을 먹여 살려온 고봉주를 문상하러 앵강만뿐 아니라 강진만, 지족, 미조에서까지 사람들이 몰려왔다. 정표세는 멸치를 보관하는 동정호의 창고를 내주었고, 여름 내내 쪄서 말린 멸치는 일본으로 가는 대신 문상객들의 국수장국을 만드는 데 들어갔다.

태풍 때문에 배를 묶고 며칠 술판이나 벌이고 놀 생각이었던 어부들에게 초상집은 공짜 술을 얻어먹기에 안성맞춤인 장소였다. 어린아이 손가락만 한 멸치를 통째로 푹 끓인 물에 맑은 멸치젓국으로 간을 맞춘 국수장국은 먹어도 먹어도 질리지 않는 술국이라 초상집 가마솥은 밤낮없이 김을 뿜어댔다. 그 구수하고 달큰한 냄새가 남해섬을 넘어 욕지도, 사량도, 금오도까지 흘러가 한낱 일꾼에 불과했던 고봉주를 위해 동정호 선주가 베푸는 호의가 얼마나 대단한지를 알렸다.

온 마을 사람들이 몇 날 며칠 먹고 마시며 태풍이 지나가길 기다렸지만 하용범만은 그러지 않았다. 그의 집도 상갓집이었지만 찾는 이 하나 없이 썰렁했다. 예전부터 덕자라면 환장을 해 어느 어장에 덕자가 잡힌다는 소리만 들리면 그곳에 그물을 얹어 깃발싸움을 하는 것으로 유명한 하용범이었다. 사람들은 그의 아내가 애를 낳다 죽었다는 말 대신, 하용범이 덕자에 미쳐 제 마누라가 애를 낳다 죽은 줄도 몰랐다는 말을 했다.

그 애의 이름을 '덕자'라고 부른 것은 마을 사람 중 하나였다. 애초부터 부르려고 해서 부른 것이 아니었다. 얘기를 하다 보니 말이 꼬여 '덕자에 미친 하용범'의 딸 이름도 '덕자'라고 지칭하게 된 것이다.

그런데 신기하게 하용범도 자기 딸을 덕자라 부르고 있었다. 그날 밤 난생처음으로 많이 잡았던 덕자였는데 살기 위해 다시 바다에 내던지고 돌아와야 했던 일이 원통하고 분했다. 용왕님이 자기 목숨 대신 마누라 목숨을 거둬갔는데 아까운 덕자만 제물로 바친 것 같아 억울하고 한이 돼서 딸 이름을 덕자라고 불렀다.

　동네에 상여가 하나뿐이라 덕자 엄마는 상여도 타지 못한 채 하용범의 지게에 실려 쓸쓸히 산에 묻혔다. 아내를 묻고 돌아오며 그는 '문어만도 못한 년'이라고 죽은 아내를 욕했다. 문어도 제 새끼는 키우고 죽는데 새끼만 낳아놓고 저 혼자 죽어 자신을 고생시킨다며 원망했다. 사실 애 키우는 고생이라고 해봤자 하용범이 한 일은 어린 덕자를 고무대야에 담아 선착장에 올려놓고 매일 뱃일을 나가는 것뿐이었다. 그 안에서 갓난애가 울든 말든, 배고파 죽든 말든 신경 쓰지 않았다. 그날 밤 자신이 손해 본 덕자를 되찾는 것, 그것만이 그의 머릿속에 있었다.

　그래도 덕자가 살아남은 건 고봉주의 딸인 해심이 돌봐줬기 때문이다. 해심은 자신이 아버지를 잃은 날, 엄마를 잃은 덕자에게 동병상련을 느껴 어미처럼 아이를 보살폈다. 열 살짜리 계집애가 갓난애에게 죽을 끓여다 먹이고 업어주는 모습을 사람들은 신통하다 기특하다 말했지만 하용범은 해심이 그러는 게 당연하다고 여겼다. 자신이 죽어가는 해심의 아버지를 지키느라 덕자 엄마가 죽은 것이니 해심이 덕자를 책임져야 한다고 큰소리쳤다.

아버지 대신 집안을 책임지기 위해 해심은 하루 두 번 파도에 떠밀려오는 청각이나 미역, 해삼, 조개를 주워 팔았다. 덕자가 아장아장 선착장을 걸어 다닐 무렵에는 꽃섬까지 들어가 물질을 하는 해녀가 되었다. 그 물속에서 해심은 자신을 바라보고 있는 만선을 발견했다. 아니, 해심보다 먼저 만선을 발견한 건 덕자였다.

세상에서 유일한 말 상대인 해심이 물질을 하러 바다에 들어가면 덕자를 상대해주는 건 눈앞에 보이는 풍경뿐이었다. 덕자는 거기서 꽃섬에 있는 만선을 처음 보았다. 그리고 그가 있는 풍경을 좋아했다. 걷지도 못하는 갓난쟁이의 눈으로, 눈곱이 덕지덕지 낀 어린아이의 눈으로 어린 만선이 수염이 거뭇거뭇한 청년이 돼 꽃섬의 주인으로 군림할 때까지 그를 지켜보았다.

덕자가 있는 선착장에서 만선이 있는 꽃섬까지는 50미터. 해심은 그 물속을 오가며 해삼과 문어를 잡고 전복을 땄다. 물밖으로 나올 때면 덕자를 향해 손을 흔들어주었다. 덕자도 그럴 때마다 손을 흔들었지만 덕자가 손을 흔들어준 대상은 해심이 아니라 만선이었다. 하지만 만선은 한 번도 덕자를 향해 손을 흔들어주지 않았다. 덕자는 서운하지 않았다. 자신은 너무 작아 만선이 있는 꽃섬에서는 잘 보이지 않았으니까.

시간이 지나 꽃섬에서도 보일 만큼 키가 자랐지만 여전히 동정호 도련님 만선은 덕자를 알아보지 못했다. 그의 시선은 늘 바다를 향해 있었으므로. 그 바닷속에는 해심이 있었다.

해심은 동네에서 유일하게 만선을 '도련님'이라고 부르지 않았다. 어린놈한테 왜 굽신거려야 하냐고 입을 삐죽거렸다. 해심이 그러는 이유는 덕자 아버지에게 들은 얘기 때문이었다.

하용범은 해심의 아버지가 그물을 빼려다 바다에 있는 멍(바닷속에서 밧줄을 고정하는 큰 돌)에 부딪혀 죽은 게 아니라고 했다. 정표세가 삿갓대로 고봉주의 머리를 찍었다 말했고, 정말 고봉주의 이마에는 삿갓대(갈고리가 달린 막대 형태의 어구漁具)에 찍힌 상처가 있었노라 주장했다.

그리고 만선 아버지가 해심 아버지를 죽인 건, 해심 아버지가 어업조합을 만들어 동정호 정치망을 조합원들의 공동소유로 하려 했기 때문이라고. 만선 아버지가 동정호를 빼앗기지 않으려 신망이 두터운 고봉주를 죽이고, 이를 감추고자 호화로운 장례를 치러준 거라고 했다.

해심은 그 이야기를 들을 때마다 주먹을 불끈 쥐며 꼭 복수할 거라고 다짐했다. 덕자는 '복수'가 무슨 뜻인지 몰랐지만 그렇게 말하는 해심이 멋있어 보였다. 동정호 도련님을 향해 눈길 한 번 주지 않고 무시하는 게 괜히 좋았다. 그토록 오랫동안 손을 흔들었는데도 한 번도 응답하지 않은, 자신이 이 세상에 있는지도 모르는 만선에게 똑같이 복수해주는 것이 통쾌했다.

"솔직히 옛날부터 만선이가 낼 보고 있는 거 다 알고 있었다 아이가. 그래서 일부러 물속에서 안 나오고 버텼던 거래이. 1초, 2초…… 내가 물속에 있을수록 얼굴이 하얗게 질리는 만선이를 보는 게 재밌데. 그렇게 참다 보니 사람들이 내 보고 우리 동네 최고의 해녀라쿠대."

해심은 물 밖에 있을 때도 물에서 막 나온 것처럼 촉촉하고 빛이 났다. 덕자는 그녀를 볼 때마다 넋이 나갔다. 해심의 눈은 살아 있는 물고기의 눈처럼 깨끗하고 선명했으며, 입술은 한여름 백일홍처럼 눈에 띄는 선홍빛이었다. 그 눈을 보고 그 입이 말하는 걸 듣고 있으면 정신이 몽롱해져 취하는 기분이 들었다. 그러다 해심이 웃기라도 하면 덕자의 가슴에서는 후드득 소리가 났다. 토란잎에 떨어지는 소나기처럼 맑은 웃음소리가 덕자의 마음에서 오랫동안 동글동글 굴러다녔다.

낚싯대를 든 채 바다를 바라보는 만선과 무심하게 물질을 하는 해심의 풍경이 몇 년째 이어졌다. 덕자는 그 풍경을 사랑했고 영원히 변치 않길 바랐다. 해심이 직접 잡은 문어나 소라를 덕자 아버지가 잡아온 양태나 도다리와 바꿔가기 시작했을 때도 덕자는 눈치채지 못했다. 꽃섬에 있는 만선의 표정이 밝아지고, 물질을 하고 나오는 해심의 숨소리도 전과 달라졌지만 이를 알아보기에 덕자는 너무 어렸다. 그래서 해심이 바꿔간 양태나 도다리가 낚시를 하고 나오는 만선의 망태기 속에 들어 있는 장면을 보았을 때 너무 놀랐다. 해심은 그런 덕자에게 또 '복수'라는 말을 했다.

"만선이가 물고기를 잡아가지 몬하믄 만선이네 가족이 낚시하러 나오는 걸 몬하게 할 수 있으니까네 내가 일부러 물고기를 준 거 아이가."

"왜?"

"그래야 만선이가 계속 날 볼 수 있을 거 아이가. 난 걔를 좋아하지 않지만 걔는 내를 좋아해야 된단 말이데이. 그래야 우리 아버지의 복수를 할 수 있는 기라."

해심보다 열 살이 어린 덕자는 그 말을 다 이해하지 못했지만 무조건 믿었다. 그녀는 덕자에게 엄마이자 세상이고, 가장 아름다운 풍경이자 그 풍경의 주인공이기에.

그러던 어느 날 덕자가 가장 사랑하는 풍경이 변질됐다. 늘 만선이 있던 자리에 익숙한 낚싯대만 그대로 세워져 있었다. 해심 역시 물질을 하러 들어가 보이지 않았다. 덕자는 직감했다.

만선이 자리를 비운 꽃섬은 더 이상 덕자가 알던 꽃섬이 아니었고, 해심이 없는 바다는 물색부터 초라했다. 세상이 무너지는 충격에 덕자는 주저앉아 울었다.

두 사람은 어디로 갔을까.

나만 두고 어디로 갔을까.

3장

정황증거

정해심은 자신이 일하는 서울 남부지검 검사실 앞에서 조사를 받기 위해 찾아온 피의자처럼 우물쭈물한다. 오늘따라 이 방에 들어가는 것이 왜 이렇게 부담스러운지. 그녀가 큰 숨을 몰아쉬고 문을 연다.

먼저 출근한 노 수사관은 해심이 자리에 앉기가 무섭게 업무를 시작한다.

"그 노래방 강제추행치상 피의자 어떻게 하실 거예요? 피해자 쪽 변호사한테 연락이 왔는데 합의를 안 하겠다고 한다네요. 남들 다 쓰는 반성문도 안 내고 도대체 무슨 고집에 배짱인건지. 이번에 정신 똑바로 차리게 실형 선고해야겠죠?"

자신이 영장을 치려 할 때마다 초범에 앞날 창창한 젊은이들인데 너무 가혹한 선고 아니냐며 말리던 노 수사관이었다. 그런데 이번엔 세게 나가는 게 의아하다. 아버지 일로 위축돼서 그렇게 느끼는 건가.

"한 번 더 불러서 얘기를 해보죠."

"네?"

검사님답지 않게 왜 그러냐는 듯, 눈을 동그랗게 뜨는 노 수사관의 시선을 피하기 위해 책상에 놓인 서류들을 뒤적거린다. 사실 며칠 전 1차 조사를 마쳤을 때만 해도 정해심 역시 같은 생각을 했다. 강제추행치상 혐의가 확실한데 죄를 인정하기는커녕 반성도 하지 않으니 기소유예는 물 건너갔다고. 징역 2년형은 확정인데 실형을 선고할 것인가, 집행유예를 선고할 것인가. 그것만 결정하면 될 일이라고.

그런데 지금은…… 공무집행을 하는 데 개인적인 감정을 개입시키면 안 된다는 사실을 잘 알고 있지만 자신이 완벽하게 지킬 수 있을지 의심스럽다. 공과 사를 분리한다는 게 정말 가능한 걸까?

요 며칠 자신의 행적만 봐도 대답은 비관적이다. 그 일이 벌어지고 나서 살펴본 사건 기록만 수십 건이 넘지만 각기 다른 사건들을 읽으면서 생각한 건 정작 아버지의 일이었다. 공소장에 적힌 내용을 이번 사건과 비교 분석하면서 '이 사람은 그래도 우리 아버지가 한 짓에 비해서는 심하지 않네', '조현병 전력은 치매보다 더 큰 감형 요인이 될 수 있을까', '그렇다면 그 근거는 뭔가' 이런 생각들을 하고 있었던 것이다. 그래서 책상 위에 놓인 사건 파일들은 하나도 줄어들지 않고 점점 늘어만 간다.

"검사님, 무슨 일 있으세요?"

"네? 왜요?"

"보통 때랑 좀 다른 거 같아서요."

해심도 자신이 가족 문제로 이렇게 혼란을 겪을 줄은 몰랐다. 다른 가족들처럼 화목하거나 끈끈한 관계가 아니기에, 만약 가족 중 누군가 범죄에 연루된다면 자신은 한 치의 차별도 없이 똑같이 선고하리라고, 할 수 있다고 자신했는데…….

사실 아버지 정만선이 한 짓은 성폭행 여부는 차치하더라도 목격자인 요양보호사의 진술만으로 유사성행위에 해당된다. 그건 노래방에서 부하 직원에게 키스하다 이곳까지 오게 된 장 팀장의 죄보다 훨씬 중범죄다. 장 팀장에게 징역 2년을 선고한다면 아버지에게는 징역 5년을 선고하는 게 형평성에 맞다. 노령의 치매 환자임을 감안해도 장 팀장이 받는 형벌보다 가벼우면 아버지라서 봐준 거라고, 입으로만 공정함을 외치는 '개검'이라고 사람들이 욕할 것이다.

차라리 내 아버지일지라도, 치매 환자라 판단능력이 부족할지라도, 피해자와 그 가족들이 입은 육체적·정신적 상처를 생각해 중형에 해당하는 선고결정문을 쓰는 편이 자신에게도 좋다. '황금엉덩이 검사'라는 별명까지 있는 자신의 위신에는 그게 훨씬 더 도움이 되니까. 그런데 병실에서 만났던 고해심의 태도가 자꾸 신경 쓰인다. 아무리 생각하고 또 생각해봐도 그건 육체적·정신적 상처를 받은 성폭력 피해자의 태도나 표정이 아니다.

'동정호'. 아버지는 동정호가 우리 배라고 했다. 고해심이 어떻게 알고 종이배에 '동정호'라 써주었을까? 혹시 두 사람이 처음 만난 게 아니라 그전부터 알고 있던 사이?

정해심이 의식하지 못한 채 책상을 손으로 내리치자 노 수사관이 전화를 하다 말고 화들짝 놀라 바라본다.

아버지의 일을 아무에게도 말하지 않을 생각이었지만 지금 가장 필요한 사람은 노 수사관임을 알기에 갈등이 된다. 자기 입으로 차마 그런 얘기를 할 수 있을까? 과연 하는 게 좋을까? 얘기를 털어놓을 수 있을 만큼 노 수사관은 믿을 만한 사람인가? 그가 비밀을 지켜줄까?

노 수사관은 사람들이 성을 들먹이는 걸 싫어한다. 젊었을 때부터 '노 수사관'이란 말을 들으면 사람들이 늙은이인 줄 오해해서란다. 이제는 '노 수사관'이란 말이 억울하지 않은 나이가 됐지만 오래전부터 쌓인 앙금 때문에 아직도 성을 붙인 호칭을 좋아하지 않는다. 하지만 해심은 다른 의미에서 노 수사관이라 부르길 좋아한다. 해심이 'No'라는 대답을 듣고 싶을 때 그 말을 가장 확실하게 해주는 사람이 바로 노 수사관이기 때문이다.

"수사관님, 오늘 점심은 제가 살게요. 곱창전골 괜찮으시죠?"

"대낮부터요?"

"노 수사관님과 은밀히 하고 싶은 이야기가 있거든요. 비밀 지켜주실 수 있죠?"

"피, 그렇게 부르시면 제 대답은 무조건 노예요."

말은 그렇게 하면서도 눈길은 막둥이 딸을 바라보는 아버지처럼 다정하다. 2년 후 정년퇴임을 앞두고 있는 그에게 정해심이 마지막 파트너라 더 그런지도 모른다.

곱창전골집 작은 골방에서 그동안 있었던 자초지종을 어렵게 털어놓자 노 수사관은 황당한 표정을 짓는다.

"저는 그런 줄도 모르고 소개팅했던 남자한테 계속 전화랑 문자가 오는 줄 알고 오해했잖아요."

"네?"

"그쪽에서 매달리는데 우리 검사님이 계속 튕기는 줄 알았죠. 그래서 어떤 남자인가 궁금해서 검사님 책상에 있는 명함을 보고 좀 알아봤는데……."

"하영석 그 사람에 대해서요?"

"예. 에휴. 진작 말했으면 내가 그런 사람 심기는 최대한 건 드리지 않는 게 좋다고 했을 텐데."

그는 하영석이 몇 년 전 200억짜리 대작 영화를 제작했다가 실패했고, 이혼 후 여기저기 빚도 많은 상황임을 알려준다.

"배고픈 짐승일수록 기대했던 먹이를 받지 못하면 사나워지는 법이잖아요. 그럴 땐 작은 먹이라도 던져주고 도망치는 게 최고죠."

"그럼 이제라도 그 남자가 요구하는 대로 합의하고 끝낼까요?"

"노! 저한테 이 대답을 바라고 물으신 거잖아요."

자신의 마음을 속속들이 알고 있는 노 수사관 덕분에 긴장이 조금 풀린다.

"맞아요. 사실 이런 말 하면 비웃으실 것 같아 조금 창피하긴 한데, 우리 아버지 일이라서가 아니라 다른 성폭력 사건들과는 자꾸만 다른 느낌이 들어요."

"그 느낌에 따르면 되지. 뭐가 창피해요?"

"그 느낌이 진짠지 가짠지 의심스러우니까요. 내 아버지라서 나도 모르게 자꾸만 그런 방향으로 생각하려는 건 아닌지……."

"의심하고 의심하다 끝을 보는 거, 그게 검사님 장점인데 뭘 두려워해요?"

"그게 제 장점이라구요?"

"그럼요. 곱창은 배부르게 먹었으니 이제 저도 제가 잘할 수 있는 걸 하겠습니다."

그렇게 말한 지 몇 시간 만에 노 수사관은 정해심이 궁금해하던 정보를 알아온다. 정만선과 고해심이 전부터 아는 사이일 수 있다는 정해심의 예상은 맞았다. 출력해온 두 사람의 주민등록초본의 본적지가 같은 곳이었다.

경남 남해군 이동면 호구리

고해심은 1944년생, 정만선은 1946년생. 두 사람은 같은 곳에서 태어나 정만선이 일본으로 가기 전까지 함께 자랐다. 그제야 아버지를 담당했던 베트남 출신 요양보호사의 말이 이해된다.

"그 할머니 처음 왔을 때부터 정 할아버지만 쳐다봤어요."

고해심은 정만선을 처음부터 알아봤던 것이다. 로맨티스트인 노 수사관의 상상력은 정해심의 상상을 앞지른다.

"예전에 서로 사랑하던 사이였는지도 모르죠. 그런데 우연히 요양원에서 딱 만난 거예요. 그래서 자연스럽게 다시 사랑에 불이 붙었다, 그렇게 볼 수도 있겠는데요!"

"수사관님, 우리 아버지는 치매고, 그 할머니는 파킨슨병 환자예요."

"에이, 그렇다고 사랑 못 하나? 병 그까짓 게 뭐, 난 10년 전에 죽은 우리 마누라도 사랑하는데."

정해심은 노 수사관이 왜 그런 말을 하는지 알고 있다. 늙고 병들었지만 마음만은 늙지 않은 두 노인들의 불장난이 사건의 본질일 수 있다는 말로 민망하고 착잡한 마음을 위로해주고 싶은 것이다. 하지만 그녀조차 그 말을 액면 그대로 믿을 수는 없다. 파킨슨병으로 몸도 못 가누는 환자가 치매 환자와 사랑을 한다는 게 가능이나 할까.

질문에 대한 답을 해줄 수 있는 사람은 고해심밖에 없기에 야근을 포기하고 직접 만나러 가기로 한다. 그리고 가는 길에 문방구에 들러 스케치북과 사인펜을 산다. 성대 근육이 마비된 환자와 의사소통을 하기 위해 자기 나름대로 고민한 준비물이다.

아버지에게 만들어준 배에 적힌 '동정호' 글자만 봐도 고해심은 손에 마비가 와 제대로 글씨를 쓸 수 없는 상태임을 알 수 있다. 그래서 생각한 묘안이 설문조사 형식으로 의사소통을 하는 것이다. 질문과 답변을 작성해 보여주면 어느 것이 맞는지 체크만 하면 된다.

'지난번 목욕탕에서 있었던 사건 때문에 상처를 받았습니까? 1번 그렇다, 2번 아니다. 2번을 선택하셨네요. 그럼 우리 아버지와 목욕탕에 간 일은 본인 의사가 얼마큼 반영된 것이었나요? 1번 0프로, 2번 50프로, 3번 100프로.'

만약 고해심이 두 번째 질문에 3번을 선택한다면 아버지의 성폭력 혐의는 사라지게 된다. 그럼 요양원과 하영석 쪽에서 오히려 사과를 해야 할 것이다. 아버지는 죄도 없이 폭행당했고, 자신 역시 범죄자 딸 취급을 당하며 협박받았으니까.

물론 첫 질문부터 예상이 빗나갈 수도 있다. 그럼 합의금을 주고 끝내면 되는 거다. 이 사건 때문에 더 이상 신경 쓰지 않아도 되고 시간 뺏기지 않아도 되니 자신에게도 나쁜 것만은 아니라고 결론 내린다.

여름의 절정이라 그런지 해가 졌는데도 후텁지근한 열기가 사라지지 않는다. 정해심은 차에서 내리자마자 비라도 피하려는 사람처럼 병원 건물을 향해 달린다.

그리고 곧장 고해심이 있는 병실로 가 문을 여는데 침대에는 다른 환자가 있다. 분명 여기 있었는데 어떻게 된 거지? 어리둥절해 스케치북을 꼭 쥔 채 간호사 데스크로 가는데 전보다 더 꾀죄죄해진 하영석이 불쑥 튀어나와 소리친다.

"보내라는 합의금은 안 보내고 여긴 왜 또 왔어?"

눈까지 충혈된 모습이 첫인상보다 몇 배 더 안 좋아 보이지만 정해심은 겁먹지 않았다는 사실을 보여주려 일부러 그에게 한 발짝 다가선다.

"두 분은 요양원에서 처음 만난 게 아니에요."

"관심 없고, 합의금 가져온 거 아니면 꺼져."

"사건 당일 저희 아버지가 그쪽 어머님 방에 한 시간도 넘게 있었거든요. 그 방 침대 옆에는 호출벨도 있었는데 어머님은 왜 그 벨을 누르시지 않았을까요?"

"뭐?"

"우리 아버지가 위협적인 행동을 하거나 강제로 휠체어에 태우려 했다면, 그쪽 어머님이 호출벨을 눌렀을 텐데 안 그러셨다구요."

"그래서 무슨 얘길 하고 싶은 건데?"

"먼저 어머님을 만나 묻고 싶은 게 있어요. 그러니까 만나게 해주세요."

하영석의 눈썹이 파르르 떨리며 입술이 비틀린다.

"이 여자가 진짜 보자 보자 하니까. 내가 너 같은 거 이뻐서 지금까지 봐주고 있었는지 알아? 경찰서 드나들기 귀찮아서 참고 있었던 거야."

하영석은 그냥 하는 말이 아님을 보여주기 위해 핸드폰을 꺼내 경찰서에 전화를 건다. 이제는 하영석이 그랬던 것처럼 정해심의 눈꺼풀이 파르르 떨린다. 사건이 접수되면 일이 복잡해진다. 검찰까지 사건이 넘어오면 결론이 어떻게 나든 동료들 입에 오르내릴 텐데 상상만 해도 벌써부터 속이 울렁거린다.

"궁금한 게 있어서 그래요. 고해심 씨에게 몇 가지만 물어보고 결정한다니까요."

정해심의 목소리가 떨릴수록 그는 더 고압적인 자세를 취한다.

"물어보긴 뭘 물어봐. 우리 엄마가 어떤 상태인지 알기나 해?"

"알아요. 그래서 이걸 준비해 왔어요."

정해심은 잽싸게 들고 있던 스케치북을 펼치고, 오는 동안 생각했던 첫 번째 질문을 즉석에서 작성해 보여준다.

"어머님이 선택하시는 답변에 따라 다음 질문들을 써서 보여 드릴 거예요. 원하신다면 제가 고해심 씨와 대화하는 동안 옆 에서 지켜보셔도 돼요."

그 말에 하영석의 얼굴이 험하게 일그러진다.

"지금 장난해?"

"네?"

"우리 엄마 중환자실에 있어. 너랑 이딴 놀이 할 수 있는 상 황이 아니라고!"

며칠 전 봤을 때는 분명 위독해 보이지 않았다. 합의금을 빨 리 받아내려는 협박성 거짓말이 아닐까 의심스럽다. 하영석은 이미 속마음을 안다는 듯이 간호사 데스크로 데려가 직접 확인 시킨다. 곧 정해심은 그의 말이 사실이란 걸 알게 된다. 고해심 은 어젯밤 급성폐렴으로 중환자실로 옮겨졌고, 지금은 의식도 없이 인공호흡기를 단 상태다.

정해심은 아버지가 같은 요양원에 있는 할머니를 욕조에 가

뒤놓고 범하려 했다는 소식을 들었을 때만큼이나 큰 충격을 받는다. 만약 이대로 고해심이 죽는다면? 고해심이 정만선과 어떤 관계였든, 종이배를 줬든 태웠든, 세상은 목격자가 보았던 광경만 가지고 아버지를 사람까지 죽인 악질 성범죄자로 단정할 것이다.

그보다 더 두려운 건, 범죄자의 딸로 자기 역시 낙인찍힌다는 사실. '황금엉덩이 검사'라는 별명까지 가지고 있으니 전 국민적인 웃음거리가 되는 일은 불을 보듯 뻔한 수순이다.

'성범죄자들에게 중형을 선고하는 것으로 유명한 '황금엉덩이 검사'의 아버지가 파킨슨병으로 몸을 가누지 못하는 환자를 상대로 강간치사죄를 저지르는 일이 벌어져 사람들에게 공분을 일으키고 있습니다.'

그 밑에 달릴 수많은 댓글과 주위의 시선들. 결국 자신은 옷을 벗고 검찰청을 떠나 변호사가 돼야 할 것이다. 하지만 그럴 자신이 없다. 검사를 하다 변호사를 하는 대부분의 사람들과 달리 자신에게는 타인을 변호할 수 있는 '믿음'의 능력이 없기에.

의심처럼 믿음도 천성적인 것이다. 남을 잘 믿어 사기당하는 피해자들이 당하고 또 당하는 이유도 그 때문이다. 믿지 않으려 노력한다고 해서 믿지 않을 수 없고, 믿으려 노력한다고 해서 믿을 수도 없다. 정해심은 '나'와 '너'를 공정하게 의심하는 만큼 '나'와 '너'를 공평하게 믿을 자신이 없다.

"경찰서죠? 우리 엄마가 요양원에서 성폭력을 당해 신고하려고 전화했거든요. 가해자는 같은 요양원에 있는 노인인데 이름은, 이름이 뭐야? 당신 아버지 이름이 뭐냐고?"

정만선이라고 말하는 대신 입술을 깨물며 하영석에게 조금만 시간을 달라고 부탁한다. 우쭐한 표정의 그를 향해 머리를 조아리면서 이 순간의 비굴함은 영원히 잊지 못할 거라고 생각한다.

"어떻게 됐어요? 그 할머니한테 확인해봤어요? 제 말이 맞죠? 전에 두 사람 사랑하던 사이라고 하죠?"

다음 날 얼굴을 보자마자 속사포처럼 쏟아내는 노 수사관의 질문에 해심은 아무 대답도 하지 못한다. 하영석은 오늘까지만 기다려주겠다고 했다. 오늘까지 합의금을 보내지 않으면 경찰서에 바로 고소할 거라고.

"검사님, 밤새 궁금해서 잠도 못 잤는데 정말 아무 말도 안 해줄 거예요?"

"고해심이 중환자실에 있는데 상태가 안 좋아요."

그 말을 하는데 자기도 모르게 목소리가 떨린다.

"네? 전에 만났을 때는 괜찮다고 했잖아요."

"네. 그랬는데, 그땐 그랬는데……."

해심은 더 말하면 정말 노 수사관 앞에서 눈물을 보일 것 같아 어금니를 꽉 깨물고 말을 삼킨다. 노 수사관도 더 이상 해심에게 말을 시키지 않는다. 따로따로 업무를 보고 점심을 먹으며 최대한 서로 마주치기를 피한다. 노 수사관의 섬세한 배려가 새삼 고맙게 느껴진다.

아무리 생각해도 고해심이 죽기 전에 합의금을 주고 사건을 마무리하는 게 최선인 것 같다. 하지만 거액의 합의금을 마련하려면 먼저 자초지종을 이야기해야 하는데 흥겨운 음악이 흐르는 레스토랑에서 그리스 와인에 취해 있을 엄마를 떠올리면 도통 입이 떨어지지 않는다.

"소크라테스가 독약을 먹고 죽으면서 '악법도 법이다' 그러니까 소크라테스 아내인 크산티페가 뭐라 했는 줄 아니?"

"······."

"악처도 처라고 했더니 그걸 또 따라하네, 이 인간이! 하하하. 웃기지? 근데 내가 보기에 크산티페는 전혀 악처가 아니야. 악처면 남편이 감옥에 가거나 말거나 신경도 안 쓰지, 그렇게 자주 찾아갈 리 없잖아?"

"그래서 지금 엄마가 악처라고 고백하는 거야?"

정해심은 일부러 까칠하게 말하고 전화를 끊어버린다. 다시 전화가 걸려오길 기다리지만 이번에도 박문희는 실망시킨다. 외로움, 무거움······. 왜 나 혼자 이 모든 걸 감당해야 하냐는 억울함이 또다시 불쑥 치밀어 오른다.

그때 이미 퇴근한 줄 알았던 노 수사관이 문을 열고 들어온다.

"내 이럴 줄 알았다니까요."

"뭐가요?"

"고해심이 중환자실로 가게 된 건 검사님 아버지 때문이 아니라 하영석 그 사람 때문이에요."

노 수사관은 고해심이 왜 갑자기 중환자실로 이송됐는지 궁금해 병원 관계자들을 탐문하고 오는 길이다. 고해심이 중환자실로 옮겨지기 전, 병실에서 하영석이 난리를 피웠다는 이야기를 담당 간호사에게 입수했다.

"처음엔 큰 소리가 나서 누가 병실에서 싸우는 줄 알고 갔대요. 근데 고해심은 등을 돌린 채 누워 있고, 하영석이 일방적으로 혼자 고함을 질러대고 있었다더라구요."

"혹시 내용도 알아보셨어요?"

"당연하죠. 자세히 기억은 안 나는데 간호사가 무슨 땅 얘기를 하는 것 같았다고 말하더라구요. 엄마가 땅을 팔라고만 했으면 이런 일도 없었을 거라고. 요양원 어쩌고저쩌고 뭐 그러다가 또 돈 얘기를 하는 것 같더라고."

"돈이요?"

"네. 왜 그 돈을 못 받게 하냐고. 자기는 꼭 받고 말 거라고. 그 남자가 말한 돈이 혹시 검사님한테 받으려는 합의금이면……."

"고해심은 합의금을 원치 않았단 소리네요?"

"좀 더 비약하면 고해심 씨 본인은 자신이 성범죄 피해자라고 여기지 않아서 그랬다고 볼 수도 있구요."

"그럼……."

"제가 말했잖아요. 사랑이라니까요. 다른 사람들 눈에 어떻게 보이든 두 사람은 사랑을 한 거예요."

"하영석 씨도 사실을 받아들일까요?"

"글쎄요. 그래도 한번 얘기는 해볼 수 있지 않을까요? 고해심 씨가 중환자실로 옮겨진 건, 검사님 아버님 때문이 아니라 하영석 씨와의 갈등 때문임을 넌지시 알려줘도 나쁘지 않을 것 같구요. 그 사실을 다른 가족들이 알길 바라지는 않을 테니까요."

"다른 가족들이요?"

"고해심 씨 가족관계증명서에 딸이 하나 더 있었잖아요. 하덕자라고. 어쩌면 그쪽과 이야기하는 게 나을 수도 있어요."

오랜 경험에서 우러나온 노 수사관의 말에 정해심은 고개를 끄덕인다. 그리고 도움을 요청하길 잘했다고 생각한다. 그러지 않았더라면 지금쯤 자신의 처지를 비관해 우울증에 빠졌거나, 합의금을 마련하러 사채업자를 찾아다니고 있었을지도 모르니까.

"아, 그 사람이 제작했다는 영화를 미리 보고 가는 것도 좋을 것 같네요. 영화에 대해 나쁜 얘기는 절대 하지 말고 무조건 재밌다고, 예술이라고 칭찬하는 것도 잊지 마시구요."

정해심은 조언을 충실히 따랐다. 하영석을 만나러 가기 전에 그가 제작했던 영화를 찾아보는 데까지는. 하지만 너무 재미가 없어 끝까지 보기 힘들었고, 보면 볼수록 뭐라고 칭찬을 해줘야 할지 알 수 없어 난감했다. 차라리 보지 않고 아무 말이나 칭찬하는 게 더 쉽지, 보고 나서 마음에도 없는 칭찬을 하면 양심의 가책을 느낄 것 같았다.

다음 날, 그래도 그녀는 그 바닥 사람들이 좋아한다는 말에 영화 이야기를 꺼냈다가 곧 후회한다.

하영석은 대진운이 안 좋아서 망했다는 말을 시작으로 영화 이야기를 쉴 새 없이 늘어놓는다. 그해 최고의 흥행 기대작이라며 시사회에 참석한 기자들과 배우들이 장담했는데 생각지도 못한 할리우드 영화에 완패했다고. 자기 영화와는 비교할 수도 없이 못생긴 남자 주인공이 동성애자로 나오는데 영화에 관객들이 몰려들었을 땐 내장이 배배 꼬여 꽈배기가 되는 줄 알았다고 입에 게거품을 문다.

처음에 하영석은 역사적이고 애국적인 영화 대신 그딴 이민자 출신 가수의 이야기를 보려고 영화관에 가는 사람들을 도저히 이해할 수 없었다. 하지만 냉정하게 생각해보니 그럴 만했다. 자기 영화는 200억짜리지만 그 영화는 600억을 들인 영화니까. 돈에서 밀린 거다. 자본주의 사회에서 태어난 사람들은 무의식적으로 돈 냄새를 맡고 그 냄새를 향해 저절로 끌리게 되어 있다. 본인들은 그걸 모른 채 물건의 질이 좋으니 디자인이 세련됐느니, 작품성이 훌륭하니 감동적이니 하는 말들을 뱉어대지만 다 핑계일 뿐이다.

본질적인 이유는 단 하나, 돈. 사람들은 천성적으로 돈을 좋아한다. 그래서 돈이 없으면 비호감에 무시당하고 소외되는 것이다. 바로 지금의 자신처럼.

하지만 그는 아무도 원망하지 않는다. 초라한 영화 성적표를 제작자 탓인 양 몰아갔던 감독도, 한 번 망했다고 이 바닥에서 끝났다는 듯이 문전박대하던 투자사들도, 돈 없는 사정을 뻔히 알면서도 양육비를 보내라고 닦달하는 엑스와이프도 미워하지 않는다. 핏줄보다 더 무서운 존재가 바로 돈. 더 이상 돈이 나오지 않는 돈줄은 쓰레기봉투에 넣기도 아까운 폐기 대상이니까.

하영석은 자조적인 냄새를 풀풀 풍기면서 거기까지 말했지만 정해심에게 하지 않은 이야기가 더 있었다. 그건 말라비틀어져 죽어가던 자기 돈줄에 희망이 생겼다는 것이다.

재기 불능의 감독이 새 영화로 대박을 터뜨린 후 옛정을 생각해 같이 일해보자고 하거나, 마이너스 대출금이 바닥나 사무실 월세 낼 돈도 없다는 사실을 안 엑스와이프가 몰래 사둔 아파트 시세가 몇 억 올랐다며 절반을 뚝 잘라 보내준다고 한 게 아니다. 다 죽어가던 엄마를 어떤 노망난 노친네가 강간하려다 발각된 덕분에 돈줄에 산소가 공급되기 시작했는데 하필 그 노친네의 딸이 정해심이라는 얘기까지는 차마 하지 못한다.

사실 전화를 받고 처음 요양원에 도착하자마자 하영석은 가해자의 신상정보부터 확인했다. 정만선이 은행원으로 평생 일하다 정년퇴직을 했다는 사실을 알고는 복권이라도 맞은 것처럼 탄성을 내질렀다. 적어도 가난뱅이일 리는 없다는 생각 때문이었다. 평생 도움 한 번 안 되더니 그래도 죽기 전에 엄마가 한 번은 날 살려주고 갈 모양이구나!

하영석은 고해심을 급히 큰 병원으로 옮기고 가해자의 가족들이 오길 기다렸다. 그리고 수없이 봤던 조폭영화 속 깡패들을 흉내 내며 가해자의 딸인 정해심을 향해 일부러 험악한 표정을 지었다.

당장 내일까지 합의금 1억을 가져오지 않으면 경찰서에 고소하겠다고. 1억이라고 했지만 상대방이 사정하면 7,000만 원까지는 깎아줄 생각이었다. 그 정도만 있어도 말라붙어 죽은 줄 알았던 돈줄이 되살아났다는 냄새를 풍기기엔 충분하니까. 그럼 자신에게 등을 돌렸던 사람들도 자연스레 다시 찾아올 것이다. 그 생각을 하자 하영석은 흥분돼 잠을 잘 수가 없었다.

이번에 대박을 터뜨린 감독을 발굴해 키워낸 사람이 바로 자신이다. 신인 감독에게 200억이나 되는 대작을 맡겨준 것도 바로 자신이고. 첫 영화가 참패했다는 충격에 제작자를 탓하기도 했겠지만 그도 자신에 대한 고마움과 미안함을 동시에 가지고 있을 것이다. 입봉하기 전, 우리 칸도 가고 할리우드도 가서 상을 거머쥐자고 말하던 이도 바로 그 감독이었으니까.

그래서 정해심으로부터 돈이 들어오면 제일 먼저 고급 일식집으로 그를 불러내 다시 한번 해보자고 할 생각이었다. 2차로 자리를 옮겨서는 깜짝 놀랄 만한 고급 와인을 주문해 쐐기를 박아야지. 이번에 진짜 끝내주는 작품을 만들어서 칸도 가고, 베니스도 가고, LA도 가고, 전 세계를 우리가 다 갈아 마셔버리자고.

상상만으로도 흐뭇하고 가슴이 벅차 가만히 앉아 있을 수가 없을 지경이다. 그런데 다음 날이 돼도 기다리던 합의금은 입금되지 않고, 정해심이 진상조사를 한답시고 요양원을 들쑤시고 갔다는 이야기만 들려왔다. 불길한 예감이 들었다. 이번에도 대진운이 안 좋은 것 같다는.

한 번 만났을 뿐이지만 정해심이 돈 냄새에서 우위라는 점을 하영석은 쉽게 알아챘다. 아니, 빚만 남은 자신보다 더 가난한 사람은 없으니 어쩌면 당연했다. 하영석이 정해심에게 밀리는 기분이 든 건, 부유함이나 사치심이 아니라 몸에서 풍기는 고상함 때문이었다. 명품 같아 보이지 않는 명품이 더 비싸다는 사실을 알고 있기에 정해심이 입은 심플한 정장과 질 좋은 가죽가방의 아우라가 이를 소유하고 있는 사람도 고상할 거라고 넘겨짚게 만든 것일 수도 있다.

그래서 하영석은 합의금 독촉 방법을 좀 더 감성적인 내용으로 업그레이드했다. 당신 아버지가 우리 엄마한테 한 짓만 생각하면 밥도 안 넘어가고 잠도 안 온다고. 내가 이런데 당사자인 우리 엄마는 오죽하겠냐고. 늙고 병들었지만 여자가 그런 수모를 당했으니 얼마나 충격이 크고 상처받았겠냐고.

하지만 고해심은 영석이 보낸 문자와 달리 담담했다. 오히려 자신을 병원으로 옮긴 아들을 못마땅해하며 다시 요양원에 가겠다고 성화를 해댔다. 정말 남의 속도 모르고. 그 여자가 합의금을 안 줄까 봐 똥줄이 타 몸에서 곱창 냄새가 날 지경인데, 무슨 부처 같은 소리는.

"그 사람 가족은 괴롭히지 말래이. 그 사람 잘못한 거 읍다."

고해심의 목소리는 알아듣기 힘들지만 하영석은 엄마가 무슨 말을 하는지 알고 있었다. 그래서 더 못 알아듣는 척했다. 온통 자기가 듣고 싶지 않은 말들뿐이었으니까.

엄마는 언제나 그랬다. 항상 하고 싶은 일은 못하게 하고, 도움 되는 일은 죽어라 반대했다. 지금 이렇게 된 것도 다 엄마

탓이다. 그때 땅만 팔게 해줬어도 이혼당하고 알몸으로 쫓겨나 빌빌대진 않았을 테니까.

그깟 시골 땅을 평당 300씩이나 쳐주겠다는 펜션업자가 나타났을 때 30억에 팔았어야 했다. 그럼 첫 작품의 실패로 의기소침해 있는 감독을 잘 구슬려 차기작을 만들었을 테고, 이번에 흥행한 천만영화의 제작자도 바로 자신이 됐을 것이다.

그런데 엄마는 극구 땅을 못 팔게 했다. 그 땅의 주인은 자기가 아니라 다른 사람이라는 이상한 핑계를 대면서.

솔직히 요양원에서 걸려온 전화를 받고 처음 느낀 감정은 분노나 걱정이 아니라 자업자득이라는 냉소였다. 그때 땅만 팔았으면 덕자 누나에게도 땅값의 일부를 줬을 테고, 더 이상 모실 수 없다며 엄마를 요양원에 보내지도 않았을 것이다. 무엇보다 엄마가 이런 사건을 당하는 일은 절대 일어나지 않았다.

누나는 요양원에 들어간 건, 당사자인 엄마 자신이 원해서라고 했지만 사람 속이야 뻔하다는 게 하영석의 생각이었다. 친자식도 아닌 아이를 아무리 자식보다 사랑하며 키워준 엄마라고 해도 병수발 5년이면 나가떨어질 수밖에 없는 게 인지상정인 법이니까.

하영석은 영화 얘기는 둘째 치고 이제라도 합의금을 받을 수 있다는 사실에 사람 좋은 웃음을 짓는다. 그런데 정해심은 하영석이 기대했던 돈 대신 다른 무언가를 꺼내놓는다.

"요양원의 CCTV 기록을 복사한 거예요. 하영석 씨도 이걸 보시는 게 좋을 것 같아서요."

"요즘은 재밌다는 영화도 속이 꼬여 10분 이상을 못 보는데 그 따분하고 시시한 늙은이들 화면을 내가 왜 봐야 해요?"

"그럼 그냥 제가 알아낸 것들만 말씀드릴게요. 하영석 씨 어머 님과 우리 아버지는 요양원에서 처음 알게 된 사이가 아니에요."

정해심은 두 사람의 관련 자료를 하영석 앞으로 내민다.

"같은 고향인 남해에서 자란 사이죠."

"그래서?"

"그러니까 일반적인 성폭력 사건으로 보면 안 된다는 거죠."

"뭔 소리야? 그럼 같은 지역에서 자랐으면 막 강간해도 돼?"

"말 함부로 하지 마세요. 아직 우리 아버지가 당신 어머님한 테 어떤 행위를 했는지……."

"그래, 그냥 강간미수라고 해. 그럼 괜찮아? 과거에 알던 사 이면 막 그래도 된다는 거야?"

"그런 뜻이 아니라……."

"아니긴 뭐가 아냐. 그래서 합의금을 줄 수 없다는 거 아니야 지금! 사람을 이 지경으로 만들어놓고 뭐?"

"어머님이 위독해지신 건 우리 아버지 때문이 아니라 하영석 씨 때문이잖아요."

"뭐?"

"그날 밤 병실에서 당신과 당신 어머님이 다투셨다는 얘기를 들었어요. 그 이후 갑자기 어머님 상태가 안 좋아지셨구요."

그 순간, 하영석의 마음을 스쳐갔던 불길한 예감이 더 진해진다. '난 정말 대진운이 안 좋다'라는. 하지만 정해심의 말은 틀렸다. 엄마가 중환자실로 옮겨진 건, 엄밀히 말해 자신 때문이 아니라 종이배 탓이니까.

목욕탕 사건이 벌어지고 며칠이 지나도 통장에는 돈이 들어오지 않았다. 밤 12시 땡 칠 때까지 돈을 보내지 않으면 경찰서에 신고하겠다고 협박 문자를 보내자, 정해심에게 전화가 걸려왔다. 내심 기대하고 있었는데 뜬금없는 이야기를 했다.

당신 엄마가 자기 아버지한테 먼저 관심을 보였다나 어쨌다나. 종이배도 접어주었다고. 한두 개가 아니라 열 개가 넘는다고. 시간을 끌며 합의금을 깎으려는 수작이면 못 이기는 척 몇 천만 원 깎아주고 끝낼 생각이었다. 하지만 하영석은 정해심이 아예 판을 뒤집어 합의금을 안 줄 작정이라 여기고 흥분해 소리쳤다.

"이런 미친…… 어디서 말도 안 되는 소리를 지어내고 있어. 젊어서 남편 잃고 평생 독수공방한 우리 엄마가, 다 늙어서 파킨슨병으로 몸도 제대로 못 가누는 처지에 딴 남자한테 마음을 품었다고? 그것도 정신 나간 치매 노인한테? 숟가락도 못 쥐는 양반이 종이배를 만들어줘? 그게 말이 되는 소리야!"

그렇게 병실을 나가 저녁으로 반주를 한잔하고 돌아왔다. 엄마는 침대에 몸을 기대앉은 채 뭔가를 조물락거리고 있었다.

"뭐 해?"

고해심이 말없이 하영석 쪽으로 내민 건 병원 아침 식단표를 접어 만든 종이배였다. 하영석은 머리꼭지에 불이 붙은 것처럼 달아올랐다.

"지금 뭐 하는 거야? 무슨 얘기가 하고 싶어 나한테 보여주는 건데?"

고해심이 입을 움직였다. 가래가 끓는 듯한 소음 속에 자기가 정말 종이배를 만들어줬다고. 그러니까 남자의 딸한테서 돈을 받지 말라는 말이 전해졌다. 하영석은 그 말을 못 들은 체 무시하고, 종이배를 빼앗아 바닥에 던져 짓밟았다.

"꽃뱀이라고 스스로 인정하겠다는 거야? 망한 제작자, 이혼

당한 찌질이. 그걸로 모자라 이제 꽃뱀 아들이라는 말까지 내가 들어야 돼? 그래야 속이 시원하겠냐고!"

고해심이 안타깝게 바라보며 뭐라 말을 했지만 하영석은 귀를 막고 눈을 감으며 절레절레 고개를 저었다.

"못 해, 안 해. 싫어! 엄마가 지금까지 나한테 해준 게 뭐 있어? 집을 사줬어? 차를 사줬어? 나도 어려운 상황 아니면 엄마한테 드러워서라도 손 안 벌렸어. 그렇게 힘든 자식 손을 매정하게 내치고 땅도 못 팔게 하더니 이제 와서 뭐?

몰라. 난 아무것도 안 들려. 그리고 무슨 일이 있어도 그 돈은 꼭 받아내고 말 거야. 엄마 같은 사람한테서 태어난 죄로 이 모양 이 꼴로 사는데 합의금이라도 챙겨야 할 거 아냐!"

잔잔하게 떨고 있던 고해심의 몸이 빠르게 조절한 메트로놈처럼 발작을 일으킨 건 그때부터였다. 이슬처럼 깨끗하고 촉촉한 고해심의 눈동자에 뿌연 안개가 끼고, 작게 움직이던 입술이 맥없이 벌어졌다.

하영석은 가슴이 철렁했다. 당혹스러웠다. 엄마가 죽을지도 모른다는 생각 때문이 아니라, 엄마가 죽든 말든 상관없다 생각했던 자신이 떨고 있다는 사실이 놀라웠다. 안절부절못해 심장이 풍선처럼 터질 것 같은 압박감 속에 하영석은 정신없이 누나에게 전화를 걸었다.

"누나, 엄마가 위독해. 죽을지도 몰라."

하영석은 엄마가 중환자실로 옮겨지고 위험한 고비는 넘겼다는 이야기를 듣고서야 마음이 진정됐다. 그제야 덕자 누나한테 전화한 일이 후회스러웠다. 날이 밝는 대로 올라오겠다고 했으니 조금 후면 도착할 텐데, 이제 와 돌아가라 할 수도 없고…….

덕자와 영석은 스무 살이나 나이 차가 난다. 덕자와 고해심은 열 살 차이. 사람들은 영석의 가족을 늘 묘한 눈초리로 바라보았다. 엄마 같은 사람에게 영석이 '누나'라고 부르고, 언니 같은 사람에게 덕자가 '엄마'라고 부르는 모습이 이상한 것이다. 평범하지 않은 그들의 가족사에 노골적으로 호기심을 드러내는 사람들도 있었다. 어렸을 땐 잘 몰랐는데 나이가 들수록 그런 시선을 받는 게 짜증스럽다. 그래서 웬만하면 엄마나 누나가 다른 사람들과 있는 곳에는 가지 않았는데 여기서 다 같이 모이게 된 것이다. 그것도 자기 때문에.

누나가 서울에 온 것은 어제다. 하영석이 예상했던 대로 칠십이 다 돼가는 덕자가 중환자실에 있는 고해심을 언니가 아니라 엄마라 부르는 광경에 병원 사람들은 의아해했다.

영석은 엄마와 다툰 내용은 쏙 빼고 그동안의 일을 간추려 덕자에게 말해주었다. 덕자는 그렇게 큰일이 있었는데 자기한테 한마디도 하지 않을 수 있냐며 화를 냈다. 친딸도 아니면서 친자식인 자신보다 더 분개하며 직접 가해자를 만나겠다는 그녀를 간신히 달랬다.

"누나는 가만히 있어. 합의금 받으면 누나한테도 나눠줄 테니까."

"뭐시라? 합의금?"

"그래. 그쪽이 잘못했으니 당연히 우리가 위자료를 받아야지."

하영석은 정해심을 만나러 오기 전까지 툴툴거렸다. 괜히 덕자를 불러 얼마 되지도 않는 돈을 나눠주게 생겼다고. 그런데 합의금 이야기는 하지 않고 다른 이야기만 늘어놓는 정해심을 보니 섣부른 희망에 들떴던 자신이 우습게 느껴진다. 그래, 그렇게 잘 풀릴 리가 없지. 하영석 인생이.

"오늘 바로 경찰서에 고소할 테니까 당신도 당신 맘대로 해."

"네?"

"두 사람 과거를 조사하든 말든 더 이상 날 귀찮게 하지 말라고."

협박하려고 그냥 한번 해본 말이 아니다. 하영석은 정해심과 헤어진 후, 요양원 관할 경찰서를 찾아가 고해심이 성폭력을 당했다고 신고한다.

병원에 돌아와 그 사실을 통보하자 이를 들은 덕자가 펄쩍 뛴다.

"그런 일을 와 내하고 상의도 안 하고 니 혼자 저질러삐맀

노? 영석이 니 진짜, 내가 남이가?"

하영석은 서운함으로 눈시울까지 붉어지는 덕자가 부담스
럽다. 태어났을 때부터 자신을 업어주고 먹여준 사람은 엄마
가 아니라 덕자 누나고, 영석도 엄마보다 덕자 누나를 더 좋아
했다. 영석이 영화를 알게 된 것도, 영화제작자가 된 것도 사실
덕자 때문이었다.

하덕자는 TV에서 하는 '주말의 명화'를 빼놓지 않고 보는 열
혈 시청자였고, 영석도 덩달아 누나와 영화를 보며 제작자의
꿈을 키우게 됐으니까. 아니, 덕자가 하영석에게 그 꿈을 심어
주었다는 표현이 맞다.

"영석아, 영화 만드는 사람들 진짜 멋지지 않노? 니도 그런
사람 되믄 정말 좋겠다."

하지만 덕자는 영석이 제작한 첫 영화를 보고 실망했다. 저
예산 영화라 화면이 조잡하고 편집도 형편없었다는 점을 영석
도 인정했다. 그런데 200억이나 끌어다 만든 지난번 영화에도
덕자는 점수를 주지 않았다.

영화가 흥행을 하지 못한 것보다 더 큰 상처는 사실 덕자 때
문인지도 모른다. 기대에 부응하기 위해 없는 능력, 있는 능력
끌어모아 최선을 다했는데 노력은 몰라주고 부족함만 지적하
는 누나가 영석은 몹시 서운했다.

"너그 영화에 나오는 사람들은 진짜 사람 같지가 않대이. 주

제가 뭔지도 모르겠다마."

"평생 시골에 처박혀 애들이나 가르친 여자가 알면 뭘 안다고. 누나가 사랑을 알아? 영화를 알아?"

누나를 비아냥대며 상처를 위로했고, 만나지도 연락하지도 않은 채 2년을 보냈다. 그런데 이렇게 다시 보게 되니 더 머쓱하고 어색하다.

"그런 일은 그냥 나한테 맡겨. 엄마도 당장 돌아가시는 거 아니니까 내려가. 안 좋아지시면 내가 다시 연락할게."

"됐다. 엄마 중환자실에 있는 동안은 내가 옆에 있을 끼구마는. 니나 니 일 봐라."

"누나 나이도 있는데 어떻게 여기 있을라고? 그냥 내려가. 그러다 병나."

"내 알아서 한다니까네!"

이럴 때 보면 영락없이 깐깐한 선생님이다. 누나한테 직접 배운 적은 없지만 다른 학교를 다니던 친구들을 통해 '하덕자 선생님'에 대한 이야기를 많이 들었다. 평소에는 잘해주지만 한번 화가 나면 엄청 무서운 노처녀 선생님이라고.

덕자는 평생 한 번도 결혼하지 않았다. 그래서 사람들은 영석의 집을 과부와 노처녀가 사는 집이라고 했다. 같이 살 땐 몰랐는데 집을 나오고 나서부터 영석도 다른 사람들처럼 그 집 사람들이 좀 이상하게 보였다. 남편이 죽었는데 재가하지 않고 남의 딸을 키운 엄마도 대단하고, 그 엄마를 모시느라 결혼도 하지 않고 지금까지 산 덕자 누나도 참 별종이고.

"알았어. 그럼 그건 누나 알아서 하고. 그 땅 말이야, 엄마도 저런 상태니 파는 게 낫지 않을까?"

"그기 뭔 소리노?"

"남해 그 땅. 그때 사고 싶어 했던 펜션업자한테 내가 한번 연락해볼까 하고."

"영석아."

"엄마가 반대하는 건 알아. 그치만 엄마도 이제 곧…… 아니 언제 돌아가실지 모르잖아."

덕자가 매서운 눈초리로 쏘아본다. 물 양동이를 옴팡 뒤집어쓴 것처럼 비난의 눈길이 하영석의 몸을 흠뻑 적신다. 엄마가 돌아가실지도 모르는데 어떻게 자식이 땅 팔 생각이나 하고 있냐고.

하영석은 그 시선을 피하지 않고 맞받아친다. 막상 땅을 팔면 누나도 받을 거 아니냐고. 솔직히 누나도 돈 좋아하지 않냐고.

동생이니까 져준다는 듯 덕자가 시선을 떨구고 한숨을 쉰다.

"그 땅은 만선이 땅이라고 엄마가……."

"말도 안 되는 소리야. 세상에 처음부터 자기 땅인 게 어딨어? 이 사람 저 사람한테 팔리고 팔리다 나중에 가지고 있는 사람이 임자지."

"그런 뜻이 아이라…… 참, 그란디 아까 정해심이라는 여자가 여길 찾아왔었데이."

"뭐?"

"참말로 니가 합의금으로 1억을 달라 캤나?"

"그거 시골에서나 큰돈이지 여기선 아무것도 아냐."

"엄마가 그러라고 했노?"

"엄마도 시골 양반인데 뭘 알아?"

"그라모 니 맘대로 했단 말 아이가? 그 사람 이름이 정만선이라는 것도 몰랐나?"

"그게 뭐?"

하덕자는 아무것도 몰라 그러는 건지, 알면서도 시치미를 떼는 건지 알기 위해 물끄러미 영석을 바라본다.

"정해심 그 여자가 하는 말은 무시해. 우리한테 돈 안 주려고 수작 부리는 거니까."

그 말에 덕자는 깨닫는다. 영석이 정말 아무것도 모르고 있음을.

"엄마가 말했던 그 땅 주인, 그 사람이 바로 정만선이데이!"

112

4장

밤의 목격자

"아버지, 와 해심 언니가 그 비싼 문어랑 전복을 아버지가 잡은 고기랑 바꿔가는지 아나?"

이 말 한마디 때문에 무슨 일이 벌어질지 열 살 덕자는 정말 아무것도 몰랐다. 그저 자신이 사랑하는 풍경을 망쳐버린 해심과 만선이 원망스러워 한 말이었고, 아버지가 그 말을 어떻게 옮길지는 예상하지 못했다.

덕자 아버지 하용범은 어업조합장 선거에 나선 만선 아버지 정표세를 떨어뜨리기 위해 만선이 해심과 연애를 한다고 소문을 냈다. 둘이 대낮에 꽃섬에서 뒤엉켜 노는 걸 직접 봤다고, 자식 교육도 못 시키는데 무슨 조합을 이끌 수 있겠느냐고 사람들 앞에서 망신을 주었다.

화가 난 정표세는 고등학생인 만선을 육지의 학교로 전학시켜 졸업할 때까지 내려오지 말라고 엄포를 놓았지만 수군거림은 끝나지 않았다. 마을 사람들은 새벽마다 동정호 정치망에 걸린 잡고기를 받아가려고 양동이 하나씩을 들고 선착장에 줄을 섰다. 그러고는 간밤에 만선이 몰래 해심을 만나러 왔다 갔다고, 해심이 만선의 아이를 가져서 곧 육지로 나가 살림을 차릴 거라고 입을 놀렸다.

고봉주가 죽은 후, 동정호는 황금어장이라는 이름이 무색하게 해마다 적자를 보았다. 정표세의 처지도 예전 같지는 않았다. 유능한 어로장을 잃은 탓도 있지만 더 큰 문제는 다른 곳에서 들어오는 데구리배(기선저인망 어선) 때문이었다. 모기장만큼 촘촘한 그물로 바닥에 있는 새끼 물고기까지 쓸어가는 쌍끌이 어선들의 남획에 어획량은 점점 줄어들었다. 게다가 지역 조합을 만들어 이를 막으려던 정표세의 계획도 하용범의 방해 공작으로 좌초되기 직전이었다.

정표세는 왜 하용범이 사사건건 자신의 발목을 걸고넘어지는지 알고 있었다. 동정호의 정치망은 고기들이 가장 많이 모여드는 앵강만의 길목에 있어, 일본인 선주가 자리를 차지하기 전에는 누구나 깃발을 꽂을 수 있는 자유 어업구역이었다. 그래서 정표세도 정치망 인근 몇 미터까지는 보호 규정을 깨고 다른 어민들의 어업을 허용하고 있었지만, 하용범은 이에 만족

하지 못했다. 동정호를 망하게 해 황금어장을 되찾는 것, 그것에 사활을 건 사람 같았다.

하지만 정표세가 모르는 한 가지가 더 있었다. 하용범이 정표세를 눈엣가시처럼 여기는 이유. 해심이 정표세의 아들과 연애한다는 사실을 알았을 때 가슴에서 천불이 났던 이유. 그건 죽은 해심의 아버지 고봉주 그리고 하용범만이 알고 있는 비밀이었다.

고봉주가 죽자 동정호의 선주 정표세는 해심 엄마를 자기 집에서 일하게 했다. 열 명이 넘는 일꾼들을 삼시세끼 먹이고, 그들이 잡아온 멸치를 찌고 말려 크기별로 골라내는 일을 하느라 해심 엄마 말고도 세 명의 동네 여자가 함께 일했다. 선주의 인심이 후해 월급도 월급이지만 동정호에서 남는 밥과 반찬만 가져다 먹어도 네 식구는 충분히 먹고살 수 있어 누구나 그곳에서 일하고 싶어 했다.

그래서 해심 엄마는 정표세에게 더 미안했다. 동정호 선주가 은덕을 베풀어줬는데 자기 딸 때문에 조합장 선거에서 떨어지게 생겼으니 그의 얼굴을 볼 면목이 없었다. 일을 그만두겠다고 말한 뒤에는 해심에게 다시는 만선과 만나지 말라고 혼을 냈다.

해심은 엄마의 말을 귓등으로도 듣지 않았다. 동정호 선주는 고마운 사람이 아니라 자기 아버지를 죽인 '살인자', 그 사실을 감춘 채 착하고 정의로운 척하는 '위선자'였으니까. 해심 엄마는 얼토당토않은 소리라고 못 박았다. 그런 생각을 하면서 어떻게 그 집 아들이랑 연애를 했냐고 등짝을 후려쳤다.

"연애를 한 기 아이라케도. 복수, 우리 아버지의 복수를 하려고 그런 기라니께."

해심 엄마는 딸이 이제 정신까지 이상해졌다고 생각했다. 학교를 그만두고 물질을 하면서부터 해심은 이상한 짓을 많이 했다. 기괴한 표정과 동작으로 물고기를 흉내 내는가 하면 물고기랑 말을 한다며 희한한 소리를 냈다.

친구도 없이 물속에서 만날 물질만 하다 보니 세상 물정 모르고 천방지축이 된 거라 여겼다. 해심 엄마는 해심을 정표세 앞에 데리고 가 다시는 만선과 만나지 않겠다고 약조하라며 강요했다. 해심은 그 자리에서 엄마가 시키는 대로 다 했지만 한 가지 조건을 걸었다.

정표세가 가진 땅 중에 제일 기름지고 큰 용소밭을 달라고.

"그리 안 해주시믄 지는 계속 만선을 만날 끼라요. 육지로 보내 못 오게 해도, 다른 나라로 보내삐리도 소용없어요. 지는 끝까지 헤엄쳐서라도 만나러 갈 꺼니께네."

해심 엄마는 어처구니가 없고 민망해 얼굴이 타버리는 줄 알았다. 그런데 정표세의 반응은 생각했던 것과 달랐다.

"알았다. 오늘부터 그 땅은 니 꺼데이."

그 말을 들을 때도 그냥 철없는 해심을 달래려고 한 말이지 진짜 땅을 줄 줄은 몰랐다. 정표세는 다음 날 주인이 '고해심'으로 바뀐 땅문서를 직접 들고 왔다. 해심은 신이 나서 바다로 뛰어갔다. 영문도 모른 채 자신을 따라오는 덕자를 끌어안고 모래사장을 뒹굴었다.

"덕자야, 내가 성공했어. 드디어 그 인간한테 우리 아버지 목숨값을 받아냈다니까네!"

해심이 좋아하니 덕자도 덩달아 기분이 좋았다.

"그라모 이제 복수는 끝난 거 아이가?"

"아이다. 이제 시작일 뿐이제. 우린 일본으로 갈 거래이."

해심이 말하는 '우리'는 해심과 만선이었다. 덕자는 자신을 쏙 빼놓고 말하는 해심에게 놀랐다.

"이제 땅이 있으니까네 우리 엄마도 굶어 죽진 않을 끼고, 내도 아무 걱정 없이 떠날 수 있다 아이가."

"근데 와 일본으로 가는데?"

"내는 만선이를 훌륭한 시인으로 만들끼다. 그랄라믄 공부도 많이 해야 허고. 일본에는 만선이네 외갓집이 있으니까네 혹시라도 우리가 어렵게 되면 도와줄 거 아이가."

"그게 무슨 복수가?"

"만선이네 아버지한테서 만선이를 빼앗는 거니까네 복수지. 만선이가 동정호를 이어받지 못하게 만드는 것도 복수고."

"언니는 동정호 도련님을 좋아하지 않는다 캤잖아? 내한테 거짓말한 기가?"

"아이다. 내는 만선이를 안 좋아한데이. 그냥 만선이 아버지 한테 복수하려고 같이 가는 기라 안 하나."

덕자는 처음으로 해심의 말을 믿지 않았다. 자기를 혼자 두고 떠날 생각이라는 사실만으로도 큰 충격과 상처를 받았다. 살아 있는 물고기의 눈처럼 촉촉한 해심의 눈도, 백일홍 꽃잎 같은 해심의 선홍빛 입술도 보이지 않았다. 배신감이 무엇인지를 덕자가 처음 알게 된 때였다.

덕자가 느낀 고통은 어른이 느끼는 고통보다 어리지도 작지도 않았다. 덕자는 정말 죽고 싶었다. 그래서 헤엄도 못 치면서 해심을 밀치고 바닷속으로 달려갔다. 해심이 뒤따라와 붙잡았지만 덕자는 해심의 얼굴을 할퀴면서 소리쳤다.

"거짓말쟁이. 언니는 지금까지 내한테 순 거짓말한 기라."

"그런 기 아이래도. 덕자야, 내가 와 니한테 거짓말을 하노?"

"복수라고 했다 아이가! 동정호 도련님을 좋아하는 기 아이라 복수하려고 물고기를 주는 기라 캤잖아!"

"그래 맞다. 내는 참말로 걔를 좋아한 적 읎다. 동정호 선주를 골탕 멕이려고, 우리 아버지 원수를 갚으려고 이용하는 거뿐이다."

"진짜?"

"그래. 그렇다니까네!"

"그럼 내랑 약속해."

"뭘?"

덕자는 그 순간 입에서 왜 그런 말이 나왔는지, 이후로도 몇십 년 동안 곰곰이 생각하고 또 생각했지만 명확한 이유를 찾지 못했다.

동정호 선주에 대한 질시와 시기를 자기도 모르게 아버지로부터 물려받은 걸까. 아니면, 해심을 잃는다는 아픔이 너무 뜨거워 무의식적으로 '불'이란 단어를 떠올렸던 걸까. 그도 아니면, 언젠가 불에 탄 배 이야기를 들었는데 뇌리에 인상적으로 남아 있다 그 순간 불쑥 튀어나온 걸까.

"도련님과 떠나기 전에 동정호에 불을 질러라. 그라모 언니 말이 진짜라고 내 믿어줄 꺼구만."

집집마다 한 그루씩 무화과가 있지만 해마다 향기가 진동하는 건 아니다. 지루한 장마가 계속되면 익기도 전에 향기가 빗물에 쓸려나가, 풍만한 처녀의 향기는커녕 과일이라고 내밀기도 뭣한 것이 된다.

그런데 올해는 주먹만큼 자랄 정도로 적당히 비가 내리고 사이사이 뜨거운 남도 햇살이 살 오른 과육을 달궈, 화사하게 분칠한 처녀가 한 명씩은 들어 사는 것 같은 냄새가 났다. 잘 익은 무화과를 반으로 쭉 가르면 붉게 드러나는 속살과 씨가 얼마나 부드럽고 달콤한지. 하나만 먹고 나도 입가와 손에 진액이 달라붙어 끈적이고, 하루 종일 몸속에서 향내를 내뿜었다.

생선 비린내와 짠내 대신, 무화과 향기가 진동하면서 모처럼 마을 사람들의 마음도 무화과 속살처럼 보들보들해졌다. 게다가 이곳 사람들이 '칼치'라고 부르는 갈치 풍년까지 들어 호구리 사람들의 얼굴에서 웃음이 가시지 않았다.

동정호의 정치망도 몇 년 만에 맞는 풍어였다. 통그물에 갈치가 들면 너무 많아서 아무리 퍼내고 퍼내도 줄어들지 않았다. 운반선들이 갈치 무게로 가라앉을 지경이라 그물을 넣고 뺄 때만 사용하던 가장 큰 동정호까지 동원돼야 했다.

크고 작은 배 네 척이 하루 종일 갈치를 실어나르자, 어업을 하지 않는 집에서도 매일 갈치를 구워 먹고, 풀치라 부르는 작은 갈치들은 밭에 비료로 뿌려졌다. 동그란 해안가를 따라 줄에 걸어놓은 갈치들 때문에 동네는 은빛 테두리를 두른 듯 반짝거렸다. 그 갈치를 먹으러 날아오는 갈매기들이 하늘 가득 검은 꽃을 피워댔다.

음력 7월 15일, 백중이 다가오고 있었다.

달과 지구의 거리가 가까워 1년 중 바닷물이 가장 높고, 조수간만의 차가 큰 때가 백중사리다. 태풍이 겹쳐 올라오기라도 하면 몇 미터나 되는 바닷물이 호구리의 반을 삼키기도 했다. 무화과 향기와 갈치 맛에 취해 있던 사람들은 어디서 흘러온지 알 수 없는 말을 주고받으며 이번 태풍은 괜찮다고 안심했다.

동정호 선주 정표세가 어렵게 조합장 선거에서 당선된 기쁨을 해치지 않으려는 마음도 있었을 것이다. 사람들은 정표세가 남해도 어민들을 대표하는 조합장이 됐으니 이제 부산과 여수 등지에서 몰려와 물고기를 싹쓸이해가는 대형 어선들의 횡포를 막아줄 거라 기대했다.

정표세는 자신을 도와준 사람들에게 연회를 베풀며 오랜 시간 유배지였던 섬에 다리를 놔 육지와 연결하겠다는 꿈과 포부를 공표했다. 섬에서 태어나 섬에서 죽어야 했던, 그래서 육지에 대한 로망과 피해의식을 동시에 가지고 있었던 사람들은 더이상 멸시받는 '섬놈'으로 살지 않을 수 있다는 희망에 열광했다. 정표세는 조합장보다 더 큰 인물이 될 사람이니 앞으로 국회의원도 되고 장관도 될 수 있게 밀어주어야 한다고 너도나도입을 모았다.

이번에도 하용범만 그들과 등을 지고 놀았다. 조합장이 된 정표세도, 그를 추종하는 인간들도 보기 싫어 한동안 배에서 내리지 않고 바다에서 살았다. 하나같이 마음에 안 드는 인간들보다는 썩은 달근대(성댓과의 바닷물고기) 냄새를 맡고 자는 게 훨씬 더 좋았다.

하용범도 다른 해보다 물고기를 많이 잡았지만 고깃값이 떨어져 수중에 들어오는 돈은 별 차이가 없었다. 하용범은 그것도 동정호 탓으로 돌렸다. 동정호가 정치망에 들어온 갈치와 잡고기를 시장에 푸는 바람에 자신이 손해를 보게 된 것이라고.

정표세는 섬에 다리를 놓으면 어민들이 잡은 물고기를 육지로 보내 더 높은 값을 받을 수 있다고 말했다. 하지만 그는 믿지 않았다. 물살 센 노량 앞바다에 무슨 다리를 놓는다고. 이 섬이 육지와 연결되는 날이 오면 자기 눈을 뽑겠다고 코웃음을 쳤다.

배 밑바닥을 소리 없이 훑고 가는 너울이 밀려와 잠깐 잠든 사이에도 배는 소치도 앞까지 흘러가 있었다. 하용범은 마누라가 죽던 그날 밤의 악몽이 떠올라 바람이 더 세지기 전에 배를 앵강만 쪽으로 몰았다. 발동기를 단 통통배는 노 젓는 목선보다 몇 배 빨라서 종 모양의 앵강만 바깥에서 안쪽까지 오는 데는 한 시간이면 충분했다. 그 종의 추가 있어야 할 자리에 놓인 꽃섬 옆으로 큰 배 수십 척이 보였다. 태풍 소식에 선체가 부서질까 봐 배를 꽃섬 주변 묘박지에 띄워놓은 것이었다. 그중에는 동정호의 8톤짜리 배도 있었다.

일본인 선주가 정치망을 하기 전부터 그 배 조타실에서 핸들을 잡은 사람은 고봉주의 아버지였다. 갈치나 조기, 멸치잡이 선단의 본선이 되는 배에서 신호를 보내면 뒤따라가던 작은 배들은 사방에서 고기를 몰아넣으며 소리 질렀다. 하용범도 어렸을 때부터 그 선단을 따라다녔다. 어로장의 아들인 고봉주와 뱃머리에 서서 신나게 꽹과리를 두드리며 멸치 떼를 몰았다.

하용범이 커서 '첫 배'를 모을 때도 고봉주가 도와주었다. 혼자 힘으로는 배를 만들고 띄울 수가 없어 이 동네에서는 아주 옛날부터 새 배 장만하는 일을 '배를 모은다'고 표현했다. 말 그대로 하용범이 노를 저어 가는 작은 목선을 가질 수 있었던 건, 고봉주가 물심양면으로 정성을 모아주었기 때문이다. 일본인 선주 대신 누군가 동정호의 새 선주가 돼야 한다면 고봉주가 되기를 진심으로 바랐다. 그래서 '그 같은 일'도 벌였던 것이다. 고봉주를 위해서.

하용범은 동정호의 큰 배를 보면서 고봉주와 마주쳤던 순간을 떠올리고 쓴웃음을 지었다. 자신을 바라보던 고봉주의 경멸 어린 눈빛을 잊을 수가 없다.

고봉주는 그의 앞에 무릎까지 꿇고 전했던 하용범의 진심을 외면하고 그날 이후 인간 취급도 하지 않았다. 하용범의 목선이 동정호 근처에 얼쩡거리면 급히 배를 몰아 뒤집어버릴 만큼 큰 파도를 일으켰다. 설사 배가 뒤집혀도 물에서 건져주지 않았다. 하용범은 바다에 빠져 허우적거리며 많이도 고봉주를 원망하고 서운해했다. 유일하게 믿고 좋아했던 친구가 자신을 죽이려고 했다는 사실이 정말 슬펐다.

하지만 이젠 아무렇지도 않았다. 닻에 묶인 8톤짜리 동정호가 1톤도 안 되는 목선을 뒤집을 수 없는 것처럼, 잘난 척하던 고봉주는 죽고 세상에 없으니 승자는 나라고 큰소리쳤다.

하용범은 목선의 삿갓대로 동정호의 뱃머리를 한 번 내리찍고 갔다. 고봉주가 죽고 나서 그 배를 볼 때마다 하는 버릇이었다.

하용범은 태풍에 떠밀리지 않게 통통배의 모앗줄을 선착장에 꽁꽁 묶으면서 땅멀미를 느꼈다. 오랫동안 출렁거리는 바다에 몸을 딱 붙이고 살다 보니 이제 흔들리지 않는 땅에서는 몸이 적응을 못 하는 것이었다. 그래서 오늘은 집에 가서 술이나 잔뜩 마신 후 자야겠다고 생각했다.

오늘의 간조는 밤 11시. 백중사리라 여느 때보다 더 물이 많이 빠져 있었다. 평소 깊은 물에 잠겨 있던 꽃섬이 수반에 얹어 놓은 연꽃처럼 보이는데 사람 그림자 하나가 그곳을 향해 걸어갔다.

검은 구름이 보름달을 가려 바로 앞에 있는 꽃섬조차 밤바다의 구멍처럼 검게 보였다. 그런데도 여자의 그림자는 조금도 흐트러짐이 없다. 백중사리에 오리 다리 부러진다는 속담도 있는데. 한밤중에 이렇게 빠른 물살을 겁 없이 헤치고 갈 수 있는 여자는 호구리에 해심뿐이다. 늘 물질하던 곳이라 물이 빠지고 밤이 돼도 해심에게는 조금도 낯설지 않다. 물이 가득 찰 때면 깊은 곳은 수심이 15미터나 되는 꽃섬 앞바다지만 달이 물을 모두 끌고 나간 덕분에 오늘 밤은 해심의 허리밖에 오지 않는다.

해심은 꽃섬에 도착해 선착장을 돌아보고 손을 흔들었다. 작고 둥근 그림자만 보일 뿐, 누구인지 분간이 안 가는데 갓난쟁이일 때부터 늘 그 자리에 있던 덕자가 쭈그리고 앉아 있었다. 덕자는 해심에게 손을 마주 흔들어주지 않았다. 그래도 해심은 다시 한번 손을 흔들고, 꽃섬과 10미터쯤 떨어져 정박해 있는 동정호를 향해 헤엄쳤다.

덕자는 소라 껍데기 속으로 깊숙이 파고들어가는 뻘게처럼 두 무릎 사이에 고개를 처박고 점점 몸을 말았다. 내일이면 해심이 만선과 떠나고 자기 혼자 남는다는 생각 때문이었다. 할 수만 있다면 몸을 반으로 접어 굴려서라도 더 작아져 다시 갓난쟁이가 되고 싶었다. 그럼 해심이 자신을 버리고 가진 못할 테니까. 그럴 수 없다면, 고둥처럼 몸을 돌돌 말아 해심의 옷이나 가방 속에 몰래 숨어 따라갈 순 없을까. 그 생각을 하느라 덕자는 지금 자신이 어디 있는지도 잊었다.

그때였다. 갑자기 물이 빠져나간 검은 뻘밭이 환해졌다. 덕자는 보름달을 가린 구름이 사라졌나 싶어 고개를 들다 엉덩방아를 찧었다. 하늘에 있어야 할 보름달이 바다에 빠져 있었다. 아니, 보름달보다 더 빨갛고 뜨거운 것이 꽃처럼 피어 있었다.

어둠 속에 삼켜진 꽃섬 옆에서…….

그제야 놀라 해심을 찾는데 해심은 보이지 않고 붉게 타오르는 불꽃만 보인다. 돌풍이 불어오자 그 붉은 꽃이 몇 배 더 커지며 요란한 소리를 냈다. 뒤이어 커다란 불티가 되어 사방으로 튀어 오르다 바다에 빠졌다. 그 불티 중 하나가 덕자에게까지 날아왔다. 덕자는 뒷걸음질 쳤지만 몸에 불이 붙은 듯한 뜨거움에 두 손으로 온몸을 털며 집으로 달려갔다.

이윽고 술에 취해 곯아떨어진 아버지를 흔들며 소리쳤다.

"아버지, 일나라. 동정호에 불났다 아이가!"

5장

무화과 향기는 틀리지 않았다

　　　　　　　　　남해대교를 건너는 게 얼마
만인가. 덕자는 버스에 앉아 손가락을 헤아리며 그 햇수를 따
져본다. 영석이 서울에서 결혼할 때 올라가고 처음 남해를 벗
어나는 것이니 벌써 15년이 훌쩍 넘었다.

　그사이 남해대교 옆에는 또 하나의 다리가 생겼다. 이 다리
이름을 뭘로 할 것인가로 한동안 하동군과 남해군이 신경전을
벌였던 일이 떠오른다. 그러다 결국 노량대교로 정해졌다. 사
실 노량은 하동에도 있고 남해에도 있다. 노량해협을 사이에
두고 마주 보고 있어 양쪽 동네 이름이 똑같이 노량인 것이다.

　다리 이름을 가지고 옥신각신해봤자 이 지역 사람들 사이에
서 잠깐 화제가 됐을 뿐, 남해대교가 완공됐을 때는 나라 전체

가 떠들썩했다. 우리나라 최초의 현수교라며 교과서에 사진이 실리고, 이순신 장군이 일본군을 격파한 급물살 지역에 다리를 세웠다며 유명세를 탔다. 그때가 1973년, 남해가 육지와 연결된다는 얘기를 유언비어라고 믿었던 덕자 아버지는 이미 죽고 난 후였다. 그해 동생 영석이 태어났다.

다리와 인연이 깊은 탓인지 덕자가 남해대교를 건널 때는 대부분 영석과 관련된 일들 때문이었다. 영석의 대학입학시험에 따라가려고, 군대 간 영석을 면회 가려고, 또 영석의 결혼식 때문에, 영석이 제작한 영화를 보려고. 오늘도 간밤에 걸려온 영석의 전화를 받고 서울로 올라가는 길이다.

"누나, 엄마가 위독해. 죽을지도 몰라."

영석은 울먹거렸지만 덕자는 눈앞을 뿌옇게 가리고 있던 짙은 안개가 걷히는 것처럼 마음이 차분히 가라앉았다. 그래, 그래서 엄마는 그동안 집에 오지 못했던 것이다. 엄마를 요양원에 보내놓고 곧 다시 올 거라 기다리고 기다리다 지쳐 삐쳤던 마음이 그제야 제자리로 돌아왔다.

영석은 엄마가 위독하다고 했지만 덕자는 걱정하지 않는다. 삼시세끼 생선이랑 해물, 젓갈만 먹고 살았던 사람이 도시에서 입에도 안 맞는 음식들을 먹고 한 달을 지냈으니 몸에 탈이 나는 거야 당연하다. 다시 집으로 모시고 가 평생 먹던 것들, 매일 보던 것들을 누리게 해주면 금세 좋아질 거라고 생각한다.

그런데 중환자실에 누워 있는 고해심은 덕자가 예상했던 것보다 안 좋아 보인다. 기쁘게 해주려고 엄마가 가장 좋아하는 전어밤젓까지 병에 담아 왔건만 고해심은 냄새를 맡고도 눈을 뜨지 못한다.

뒤늦게 자초지종을 들려주는 영석 때문에 덕자는 더 마음이 가라앉는다. 엄마한테 일이 생긴 줄은 꿈에도 몰랐다는 사실이 미안하고, 자신에게 자세히 말해주지 않은 동생한테 서운하다. 자식처럼 키운 영석이, 누나는 엄마의 친딸도 아니니 그 정도만 알아도 된다는 투로 건성건성 얘기하고 사라지자 황망해 멍하니 있을 뿐이다.

중환자실 앞이지만 오가는 사람들의 표정은 그리 중해 보이지 않는다. 밥을 먹고, 양치를 하러 가고, 커피를 마시고, 전화를 하고. 그 일상적이고 낯선 풍경 속으로 한 여자가 들어온다.

중환자실에서 나오는 간호사에게 그 안에 있는 고해심 씨를 면회하고 싶다 말하는 여자는 정해심이다. 가족이 아니라서 면회가 불가하다는 이야기를 듣고도 쉽게 떠나지 못하는 그녀에게 덕자는 끌리듯 다가간다.

"누구신데 우리 엄마를 찾아왔어예?"

'우리 엄마'라는 말에 정해심의 눈이 가늘어진다.

"저는 고해심 씨를 찾아왔는데요."

"그래요. 고해심 씨가 우리 엄마라요."

정해심은 덕자와 고해심의 관계를 전혀 알아차리지 못한다. 오히려 덕자가 거짓말이라도 한다는 듯 의심스럽게 바라본다. 정해심은 덕자가 고해심의 수양딸이 아닌 호적상의 딸로, 요양원에 오기 전까지 수십 년간 함께 살았던 가족이라는 이야기를 듣고 나서야 자기가 가해자의 딸임을 밝힌다.

덕자는 엄마와 이름이 같다는 사실 때문에 정해심의 얼굴을 다시 한번 바라본다.

"희한한 우연이죠. 저도 지난번에 할머니를 만나러 왔다가 병실에 붙어 있는 이름표를 보고 깜짝 놀랐어요."

정해심이 멋쩍은 미소를 짓는다.

"우리 엄마를 만났다쿠예?"

"네. 며칠 전에요. 그땐 특별히 안 좋아 보이지 않으셨는데 갑자기 중환자실로 가셨다는 말을 듣고 깜짝 놀라서 찾아온 거예요."

덕자가 영석에게 들었던 이야기와는 사뭇 다르다. 영석은 엄마가 요양원에서 노망난 노친네한테 몹쓸 일을 당해 이 지경이 된 거라고 했다. 그래서 덕자는 사건이 있고 바로 이곳 중환자실로 옮겨진 줄 알았는데 정해심은 그게 아니라고 한다. 사건이 벌어진 건 어제가 아니라 며칠 전으로 그날 자신은 이 병원 일반병실에서 직접 고해심을 만났다고. 그때 그녀는 의식이 있었고 웃으며 손을 꼭 잡아주기까지 했다고 한다.

그 말을 듣자 덕자는 영석이 더 괘씸해진다. 정해심이 자기 아버지의 잘못을 줄이려고 하는 거짓말일 수도 있는데 동생인 영석보다 그녀의 말에 더 신뢰가 간다. 영석이 합의금으로 1억이나 요구했다는 말을 들어서 그런지도 모른다.

그 말을 들었을 때, 한동안 잊고 있었던 냄새가 떠올랐다. 바닷물과 땀에 젖어 늘 비릿하고 시큼한 냄새를 풍기던 아버지 하용범의 냄새. 좀 전에 병원에서 나간 동생 영석한테서도 그 냄새가 풍겼다.

덕자가 정해심의 이야기를 듣다 또 한번 놀란 건, 그녀의 아버지 이름이 정만선이라는 사실 때문이다. 그저 이름만 같을 수도 있는데 정황상 그럴 수 없다고 직감한다. 해심이란 딸을 가진 '정만선'이 자기가 아는 '정만선'이 아닐 수가 없다는 이상한 확신. 그제야 그동안 접힌 책갈피처럼 마음을 뜨게 했던 것들이 하나둘 펴지는 기분이다.

고해심이 갑자기 요양원 이야기를 꺼낸 것은, 한 달 전 덕자가 함께 산책하다 발목을 삐어 병원에서 붕대를 감고 돌아온 직후였다.

고해심은 덕자도 이제 나이가 있으니 보살핌을 받는 건 무리라며 요양원 이야기를 시작했다. 그냥 하는 말이라고 대수롭지 않게 여겼지만 다음 날도, 그다음 날도 고해심은 요양원 이야기를 계속했다. 그러던 어느 날인가 불쑥 자신이 가고 싶은 곳을 알아냈다며 용인의 한 요양원을 콕 집어 말했다.

자기 몰래 언제 이런 일을 벌였나, 배신감인지 서운함인지 덕자는 마음이 토라졌다. 평생 섬에서 살았던 고해심이 혼자 그 먼 곳의 요양원을 찾아내지는 못했으리라는 생각에 영석에게 전화를 걸어 따졌다. 엄마랑 결정하기 전에 나하고 상의부터 했어야 하는 거 아니냐고. 영석은 자다가 봉창 두들기는 사람처럼 어리벙벙한 대꾸만 했다.

"무슨 요양원? 엄마 요양원 보내려고? 잘 생각했어. 누나도 살아야지."

제 입장이 곤란하니까 회피하는 거라고, 두 모자가 자기만 싹 따돌리고 쿵짝이 잘 맞는다고 골이 났는데 그게 아니었던 것이다.

화가 나 가든지 말든지 맘대로 하라고 소리쳤지만 정말로 고해심이 집을 떠날 줄은 전혀 상상하지 못했다. 평생 섬을 떠나보지 않은 사람이 이제 와 그 먼 곳에 홀로 갈 거라고는. 게다가 고해심은 파킨슨병이 악화돼 목소리도 제대로 나오지 않는 반벙어리 상태였다. 평생 같이 산 자식이나 되니까 말을 알아듣지, 누가 그 일을 할 수 있다고…….

그래서 요양원 차가 고해심을 데리러 집 앞마당에 들어섰을 때 놀랐다. 손수 싼 가방도 들지 못해 방에서 질질 끌며 기어

나오는 고해심이 기어코 일을 벌였다는 생각에 어처구니가 없어 혀를 끌끌 찼다.

"아는 사람 하나 없는 데서 그 몸으로 우짤라고 그란디요? 참말로."

그때 고해심의 얼굴에 웃음이 스쳤다. 노인네가 이젠 치매까지 왔나 살짝 걱정됐는데 당시 그녀는 덕자를 비웃고 있었다. 고해심은 아는 사람 하나 없는 요양원이 아니라 평생 잊지 못한 정만선, 그가 있는 곳으로 가는 거니까.

그런데 왜 나한테는 그 이야기를 꼭꼭 감췄을까? 자꾸만 생각이 신발에 들어간 돌처럼 덕자의 마음을 불편하게 찌른다. 아니, 내가 너무 앞서나가는 건지도 모르지. 정해심이 말하는 정만선이 동정호 도련님이 아닐 수도 있는데. 정말 그러기를…… 덕자는 진심으로 바랐다.

정해심은 혹시나 고해심의 의식이 돌아오지 않았나 싶어 병원에 왔다가 하덕자를 만난 일이 여간 기쁘지 않다. 자신이 품고 있는 궁금증을 풀어줄 사람은 고해심뿐이었는데 그녀가 의식이 없어 영원히 끝났다 싶은 순간에 구원자처럼 하덕자가 나타난 것이다.

하영석과 남매지간이라지만 둘의 나이, 외모, 성격까지 너무나 달라 보여 오히려 안심이 된다. 무조건 합의금만 내놓으라고 닦달하는 하영석보다는 훨씬 얘기가 잘 통할 것 같다.

정해심은 요양원의 CCTV 동영상을 덕자에게도 보여준다. 정만선의 방에 설치돼 있던 카메라 녹화 영상부터.

"이분이 우리 아버지예요."

덕자는 뒷모습밖에 안 보이는데도 누군지 한눈에 알아본다. 50년이 지났지만 꽃섬에 서서 낚시하던 동정호 도련님의 목선, 그만의 어깨가 긴 세월에도 변함이 없어 소름이 돋는다.

덕자의 예감은 맞았다. 정해심의 아버지는 자신이 알던 바로 그 사람이다. 고해심은 그 사람에게 가려고 자기를 떠난 것이다. 그런 줄도 모르고 이곳에 있기 싫으니 너한테 다시 돌아가겠다는 소식을 기다리며 매일매일 고해심의 방을 청소하고 먼지를 털었다.

나이 서른에 과부가 된 고해심의 살림살이는 평생 독신으로 살아온 덕자의 것과 별 차이가 없었다. 어쩌면 당연한 일이었다. 그건 모두 덕자가 자기 물건을 살 때 같이 사다 준 것들이었으니까. 그래서 그 방에 있으면 고해심의 방에 있는지, 자신의 방에 있는지 헷갈렸다. 어쩔 때는 이곳에 있는 사람이 예순여섯 살 먹은 하덕자인지 그보다 열 살 더 많은 고해심인지도.

그렇게 한 달을 보낸 덕자와 달리 화면 속 고해심은 자식은 안중에도 없어 보인다. 고해심의 기록은 요양원에 들어와 있던 한 달 가운데 절반도 남아 있지 않다. 최근 녹화된 2주일 치 영상에서는 오랜 시간 그곳에 살았던 사람처럼 불편한 티도 없이 잘 어울린다. 그게 몹시 섭섭한 덕자는 정만선이 고해심을 몰라보는 현실이 고소하다. 말리는데도 기어코 그를 찾아간 고해심이 얼마나 실망했을까.

"제가 확인해보니까 두 분이 같은 곳에서 태어나 사셨던데 맞나요?"

"맞아요. 두 사람은 같은 곳에서 살았시다. 아니, 세 사람이네. 내까지."

"특별한 관계였나요?"

"우리 엄마와 아가씨 아버지가 옛날에 특별한 관계였냐구예? 하모. 아주 특별한 관계였지예."

"그럼 연인 사이?"

고해심은 덕자에게 만선을 사랑한다고 말한 적이 한 번도 없었다. 대신 '복수'라고 했다. 하지만 이제는 덕자도 안다. 고해심이 말한 복수가 그냥 복수만은 아니었다는 걸.

덕자는 대답 대신 푸시시 마른 미소만 짓고 다시 시선을 노트북 화면으로 돌린다. 그러다 점점 화면 속으로 빠져들어 고해심의 눈길로 동정호 도련님을 좇는다.

늙고 병들어 느리고 둔해진 그의 몸놀림을 바라보면서 덕자는 가슴 한쪽이 시큰해진다. 자신이 손 흔들 때마다 모른 척했던, 아니 바라봐주지도 않던 그에게 상처받았을 때처럼.

뚫어져라 보는데도 눈길 한번 주지 않는 정만선에게 서운한 마음이 생기려는데 정해심의 목소리가 끼어든다.

"왜 어머니가 배를 만들어서 우리 아버지에게 주었을까요?"

"옛날 기억을 찾아주려고 그러지 않았을까예? 배를 네 척이나 가지고 있던 동정호니 배를 보면 그 시절을 떠올릴 수 있을 거라 생각했겠지예."

"우리 아버지의 잃어버린 기억을 찾아주려고 그랬을 거다? 근데 왜요?"

"그기야, 그라모……."

그래야 그가 자신을 알아볼 수 있을 거라 생각했을 것이다. 고해심의 인생에서 가장 빛나던 때, 하염없이 바라보던 그의 시선을 다시 받고 싶었을 것이다. 고해심은 그걸 바라고 집을 떠나 그 먼 곳까지 찾아갔던 것이다.

늙고 메마른 덕자의 가슴에 열 살짜리 계집애를 사로잡았던 질투와 배신감이 썰물처럼 밀려든다. 집에서 멀지 않은 요양원을 알아보겠다고 했을 때 고해심은 그마저도 딱 잘라 거절했다.

"이제라도 덕자 니도 니 인생 살라모."

덕자는 마치 자신을 위해 대단한 결정이라도 한 것처럼 비장해하던 그녀가 가증스럽고 우스워 눈물까지 난다. 또 고해심한테 당할 줄이야. 평생을 속으며 살 수밖에 없는 팔자인가. 태어났을 때부터 우린 이렇게 운명 지어진 건가.

덕자 엄마가 죽던 날, 고해심의 아버지도 죽었다. 아니, 고해심의 아버지가 먼저 죽고 그다음 덕자 엄마가 죽었다. 갑자기 쌍초상을 치러야 하는데 태풍까지 불어 동네 사람들은 정신이 없었다고 했다. 하나뿐인 상여에는 고해심의 아버지를 태우고, 덕자 엄마는 상여도 타지 못한 채 세상을 떠났다고.

고해심이 엄마라도 된 듯 갓난쟁이 덕자를 돌봐주고 놀아줬지만 덕자 아버지는 일절 고마워하지 않았다. 사고가 생기는 바람에 자기가 해심 아버지의 마지막을 지키느라 덕자 엄마가 혼자 애를 낳다 죽었다는 것이다. 그러니 너는 고해심한테 고마워할 필요가 하나도 없고, 오히려 고해심이 너한테 미안해하며 평생 빚을 갚아야 한다고 했다.

그래도 덕자는 해심이 고마웠다. 해심이 아니었으면 자신은 선착장에 덜렁 놓인 고무대야 안에서 굶어 죽거나 얼어 죽었을 테니까. 솔직히 아버지보다 해심이 더 좋았다. 아버지와 있으면 무서웠지만 해심과 있으면 행복했다. 해심이 그때 그 말만 하지 않았더라면 우린 계속 행복하게 살 수 있었을 것이다.

"무슨 말이요?"

정해심의 목소리가 혼자만의 생각을 비집고 들어온다. 덕자는 자기도 모르게 생각이 새나갔나 싶어 자루 여미듯 입을 꼭 다문다. 정해심이 그런 덕자를 유심히 바라보다 눈앞에 있는 노트북을 가리킨다.

"여기 이 장면 보시면 케이크에 꽂힌 촛불에 어머님이 종이 배를 일부러 갖다 대시잖아요. 왜 이런 행동을 하셨는지 아느냐고 물었는데."

"글쎄요. 그건 잘 모르겠는데예."

고해심은 자신을 기억하지 못하는 정만선을 자극하기 위해 극약처방을 한 거다. 다른 건 다 잊혔어도 운명을 뒤바꾼 동정호 화재사건만큼은 그의 기억 속에 분명 남아 있을 것이기에.

그 사실을 알면서도 덕자는 정해심에게 모른다고 거짓말을 한다. 선착장에 앉아 불을 바라보던 그날 밤, 바다 건너 자신의 가슴으로 옮겨붙었던 불티를 다시 살리고 싶지 않아서다. 그 불티 때문에 덕자는 집으로 달려가 잠든 아버지를 깨웠다. 만약 그러지 않았더라면 더 좋았을까.

살아오는 동안 수없이 생각하고 또 생각했던 질문이지만 아직 명확한 답을 내리지 못했다. 세상에 옳은 일이라는 게 있을까? 누군가에게 옳다면 누군가에게는 옳지 않을 수도 있는데. 분명한 사실은, 자신에게는 그때 그것이 옳았고 동정호 도련님에게는 옳지 않았다는 것이다.

그래서 덕자는 그에게 미안한 마음을 품고 있다. 정해심과 함께 요양원에 있는 정만선을 만나러 가기로 한 이유도 그래서다. 정말 그것뿐인지는 자신도 잘 모르지만……

차를 타고 가는 길에 덕자는 큰 마트 앞에 잠시 내려달라고 부탁한다. 동정호 집 마당에 있던 무화과나무가 생각나 그에게 무화과를 사다 주고 싶지만 온갖 것이 다 있는 대형마트에는 '그것'이 없다. 덕자는 남해 집 마당에 있는 무화과나무를 생각한다. 이럴 줄 알았으면 서울 올라올 때 잘 익은 무화과를 몇 개 따가지고 오는 건데.

그 나무는 선주가 바뀌고 새 사람이 들어온다며 단장할 때, 덕자 아버지가 동정호 집 마당에 있던 무화과나무를 옮겨 심은 것이다. 고해심은 옛집을 허물고 새집을 지으며 덕자 아버지의 손길이 스친 물건을 죄다 없애버렸지만 무화과나무만큼은 그대로 두었다. 그리고 해마다 그 향기로 한 해의 운수를 점쳤다.

'올해는 바다가 섬화를 해 고기가 많이 들겠구나.'

'올해는 큰 태풍이 지나가 꽃게들이 다 떠내려가겠구나.'

덕자는 향기만으로 어떻게 점을 칠 수 있는지 이해하지 못했지만 고해심의 무화과 점은 신기하게도 잘 들어맞았다. 요양원 이야기를 꺼내기 얼마 전에도 그녀는 호두만 하게 자란 무화과를 바라보다 말했다.

올해가 그 해라고. 유난히 무화과 향기가 진동하는, 자기 생전 맞이하는 '네 번째 여름'이라고.

덕자는 할 수 없이 무화과 대신 복숭아를 사 들고 요양원으로 간다. 하지만 조금 후면 동정호 도련님을 만난다는 생각에 손거울을 꺼내보다 머리가 허연 노파를 발견하고 뜨악한다. 머리만 하얘진 게 아니다. 백내장이 와 눈도 수술했고, 이도 시원찮아 임플란트를 여섯 개나 박았다. 고해심이 옆에 있을 땐 연로한 그녀보다는 젊다는 생각에 쌩쌩한 척했지만 이젠 그마저도 되지 않는다. 갑자기 예순여섯이 아니라 아흔여섯이 돼버린 것처럼 다리에 힘이 풀린다.

정만선이 치매라는 얘기를 해주지 않았으면 덕자는 그를 만나지 않고 그냥 돌아갔을 것이다. 이렇게 추레한 모습을 보여주고 싶지는 않았기에.

그래도 요양원에 도착하니 갈팡질팡하던 마음이 조금은 가라앉는다. 그도 더 이상 꽃섬의 청년이 아니라는 사실을 이 요양원의 풍경이 말해주고 있기 때문이다. 마당 빨랫줄에 널린 누런 이불들, 한쪽에 놓인 보행 보조기구들과 지팡이.

그가 있는 풍경을 수없이 상상했지만 이런 배경을 생각해본 적은 한 번도 없었다. 바닷가 풍경이 한눈에 들어오는 남해 집을 버리고 홀로 이곳 요양원에 들어섰을 고해심을 생각하니 마음이 복잡해진다.

그때 정해심이 정만선의 손을 잡고 덕자에게로 다가온다.

자기도 모르게 옛날 그때처럼 그를 향해 손을 흔들고, 그도 옛날 그때처럼 그런 덕자에게 반응하지 않는다. 괜찮다. 그는 치매에 걸렸으니까. 덕자는 자신을 못 알아보는 게 당연하다고 생각하지만 정해심은 본척만척하는 정만선 때문에 무척 민망해한다.

"이분은 아버지랑 어렸을 때 같은 동네에 사셨대요. 성함은 하덕자 씨구요. 기억 안 나세요?"

"덕자 아냐. 우리 아버지가 멸치 다음으로 좋아하는 게 덕자인데 내가 덕자를 몰라보려고."

덕자는 무슨 얘기를 하는 줄 알기에 웃음이 터진다. 정해심만이 어리둥절한 표정으로 고개 돌리는 아버지를 붙잡는다.

"동정호 어장에 덕자가 드는 날이믄 마을 잔칫날이었다 안 합니꺼."

그 말에 정만선의 움직임이 일순 정지된다. 그렇게 몇 초가 흐른 후, 그가 덕자를 돌아보고 고개를 끄덕인다.

"그래. 우리 아버지가 신이 나서 사람들에게 술을 돌렸지."

생선을 담는 나무상자에 가득 쌓여 있던 은빛 물고기들. 동정호 인부들이 배에서 육지로 상자를 옮길 때면, 떠오르는 햇빛을 받아 반짝이는 병어들은 마치 은으로 만든 고대 보물 같았다. 아름답지만 덕자를 두렵게 하는 풍경이기도 했다. 그런 날이면 아버지의 술주정은 더 포악해졌으니까.

동정호 배와는 비교도 안 되는 작은 목선으로 어부 일을 하는 하용범은 물고기 중에서도 '덕자'라 불리는 큰 병어를 유독 좋아했다. 오죽하면 딸 이름을 덕자라 지었을까.

아니, 딸 '덕자'보다도 바다의 '덕자'를 더 좋아했다. 여름이면 그물에 걸린 덕자가 상할세라 바다에서 주야장천 지냈고, 남의 그물에 덕자가 들었다는 소식이라도 들리면 배가 아파 난리를 쳤다. 정표세의 쫄다구들이 덕자를 다 훔쳐간다고. 그들의 그물을 자른 자리에 자신의 깃발을 꽂았다. 그래서 사람들이 몰려와 따지면 자리가 비어 있어 그물을 놓은 것뿐이라며 시치미를 뗐다. 하지만 동정호의 어장은 그렇게 빼앗을 수 없기에 아버지가 할 수 있는 건, 그들을 저주하고 죄 없는 딸에게 화풀이하는 일뿐이었다.

"덕자 이년. 나쁜 년! 니가 우째 내한테 이럴 수 있노? 배은망덕도 유분수지, 니가 낼 버리고 감히 그놈 그물에 홀랑 들어간단 말이고?"

자기는 이름만 덕자지 사람이라고, 아버지 딸 덕자라고 울며 하소연해도 벌겋게 달아오른 하용범의 눈에는 덕자가 사람으로 보이지 않았다.

정만선이 입을 가운데로 모으고 벙긋거린다. 병어 흉내를 내는 것이다. 물고기의 특징을 잘 잡아 그럴싸하게 흉내 내는 것은 고해심의 주특기였다. 그녀는 몸짓이 섬세해 참병어와 돗병어, 덕자까지 구별해 묘사할 정도였다. 지느러미가 날카롭고 긴 돗병어와 달리 참병어는 전체적으로 모든 게 둥글다. 고해심은 이를 표현하기 위해 접은 손가락 끝을 가슴 언저리에 붙이고 파닥거렸다. 손 바로 아래에는 병어의 심장이 있다고 했다. 그 심장을 죽기 직전 칼로 찔러야 회로 맛있게 먹을 수 있다고 말한 사람은 바로 덕자 아버지였다.

"아버지, 왜 그래요? 어디 불편하세요?"

정해심은 몸짓을 이해하지 못하고 엉뚱한 걱정을 한다. 그때 머리가 하얗게 센 정만선이 입을 벌린 채 두 손을 내린다. 죽으면 눈을 감는 대신 세운 지느러미를 고이 접는 병어 흉내를 내고 있는 것이다.

"병어는 죽었어도 심장이 뻘거면 안 죽은 거나 마찬가지라카대예. 값도 산 놈맹키 쳐주고."

고해심이 덕자에게 해준 얘기였다. 정만선의 눈빛이 처음으로 덕자에게 향한다. 그의 동공에 70여 년 만에 처음으로 덕자의 얼굴이 맺힌다.

"어렸을 때 선착장에서 도련님이 꽃섬에 낚시 가시는 걸 매일 봤어예."

꽃섬이란 말에 날카롭게 벼르는 그의 눈이 시간을 거슬러 과거로 휘어가다 커다란 암초에 부딪힌다.

"해심이, 해심이!"

"아버지, 나 여기 있잖아요."

이번에도 정해심은 엉뚱한 대답을 한다. 정만선이 찾는 사람은 그녀가 아니라 고해심이란 사실을 모른 채 말이다. 더 이상 두 부녀의 불통을 모른 척할 수 없어 덕자는 사실을 알려준다.

"아버님은 당신이 아니라 우리 엄마를 찾는 거 같은데예."

당혹스러워하는 정해심의 얼굴에 상처받은 인간의 감정이 감지된다. 덕자에게는 너무나 익숙한 그 감정이.

"우리 엄마, 고해심이 보고 싶어예? 저랑 같이 보러 가실래예?"

한껏 다정한 덕자를 바라보는 정만선의 눈빛이 다시 뭉툭하고 멍해진다. 그는 덕자가 처음 보는 사람이라거나 보이지 않는다는 듯 크게 하품하고 고개를 돌린다.

그 때문에 덕자의 묵은 상처가 입을 벌린다. 덕자는 늘 그의 편에 서서 생각하고 이해하고 미안해했는데 갑자기 그 모든 게 억울해진다.

"동정호에 불났을 때 선주인 아버님이 돌아가셨지예? 그 때문에 집안이 풍비박산돼 도련님도 고향을 떠나불고."

덕자는 말하면서도 스스로 잔인하다는 생각이 든다. 하지만 자기 의지로 조절할 수 없는 요실금처럼 하지 않아야 할 말들이 입에서 줄줄 새어 나온다.

"지난번 생일파티 날 와 우리 엄마가 종이배에 불을 붙였는지 도련님은 아시지예? 동정호에 불 지른 사람이 누군지도."

일부러 상대의 가장 아픈 곳을 찔러 헤집는데 연신 하품만 해대는 정만선의 반응이 덕자를 무색하고 무안하게 만든다. 괜한 짓을 했다는 후회에 얼굴까지 빨개지는데 정해심이 대신 관심을 보인다.

"그게 무슨 말이에요? 동정호에 불이라뇨? 그 불 때문에 우리 아버지의 아버지, 그러니까 제 할아버지가 돌아가셨다구요? 정말이에요?"

"내도 자세한 건 몰라예. 어렸을 때 그냥 들은 얘기라예."

덕자는 호기심으로 잔뜩 눈썹을 세우는 정해심에게 대충 얼버무리지만 내내 마음이 찝찝하다.

이건 분명 본인 잘못이다. 누구에게도 옳지 않은 일을 잘못 건드렸다. 그날 밤, 곤히 잠든 아버지를 깨운 것과는 명백히 다른, 변명의 여지가 없는 실수다. 그래, 그때는 많이 어렸다. 불타는 동정호에서 날아온 불티 때문에, 그 불티를 토해놓지 않으면 온몸이 타버릴 것만 같아서 고주망태로 자고 있던 아버지를 깨웠다. 그런데 오늘 자신이 한 일은, 늙은이의 주책이라고밖에 할 말이 없다.

옆에 있는 정해심의 존재를 잊은 채 왜 그런 말을 쏟아낸 건지. 게다가 그 기억은 안개가 덮인 것처럼 불투명해 윤곽도 선명하지 않은데…….

그날 밤, 아버지를 깨워 다시 선척장에 갔는지 그냥 잠이 들었는지 덕자는 모른다. 그저 다음 날 동정호 선주가 불에 타 죽었다는 소식에 놀랐다.

경찰들은 태풍 소식에 배를 점검하러 나간 선주가 낡은 기관실 화재로 죽은 것이라고 했다. 하지만 덕자는 분명히 꽃섬으로 걸어가는 해심을 봤고, 옆에 정박한 동정호에서 불이 타오르는 모습을 봤다. 덕자 아버지는 덕자가 본 게 꿈이라고 했다. 해심도 동정호에 가지 않았다고 말했다. 그때 자신은 돈 벌러 서울 가는 엄마를 하동까지 배웅하러 노량에서 나룻배를 타고 있었다고.

그래서 정말 꿈을 꾸었는지도 모른다고 생각했는데 아버지는 곧 해심이 덕자의 엄마가 될 거라고 했다. 덕자는 믿기지 않았다. 해심 언니가 왜 동정호 도련님과 함께 일본에 가지 않고 늙고 가난한 우리 아버지의 아내가 되겠는가. 그런데 고해심은 작은 보따리를 싸서 덕자 집으로 왔고, 정말로 덕자의 엄마가 되었다.

덕자는 해심과 함께 사는 것이 좋았지만 그날 밤 자기가 본 광경이 꿈이었다는 사실은 믿지 않았다. 꿈이라면, 그게 정말 모두 꿈이었다면, 매일매일 해심을 보며 미안한 마음이 들진 않았을 테니까. 그때 집으로 달려가 아버지를 깨운 일이 잘한 짓인지 평생 자신에게 묻고 또 묻고 하진 않았을 테니까.

하용범은 덕자에게 좋은 아버지가 아니었던 만큼이나 고해심에게도 좋은 남편이 아니었다. 그래서 덕자는 해심이 계속 같은 집에 살 거라고 생각하지 않았다. 언젠가 해심의 엄마가 그녀를 데려갈 거라는 마음의 준비를 했지만 그 후로 한 번도 찾아오지 않았고, 지금까지 해심은 덕자의 엄마로 살아왔다.

"장 팀장이 갔던 노래방 CCTV를 확인해봐야겠어요."

화질이 좋지 않아 경찰 조사 단계부터 배제돼 있던 CCTV 기록을 다시 보기로 한 건, 똑같은 화면이라도 사람 시선에 따라 달리 보인다는 사실을 덕자를 통해 깨달았기 때문이었다.

그 흐릿하고 밋밋한 요양원의 CCTV 기록을 반복해 보면서 하덕자는 두 번이나 눈물을 훔쳤고, 미처 몰랐던 다른 사실까지 알아냈다.

"요양원을 다른 사람한테 팔 생각인가 보네예."

"네?"

"여기 이 손님, 요양원 여기저기를 구석구석 꼼꼼히도 살펴보고 있다 아이라예?"

"요양원에 부모님을 모시려고 찾아온 건지도 모르잖아요."

"방마다 빈자리가 없는데 그건 아니지예. 그 멀리까지 와서 우리 엄마를 데려간 것도 그래서 그런 기라모. 사람이 많을수록 권리금도 많이 받는다 카니께."

하덕자의 말을 듣고 보니, 수십 번 봐도 전혀 눈에 들어오지 않았던 다른 사람들이 보였다. 늘 똑같다고만 생각했던 요양원과 요양원장의 분위기도 그날의 방문객에 따라 달라 보였다.

노 수사관이 찾아온 노래방 CCTV 기록은 경찰 조서에 적힌 대로 정말 화질이 좋지 않다. 장 팀장과 홍 차장의 얼굴이 수십 조각으로 깨지고, 소리도 녹음돼 있지 않은 구형이다.

두 사람이 손을 잡고 노래방에 들어온 사실은 알 수 있지만 홍 차장이 어떤 표정으로 장 팀장을 밀고 나갔는지는 도통 알 수가 없다. 적어도 두 사람이 노래방에 있었던 15분 동안의 분위기는 화기애애하게 느껴진다. 장 팀장이 노래하는 동안 홍 차장이 주위를 돌며 계속 흥을 맞춰주고 있었으니까. 중간중간 마이크를 빼앗아 노래를 부르기도 한다.

"왜 하필 이 부분일까요?"

"뭐가요?"

"홍 차장이 마이크를 빼앗아 노래하는 이 부분이요. 뒤에 살짝, 모니터에 노래 가사가 보이잖아요."

"아, 여기요. '그리고 내 곁에는 니가 있어.' 이 노래에서 가장 흥겨운 부분이잖아요."

"그렇긴 한데 여기서 홍 차장이 하는 제스처가…… 뒤에서 장 팀장을 안은 것 같지 않아요?"

"안았으면 팔이 앞으로 나와야 하는데 팔은 안 보이는데요."

"그래도 무언가 스킨십이 있긴 있었던 거예요. 바로 장 팀장이 뒤를 돌아보는 걸 보면."

"그럴 수도 있겠네요. 근데 저는 남자가 키스하니까 밀치고 밖으로 도망갔다 다시 들어오는 부분이 좀 이해가 안 돼요."

"그건 가방을 가지러 온 거잖아요."

"근데 남자 입장에선 다르게 생각할 수도 있죠. 우리 남자들은 이런 게 진짜 어렵다니까요. 여자가 정말 가방만 가지러 온 건지, 그냥 뛰쳐나간 게 후회돼 다시 돌아온 건지."

장 팀장은 후자라 생각하고 홍 차장에게 다시 접근했고, 그러다 타박상까지 입혀 강제추행치상 피의자로 이 방까지 오게 됐다. 노 수사관의 말을 듣고 보니 정해심도 홍 차장이 바로 가방을 챙겨 나가지 않고, 혼자 술을 마시는 장 팀장 앞에서 몇 초간 서성거린 게 신경 쓰인다.

하지만 이건 성범죄를 저지른 남자들이 '여자가 미니스커트를 입어서'라고 말하는 것과 똑같은 논리다. 그리고 검사인 정해심은 피해자에게 상대를 자극하지 않기 위해 조심했어야 한다는 충고보다 상대에게 고통을 주지 않도록 가해자가 조심하고 자제했어야 한다고 질책하는 역할이다. 그런데도 미련하고 어리석게만 보였던 장 팀장이 측은해지는 건, 아마 자신도 피의자인 아버지 대신 경찰서에서 같은 입장으로 조사받게 될지 모른다는 생각 때문이다. 정해심은 그 때문에 오늘도 장 팀장에 대한 선고를 내리지 못하고 미룬다.

하영석의 신고로 조사차 경찰들이 다녀갈 때만 해도 요양원장은 '섬김요양원'이 이름을 잃고 '성폭행요양원'으로 불릴지 예상하지 못했다.

처음 요양원 사업을 시작할 때 반대하는 가족들을 설득하며 자신은 돈을 벌기 위해서가 아니라고 했다. 죽기 전 사회에 마지막으로 봉사하고, 인생 선배들을 위해 헌신하고 싶어서라고. 그게 다 빈말은 아니었다. 정말로 잘 해보고 싶었다. 요양원에 입소한 노인들과 함께 색칠공부도 하고 콩 줍기도 신물 날 때까지 했다.

하지만 보람보다는 실망이 더 컸다. 수고스러움에 비해 수익이 적고, 직원들을 관리하기도 힘들었다. 사회에 대한 봉사와 헌신은 이 정도면 됐다 생각하고 조용히 요양원에서 손을 뗄까 했는데 일이 벌어졌다. 요양원 매수에 관심을 보이던 사람들까지 등을 돌리고, 요양원 매매를 전문적으로 하는 컨설팅 업체들까지도 절레절레 고개를 흔드는 상황이 돼버린 것이다.

요양원장은 속이 타들어갔다. 자신이 혼과 애정을 다해 만들었던 요양원의 평판과 가치를 이렇게 훼손시키다니. 이게 다 정만선과 정해심 때문이다. 애초에 정만선이 그런 짓을 벌이지만 않았어도, 하영석이 고소하기 전에 정해심이 합의만 해줬어도 이런 사태는 벌어지지 않았을 것이다.

요양원장은 분하고 원망스러워 정만선을 방출시키기로 결심했다. 정해심에게는 다른 환자들과 가족들이 불안해해서 그를 요양원에 둘 수 없으니 다른 곳을 알아보라고 통보했다.

정해심은 그 말에 즉각 반발했다. 지금까지 알아낸 사실들을 조목조목 나열해가며 이 사건은 일반적인 성폭력 범죄와는 다르다, 아버지가 성범죄자라는 낙인이 찍힌 채 쫓겨나게 할 수는 없다고 못 박았다.

정해심의 주장에 공감해서가 아니다. 요양원장은 그녀가 검사라는 이유 때문에 자기 생각을 끝까지 밀고 나갈 수가 없었다. 검사가 가진 권력이 정확히 어떤 것인지는 모르지만 정해심의 심기를 거스르는 게 두려웠다. 한발 물러나 생각하니 이 난관에 봉착한 데는 정만선과 정해심보다 고해심과 하영석의 탓이 더 큰 것 같았다. 애초에 고해심이 우리 요양원에 오지만 않았으면 이런 일도 일어나지 않았을 테고, 하영석이 합의금에 욕심부리지만 않았으면 경찰들이 찾아오거나 악소문이 퍼지지도 않았을 테니까.

아니, 어쩌면 자기 탓인지도 모른다. 신문에서 이 글자 저

글자 오려 붙인 고해심의 편지를 처음 받았을 때 그냥 휴지통에 던져버렸어야 했는데. 요양원에 들어갈 수 있게 도와달라는 편지를 무시 못 하고 그 멀리까지 가서 고해심을 직접 데려온 게 잘못이었다.

요양원을 인수하고자 하는 사람들에게 이곳이 멀리서 찾아올 만큼 아주 좋은 요양원으로 소문났다 자랑하고 싶은 마음, 만실을 만들어 권리금을 조금 더 받아내고 싶은 욕심의 대가가 이리도 혹독할 줄이야. 이제 와 누굴 탓하고 탄식해 뭣 하리요. 요양원장은 하루라도 빨리 궁지에서 벗어나려면 하영석이 원하는 돈과 정해심이 원하는 명예를 충족시켜 사태를 조속히 해결하는 일밖에 없다고 결론 내리고 3자 대면을 제안했다.

오늘의 자리는 그렇게 마련된 것이다. 정해심은 이야기하는 동안 하영석만 바라보고 있는 요양원장이 신경 쓰인다. 말이 3자 대면이지, 2 대 1의 불리한 상황에 놓인 건 아닌지 의심스럽다.

"그래서 당신 결론이 뭐야? 한때 서로 좋아했던 사이니까 그런 짓을 저질러도 범죄가 아니란 거야? 당신 검사라매? 근데 그게 검사가 할 소리냐고?"

삿대질하는 하영석의 손가락은 분명 정해심을 향해 있지만 그녀보다는 요양원장의 얼굴이 더 붉어진다. 요양원장은 오늘의 자리를 성공적으로 만들기 위해 하영석을 30분 먼저 불러

내 정해심이 검사라는 사실을 귀띔했다. 상대가 보통 사람은 아니니 합의금에 욕심내지 말고 빨리 끝내자는 취지였는데 바람과 달리 역효과를 일으키자 크게 실수한 것 같아 눈을 똑바로 볼 수 없다.

반면, 정해심이 눈을 감은 건 막연한 심증이 구체적인 물증으로 눈앞에 드러났을 때의 쾌감을 숨기기 위해서다. 하영석의 공격은 분명 자신의 급소를 찔렀다. 아프지 않다고 하면 거짓말이지만 곪아가던 종기가 툭 터질 때처럼 후련하고 상쾌한 기분 또한 드는 것이다.

처음 방에 들어왔을 때부터 느낀 요양원장과 하영석 간의 묘한 분위기, 이야기하는 동안 하영석이 비웃음을 띤 채 손가락 관절만 뚝뚝 꺾었던 이유, 하영석의 눈치를 살피느라 자신은 안중에도 없던 요양원장의 태도. 그 모든 이유가 하영석의 발언으로 분명해졌다.

'검사'란 직업은 사는 데 여러모로 불편하다. 물론 '일개 검사'에 한정된 이야기다. 정해심은 하영석의 비난이 아직까지 검사라는 직업에만 머물러 있는 점에 주목한다. 죄라도 지은 양 고개를 푹 숙이고 있는 요양원장이 하영석에게 다른 이야기까지 전했다면 하영석의 공격은 이 정도에서 멈추지 않았을 것이다. 그러니까 자신이 여성아동범죄부 소속 검사로 주로 성폭력 사건을 전담하고 있으며 다른 검사들보다 가혹한 형을 선고

하는 것으로 유명해 황금엉덩이 검사라는 별명까지 있다고 말
해주었다면 말이다.

요양원장이 자신을 배려해 거기까지 얘기하지 않은 것인지,
본인도 아직 거기까지는 알지 못하는 것인지 모르겠지만 조만
간 그 모든 것을 알게 될 거라는 사실만은 분명하다. 그 전에
모두 마무리 지어야 한다.

정해심은 마음이 다급해진다. 물론 이런 사태를 예상하지 못
했던 건 아니다. 성격이 철두철미해서라기보다 검사라는 직업
적인 영향 때문이다. 사람들을 대할 때마다 이 사람이 누군가
에게 유리한 진술을 해줄 수 있는 사람인가를 미리 생각하고
진술을 가감해 받아들이는 습관이 몸에 배어 있다.

제3자라는 말이 풍기는 객관성과 거리감은 사실 허상이라는
게 정해심의 생각이고, 그런 의미에서 요양원장은 자신에게 유
리한 진술을 해줄 가능성이 낮다. 그래서 노 수사관과 머리를
맞대고 나름의 대비책을 준비해놓았다.

때맞춰 문이 열리자, 하덕자의 등장에 가장 놀라는 사람은
하영석이다. 그는 황당한 표정을 짓다가 정해심을 쏘아본다.

"당신 또 무슨 수작을 부리려는 거야? 자꾸 이러면 나도 가
만 안 있어. 검찰청에 알려서 당신 같은 검사 옷 벗기는 건 일
도 아니야!"

"영석아, 와 엉뚱한 사람한테 화를 내노? 내가 오고 싶어 온

기라."

하덕자가 굳어버린 하영석의 옆자리로 앉으며 요양원장과 정해심을 둘러본다.

"우리 엄마 일인데, 아들만 참석하란 법은 없다 아입니꺼? 요즘이 어떤 시대인데."

정해심은 그녀를 향해 "잘 오셨어요"라고 대꾸하고 싶은 마음을 꾹 참는다. 하영석이 자극받아서 좋을 게 없다. 자신이 중간에서 중재할 테니 피해자 쪽과 잘 이야기해보라는 요양원장의 전화를 받고, 그녀는 하덕자를 자리에 참석시키는 편이 좋다고 생각했다. 그래서 하덕자에게 전화해 당신이 사건 당사자인 정만선과 고해심에 대해 잘 알고 있는 사람이자 그들 역사의 증인이니 꼭 참석해달라 부탁했다.

하덕자는 생각해보겠다고 하다가 전화를 끊기 직전, 자리에 참석할 테니 그 사실을 하영석에게는 알리지 말라고 했다. 이복남매인 두 사람 사이에 무슨 갈등이 있었는지 모르지만 둘의 그런 관계가 자신에게는 나쁘지 않다고 여겨졌다. 하덕자의 등장에 기세등등하던 하영석의 목소리가 낮아진 것만 봐도 자신의 판단은 옳았다.

"제가 좀 늦어서 죄송한데 어디까지 얘기 중이었어예?"

하덕자는 자신이나 하영석이 아닌 요양원장을 보며 묻는다. 정해심은 그녀가 생각보다 더 사리 분별력 있고 지략적인 사람일 수 있다고 생각한다.

"문제가 된 목욕탕 사건은 일반 성폭력 사건들과는 다른 관점에서 봐야 한다고 정만선 씨 따님이 말씀하시던 중이었어요. 두 분이 어렸을 때부터 같은 곳에서 자라 서로 각별한 사이였으니. 참, 그 사실을 정해심 씨에게 전해주신 분이⋯⋯."

"네. 제가 그랬어예."

"그런데 동생분은 그 말을 안 믿으시는 거 같아요."

정해심의 말에 하덕자가 돌아보자 하영석이 머리를 쥐어뜯는다.

"끼어들지 말라니까 왜 끼어들어가지고는 정말 사람 미치겠네. 우리 누나가요, 우리 덕자 누나가 원래 영화를 좋아해요. 사랑 영화 그런 거. 그래서 그런 얘기도 막 지어낸 거예요."

그 말에 정해심은 당사자라도 되는 양 불쾌하고 화가 나서 대신 따지고 싶은 심정인데 정작 하덕자는 평온한 얼굴로 화를 내지도 부인을 하지도 않는다. 그것이 정해심을 긴장시킨다.

"제 동생 말이 맞아예. 우리 엄마와 해심 씨 아버님이 같은 고향이신 건 맞지만서도 나머지 얘기는 제가 그냥 상상으로 만든 기라예. 설마 그걸 다 진짜라고 믿으신 건 아니지예?"

"네?"

이번에도 하덕자가 바라보고 있는 사람은 정해심이지만 얼이 빠져 딸꾹질까지 하는 사람은 요양원장이다.

"그럼 그게 다 거짓말이란 말씀입니까? 두 사람이 서로를 사랑했고, 고해심 씨가 옛 연인을 못 잊어 여기까지 찾아왔다는 게? 자신을 잊어버린 정만선 씨 기억을 되살리려고 종이배를 만들어줬다는 것도?"

"혹시 그런 게 아닐까 저 혼자 상상해본 거라 안 합니꺼?"

"아니, 이제 와서 그러면 우리는 뭐가 됩니까?"

"제 상상이 사실일 수도 있으니까네 거짓말을 한 건 아니지예."

요양원장은 하덕자의 말을 들으면 들을수록 화가 치미는데 더 화를 내야 할 정해심이 너무도 조용한 게 의아해 돌아본다. 정해심은 하덕자의 말 자체보다 그녀가 갑자기 왜 태도를 싹 바꾸는지, 왜 자신이 했던 말을 꾸며낸 이야기라고 하는지 알고 싶다.

"내 나이가 되면 사는 낙이 없다 아입니꺼. 그래서 그런 엉뚱한 이야기나 지어내며 시간을 보내는 기라예. 그냥 늙은이의 노망이라고 너그럽게 이해해주이소."

하덕자는 위로하듯 말하지만 정해심은 그 말이 고맙지도, 그녀를 이해해주고 싶지도 않다. 이런 말을 듣자고 자리에 불러낸 게 아니다. 이런 식으로 돌변할 줄은 눈곱만큼도 예상하지 못했다.

차갑게 바라보고만 있는 정해심 대신 하영석이 하덕자의 손을 꼭 잡아준다. 몹시 감동스럽다는 표정으로, 아주 다정한 남매지간임을 과시라도 하듯이. 그것이 정해심의 감정을 건드린다. 그러자 해심은 더 이상 영석을 자극하지 않으려 애쓰지 않겠다는 뜻을 말투와 표정에 담아 역공한다.

"아니, 그건 하덕자 씨가 지어낸 게 아니라 사실이에요."

"그걸 당신이 어떻게 알아?"

하영석이 보호하듯 상반신을 내밀어 하덕자를 향한 정해심의 시선을 가로막는다.

"제가 원래 의심이 많아 사람 말을 잘 안 믿거든요. 그래서 하덕자 씨 말도 근거가 있는 건지 조사해봤죠. 동정호의 화재 사건, 그건 실제 있었던 팩트고. 그때 우리 할아버지가 돌아가셨어요. 그 후 우리 아버지는 일본으로 떠나셨고, 당신 어머니는 옆에 계신 하덕자 씨 아버지와 결혼을 하셨죠."

그 말을 들으며 하덕자는 자기도 모르게 가슴 한쪽을 지긋이 누른다. 동정호에 화재가 나던 날 밤, 자기 가슴으로 날아들었던 불티가 다시 살아난 듯 화끈거려서다. 불티가 무서워, 그 불티를 다시 살려낼까 두려워, 이 자리까지 와서 했던 이야기를 뒤엎으려 한 건데. 이미 늦어버렸다는 낭패감에 기운이 쏙 빠진다. 더 안 좋은 전개는 영석의 호기심까지 자극했다는 사실이다.

"누나, 이게 다 무슨 소리야?"

"지난번에 누님이 우리 아버지한테 말씀하셨어요. 고해심 씨가 생일파티 때 종이배에 불을 붙인 이유. 그 이유를 알고 있지 않냐고. 그때 동정호에 불을 붙인 사람이 누군지 말이에요. 그래서 저도 우리 아버지한테 물어봤죠."

정해심은 순간 해쓱해지는 하덕자의 얼굴을 사진 찍어놓고 싶다는 생각을 한다. 언제 사용할지는 모르지만 분명 훌륭한 증거물이 될 거라는 직감에서다.

"그건 사건과 상관없는 일이니 이 자리에서 얘기할 건 아닌 것 같은데예."

하덕자의 떨리는 목소리에 그 얘기는 제발 하지 말아달라는 간절함이 배어 있다. 그러나 정해심은 모른 척한다. 그녀의 배신에 상처받은 만큼 자신도 복수하는 것이 공평하니까.

"아뇨. 상관 있어요. 그날 두 사람이 목욕탕에 간 건 그 때문이니까."

확신에 찬 정해심의 말에 아무도 이의를 제기하지 못한다. '확신의 마법'이다. 정말로 그런 확신이 있어서, 그럴 만한 증거를 가지고 있어서 말한 것이 아니다.

사실 세상에 돌아다니는 확신이란 게 다 그렇다. 사람들은 누구나 확신을 가지고 있지 않기에 다른 사람이 확신을 가지고 있다 생각하면 그를 믿고 추종한다. 확신이 없으면서도 있는 척 연기하고 스스로도 그렇다고 믿는 것이다.

확신의 속임수, 확신의 사기. 그 묘수가 가장 빈번하게 벌어지는 곳이 바로 법정이다. 정해심은 승률이 높은 검사와 변호

사는 확신의 마법을 가장 잘 활용할 줄 아는 마법사들이라고
생각해왔다. 하지만 본인은 그 정도 경지에 이르지 못했기에
자기가 한 말을 믿지 못하고 곱씹을 뿐이다.

그날 두 사람이 목욕탕에 간 이유는 정말 그 때문일까? 우리
아버지의 아버지를 죽이고 집안을 망하게 한 동정호 화재사건
에 대해 얘기하려고 간 거라면 그 이유는? 그 배에 불을 지른
사람이 바로 자신임을 고백하기 위해? 그렇다면 아버지는 그
사실을 알고 있어야 한다. 그런데 정말 알고 있나?

"아버지, 옛날에 아버지네 배에 불 지른 사람이 누군지 알고
있어? 그 사람이 고해심이야?"

이곳에 오기 전 정해심이 정만선을 찾아가 물었을 때 그는
엉뚱한 대답만 했다.

"문어. 해심이랑 약속했어."

그 얘기까지는 이 자리에서 하지 않는 편이 유리하다는 걸
알기에 은근슬쩍 말을 돌리려는데, 하덕자가 가슴이 답답한 듯
명치를 어루만지며 먼저 입을 연다.

"아무래도 이런 자리에 늙은이가 끼는 건 아닌 거 같네예.
사실 너무 오래전 일이라 그게 진짜로 있었던 일인지, 그냥 내
상상 속에 있었던 일인지 분간이 안 된다 아입니꺼. 어느 날은
진짜 같고, 또 어떤 날은 아닌 것 같고. 이러니 무슨 도움이 되
겠어예."

꼿꼿하게 걸어 들어왔던 하덕자가 그사이 몇십 년은 늙기라도 한 것처럼 힘없이 주섬주섬 가방을 챙기는 모습이 어이없다. 이건 뭐 대놓고 연기하며 사람들을 기만하는 행위가 아닌가. 그런데 그녀를 부축하며 같이 일어나는 하영석은 또 뭔가? 호흡이 잘 맞는 코미디 콤비라도 보는 것 같아 헛웃음이 나는데 거기에 요양원장까지 동참한다.

"저도 다른 일정이 있어서 오늘 자리는 여기서 파해야겠네요."

세 사람이 짜고 움직이는 것처럼 부산을 떨고 나가자, 정해심은 홀로 따돌림당하는 듯한 기분을 느끼며 주차장에 세워둔 차로 걸어간다. 팔은 안으로 굽는다더니 이복 남매라도 같은 핏줄이라 이건가?

하덕자가 이 자리에 참석하겠다고 했을 때, 정해심은 그녀가 자기편이 돼줄 거라 믿었다. 하영석이 모르는 비밀 병기라도 마련해둔 것처럼 든든했는데 결과적으로 보면 오판이었다.

오판의 연속, 패배의 반복. 이 슬럼프에서 언제쯤 벗어날 수 있을지, 정해심은 답이 거기 있기라도 한 것처럼 나란히 앞서 걸어가는 남매의 뒷모습을 응시한다.

또 2 대 1인가……. 아주 어렸을 때부터 정해심은 2 대 1에 대한 트라우마가 있었다. 3 대 1, 4 대 1, 10 대 1로 싸울 때는 두렵지 않은데 유독 2 대 1로 맞설 때만 중압감을 느꼈다.

자기 나름대로 원인을 찾아 심리분석을 해본 후 알게 되었다. 부모님은 각각 사랑을 주었지만 그들이 서로 사랑하지 않는 사이기에 사랑을 받으면서도 늘 2 대 1로 지는 헛헛한 기분이었다는 걸. 그래서 2 대 1로 사람들을 상대해야 할 때 유독 긴장하고 예민해졌다. 언니, 오빠나 동생이 있었으면 달랐을까? 왜 한 번도 동생을 낳아달라 조르지 않았을까? 그래봤자 안 된다는 걸 알고 있어서였겠지. 언제부터? 아마도 태어났을 때부터. 혹은 엄마 자궁 속에 처음 잉태되던 순간부터.

정해심의 눈길을 받으며 걸어가던 하덕자가 갑자기 돌아보며 차를 좀 얻어 탈 수 있냐고 묻는다. 미리 상의하지 않은 돌발행동인 듯 하영석의 표정이 굳는데 하덕자는 대답도 듣지 않고 차 쪽으로 걸어온다. 정해심은 그녀를 응시하고 있는 그의 표정을 주시한다. 이 또한 두 사람이 짜고 치는 연기가 아닐까 의심하면서.

정해심은 허락도 없이 조수석에 오르는 하덕자를 물끄러미 보다 차에 올라탄다. 사이드미러에 비친 하영석은 담배를 꺼내 물고 하늘을 바라보고 있다. 라이터를 꺼내 불을 켜지만 그의 입에 물린 담배와 오른손에 들린 라이터 사이가 너무 멀다.

"검사인 줄 몰랐다 아입니꺼?"

차가 출발하자마자 하덕자는 보지도 않은 채 변명하듯 말을 한다.

166

"여기 오는 도중에 동생한테 전화를 받았는데 당신이 검사라 카데예."

"그래서 말을 바꾸신 거예요?"

"……."

정해심은 아무 말 없이 창밖만 응시하는 하덕자를 보며 같은 시선으로 앉아 있던 옆자리의 엄마를 떠올린다. 그리고 두 사람의 분위기가 묘하게 닮았다는 생각을 한다. 쓸쓸하고 외로운……. 하지만 차갑게 느껴지는 박문희와 달리 하덕자는 뜨겁다. 나이 든 사람에게서 좀처럼 보기 힘든 열정이 뿜어져 나오는지 옆에 있는 정해심까지 몸이 달아오르는 기분이다.

에어컨 강도를 올리려는데 하덕자가 고개를 돌려 빤히 바라보다 미소 짓는다.

"아주 비슷해예."

"뭐가요?"

"동정호 도련님 딸은 당신처럼 생겼을 거라고 상상해 그려본 적이 있거든예."

"네?"

"아, 내가 아니라 우리 엄마가요. 아들을 낳았으면 이랬을 거다, 딸이라면 이랬을 거다 그러면서 종이에 그렸는데 그기랑 비슷하다쿠예. 동그란 이마와 얇은 입술이 아버지를 꼭 닮았네 예. 오빠나 남동생도 있어예?"

"아뇨. 저 혼자예요."

"아이야. 우리 엄마가 알면 좋아하겠데이."

"네?"

"다른 여자랑 자식 많이 낳은 것보다는 좋다 아입니꺼?"

"왜요?"

"사랑 안 해봤어예?"

그 말에 정해심은 당황한다. 이런 질문을 받을 때마다 남들 다 해보는 연애 혼자만 못 해본 것 같은 열등감과 부끄러움이 싫다. 하고 싶지 않아 안 하는 건데 왜 늘 당당하게 이야기하지 못하고 주눅 드는 것인지.

하덕자는 대답을 기다리지도 않고 말을 툭툭 던진다.

"그래서 우리 엄마도 애를 안 낳으려 했다 아입니꺼. 우짜다가 겔국 영석이를 낳긴 낳았지만서도."

누구나 다 아는 얘기라는 듯, 중간중간이 생략된 하덕자의 이야기는 너무 멀어 건너뛸 수 없는 징검다리처럼 느껴진다. 그래서 마저 따라가지 못하고 한참 뒤처진 채 그녀가 던지고 간 돌 위에서 제자리뛰기를 한다.

"그러니까 우리 아버지랑 고해심 씨가 엄청나게 사랑하는 사이였다는 거죠? 그래서 다른 사람이랑 살면서도 옛 연인을 생각해 자식도 낳지 않으려고 했다?"

"그쪽 아버지는 몰라도 우리 엄마는 그랬을 끼라예."

"전 정말 이해가 안 되네요. 그렇게 사랑하면 안 헤어지면 되는 거 아닌가요?"

"악마 같은 방해꾼이 있어 그기 불가능했다 아입니꺼."

"그게 누군데요?"

"그건…… 그거까지 내가 아가씨한테 말할 필요는 없는 기고."

"그럼 어쩌다가 결국이란 말은 뭐예요?"

"뭐라꼬예?"

"아까 그러셨잖아요. 어쩌다가 결국 영석이를 낳긴 했다고. 하영석 씨가 들었으면 무척 서운해하실 것 같은데."

정해심은 그 말을 하면서 백미러에 비친 하영석의 차를 흘끔 바라본다. 그가 요양원에서부터 자신을 따라오고 있다는 사실을 아직 눈치채지 못한 하덕자에게 알려주는 것이다.

"지금 날 협박하는 기라예? 내 동생한테 이르겠다고?"

정해심은 어린아이처럼 통통 튀는 하덕자의 발끈하는 목소리에 새삼 놀란다. 시골에서 올라온 순박한 노인처럼 보이던 그녀가 영화배우라도 된 것처럼 매번 다른 모습을 보여주는 게 신기하다. 처음 아버지를 만나러 요양원에 갔을 때는 남자에게 매력적으로 보이길 바라는 여자의 모습이더니 조금 전 자리에서는 인자하고 성숙한 누나, 지금은 또 성깔 있는 소녀로 옆에 앉아 있다.

팔색조. 다른 사람들에게는 매력일지 몰라도 법조계 쪽 사람들에게는 아니다. 그들은 일관성 없는 사람을 제일 싫어하고, 그것은 진실하지 못하다는 판단의 중요한 증거로 사용된다. 그 때문에 하덕자를 대하는 정해심의 말투도 곱지만은 않다.

"그런 건 아니지만 차를 타셨으면 제 궁금증도 풀어주셔야지, 일방적으로 하고 싶은 말만 하시는 건 아니죠."

"어머니는 어떤 사람이라예?"

"네?"

"우째 한 번도 안 보이시니까네. 혹시 돌아가셨어예?"

정해심은 아무리 타일러도 제멋대로 구는 어린아이를 상대하는 것처럼 피곤해진다.

"아뇨, 지금 여행 중이세요. 유럽."

그 말에 한껏 놀란 표정이다 작은 미소로 마무리 짓는 하덕자가 왜 이리 얄미운 건지. 평생 데면데면했던 부모 사이가 다 고해심 때문이냐고, 그래서 즐겁냐고 따지고 싶은 충동이 정해심을 사로잡는다.

"아까 사랑 안 해봤냐고 물으셨는데 네, 안 해봤어요. 그래서 사랑이 그렇게 대단한 건지 저는 모르겠어요. 두 사람이 아무리 사랑했던 사이라 해도 50년도 지나 잊지 못하고 그런 일을 벌일 수 있는 것인지."

"내도 그런 사랑은 몬 해봤어예."

"네?"

"그냥 풍경처럼 보기만 했제 내도 몰라요. 우리 엄마가 와 당신 아버지를 찾아 요양원까지 갔는지, 아직도 잊지 못해 다시 사랑을 하고 싶어 그랬는지. 이제 후회도 미련도 없이 행복하게 죽을 수 있는지. 그래도 불행하지는 않은 것 같다. 그건 확실한 기라."

"그걸 어떻게 알아요?"

"평생 봐온 얼굴 아니라예. 얼굴빛만으로 내는 엄마의 기분을 안다 아입니꺼."

"하영석 씨한테도 그 말씀 하셨어요?"

"아이라. 말해도 걔는 믿지 않을 텐데 뭐 한다꼬……. 사실 내가 이 차에 탄 건 영석이 때문에 부탁이 있어서라예."

"무슨?"

"내가 퇴직금으로 받아놓은 돈이 좀 있어예. 그 돈을 영석이한테는 비밀로 하고 사건 합의금으로 줬으면 합니데이."

"네?"

"그럼 양쪽 다 좋다 아입니꺼. 영석이도 그렇고 아가씨도 그렇고."

"그치만 그건……."

"아버지가 잘못했다고 인정하는 거라 싫어예? 물론 그럴 수 있제예. 검사라니 더더욱 그렇겠지만서도. 그래서 내가 부탁하는 거 아이라예. 우리 엄마를 위해서라도 제발 꼭."

하덕자는 정해심의 손을 꼭 잡는다. 예상했던 대로 하덕자의 손은 뜨겁다. 차에서 내린 후에도 그녀가 쥐었던 오른손이 후끈거릴 만큼.

정해심은 그 낯선 체온을 털어내며 고심한다. 부탁을 들어줄 것인가 말 것인가. 그대로 하는 것이 자신에게도 손해는 아니다. 더 이상 하영석에게 시달릴 필요도 없고, 골치 아픈 일에 신경 쓰지 않아도 되니까. 그런데 이번에도 의심 본능이 자꾸만 고개를 치켜들고 방해한다. 하덕자는 왜 동생을 설득하는 대신 꼼수를 쓰려는 걸까? 그게 정말 고해심을 위해서일까? 그게 아니라면?

정해심의 상념이 짧은 경적 소리 때문에 멈춘다. 하덕자를 지하철역 근처에 내려준 후에도 계속 정해심을 뒤따라오던 하영석이 신호를 보낸 것이다. 그는 자신을 따라오라는 수신호를 보내고 앞서간다.

하영석이 카페의 구석진 자리를 차지하고 앉아 얼음을 깨물어 먹고 있다. 정해심 몫의 뜨거운 아메리카노까지 주문해놓았지만 그녀가 오기도 전에 자기 몫의 아메리카노를 다 마시고 얼음까지 야금야금 먹는다. 이건 그녀를 기다리지 않기 때문이 아니다. 그녀가 오지 않을 때를 대비해 자신은 기다리지 않았으니 상처받지 않았다고 스스로에게 말하기 위해서다. 그것이 자존감을 지키는 하영석의 방식이다. 그는 최대한 얼음을 아껴 먹으며 시간을 끈다.

컵에 남아 있던 마지막 얼음이 입에 들어가고 차마 깨물지 못한 각진 모서리가 혓바닥에 녹아 둥글어지며 목구멍으로 미끄러지는 순간, 다행히 정해심이 들어와 맞은편에 앉는다. 이번에는 거절당하지 않았다는 작은 기쁨이 하영석의 기분을 좋게 만든다. 하지만 그만한 일에 기뻐한다는 사실을 들키기 싫어 일부러 인상을 찡그린다.

정해심은 커피까지 준비해놓은 게 의외라는 듯, 맞은편에 앉은 하영석과 테이블 위의 커피를 번갈아 본다.

"제가 뜨거운 커피 좋아하는 건 어떻게 아셨어요?"

고마움을 표현하기 위해 한 말이지만 하영석은 마음을 무시하고 고까운 표정을 짓는다.

"내가 보기에 검사님은 뜨거운 커피가 아니라 미지근하게 식은 커피를 좋아하는 것 같은데요?"

이곳에 자리를 잡아 주문한 아이스커피의 얼음을 죄다 깨물어 먹을 때까지 당신은 오지 않았다는 질책을 담은 말이다. 기다리지 않는 척했지만 기다렸고, 기다리는 내내 오지 않을까 봐 초조해했음을 그렇게 드러내고 만다.

하영석을 만나면 하덕자가 부탁한 비밀을 지켜줄 수 없게 될 텐데. 하영석의 차를 따라가야 할지 말아야 할지 갈등하느라 지체했던 정해심은 그의 말 때문에 다시 마음이 무거워진다. 사실 아직까지도 마음의 결정을 하지 못해, 누나가 다짜고짜 무슨 이야기를 했는지 묻는다면 어떻게 대답해야 할지 몰라서다. 그런데 하영석의 입에서 나온 말은 정해심의 예상을 벗어난다.

"아까 말했던 동정호 화재사건에 대해 좀 말해달라고 불렀어요."

시험이 며칠 후로 미뤄졌을 때의 안도감. 걱정거리가 해소된 것은 아니지만 지금 당장은 놀아도 된다는 여유가 긴장을 누그러뜨린다.

정해심은 엉덩이를 소파 등받이 쪽으로 깊숙이 밀어넣고 미지근한 커피를 한 모금 음미한다.

"그 얘기라면 직접 누님한테 들으시는 게 더……."

"48년 동안 해주지 않던 이야기를 이제 와서 해주겠어요?"

마흔여덟인 하영석은 여덟 살 어린아이처럼 입을 삐죽이고는 빈 커피잔으로 얼굴을 가린다. 아주 오래전부터 분명 뭔가가 있다는 사실은 알고 있었다. 뿌옇게 덮인 안개처럼 그 실체가 뭔지는 알 수 없었지만.

그런데 아까 정해심의 입에서 어떤 단어가 나왔을 때, 당황해하는 덕자 누나를 보며 이것이 바로 그 실체임을 직감했다. 엄마와 누나가 간직하고 있는 비밀, 친자식인 자신보다 두 사람이 더 끈끈하고 가까운 이유. 그것이 바로 '동정호 화재사건'과 관련돼 있음을.

"가족들이 왜 하영석 씨에게 그 일을 감추려고 했을까. 전그게 더 궁금한데요?"

하영석은 사업이 망한 후 사람들이 자기 말을 중간에 툭툭 자르기 시작했다고 생각한다. 그래서 그들과 똑같이 행동하는 정해심 때문에 마음이 배배 꼬인다.

"우리 엄마는 원래…… 그래, 원래부터 날 안 좋아했어요. 자기가 낳지 않은 덕자 누나보다 날 더 불신하고 홀대해서 그런 얘기도 일절 해주지 않았어요. 덕자 누나는 엄마의 뜻을 따랐고. 이제 답이 됐어요?"

분명 까칠하고 공격적인 말투인데 그가 했던 다른 말들과 달리 불쾌감보다는 슬픔이 마음에 스며든다. '어쩌다가 결국' 태어난 하영석이라는 말을 듣고 와서 그런가? 그 사실을 누구보다 잘 알고 있는 사람은 하영석 본인일지도 모른다는 생각이 정해심에게 야릇한 연민을 불러일으킨다. 모든 게 너무나 안 맞는다고, 극과 극이라고만 여겼던 하영석에게도 자신과 공통점이 있다. 어쨌든 둘 다, 부모들이 서로 너무나 사랑해서 태어나게 된 사람들이 아니라는.

"그 화재사건이 있었던 게 언제죠?"

"전 그거 찾아내느라 되게 고생했는데 그걸 그냥 공짜로 알려달라구요?"

정해심은 말을 해놓고 오히려 본인 스스로 당황스러워한다. 아무에게나 농담하는 성격이 아닌데 왜 이런 말을 했을까. '작은 연민', 그것이 문제다. 늘 찌들고 추레한 하영석의 모습이 오늘따라 침울하고 안쓰럽게 느껴진다.

"하여간 있는 사람들이 더하다니까. 대가 지불하면 되잖아요. 얼마면 돼요?"

농담을 진담으로 받아들이며 상대가 얼마를 요구할까 긴장하는 모습도 동정심을 자극한다.

"뭐, 이 커피값 정도면 돼요. 사실 찾느라 그렇게 힘들진 않았거든요."

말한 대로 동정호 화재사건을 조사하는 건 정해심에게 식은 죽 먹기였다. 노 수사관의 도움을 빌릴 것도 없었다. 하덕자가 그 사건으로 정만선의 아버지가 돌아가셨다고 한 말을 단서 삼아, 호적등본에서 할아버지의 사망 날짜를 알아냈다.

이후 신문 기사를 뒤지기 시작했고, 중앙지의 지역 사고란에서 동정호 화재사건 기사를 어렵지 않게 발견할 수 있었다. 그당시 8톤짜리 배에 화재가 나 사람까지 죽은 사건은 그만큼 큰일이었다. 그리고 사건은 1963년 8월 13일에 벌어졌다.

"1963년이면 내가 태어나기 10년 전인데……."

하영석이 이상하다는 듯 고개를 갸웃한다.

"아까 그 사건 이후 우리 엄마가 덕자 누나 아버지와 결혼했다고 하지 않았어요?"

"네. 그랬죠."

"근데 내가 알기로는 나 태어나기 얼마 전에 부모님 혼인신고가 됐거든요. 그러니까 1973년이네요. 아버지는 내가 태어나기도 전에 같은 해 돌아가셨고."

하영석이 한 얘기는 정해심이 하덕자로부터 들은 이야기와 전혀 맞지 않는다. 하덕자는 고해심이 아이를 낳지 않으려고 오랫동안 애썼다는 뉘앙스를 풍겼다. 그런데 어쩌다 하영석을 낳게 되었다고.

차마 그 얘기까지는 할 수 없어 침묵을 지키는데 하영석이 또다시 고개를 갸웃한다.

"그때 당신 아버지는 어디 있었어요?"

"1963년에 화재가 일어나고 얼마 후 할머니와 함께 일본으로 가셨어요. 우리 할머니 친정이 일본에 있었거든요."

"그럼 당신 말이 맞을 수도 있겠네. 우리 엄마가 그때 덕자 누나 아버지와 결혼하고 혼인신고는 나중에 했을 수도 있으니까."

"그러네요."

"근데 이상하지 않아요? 정말 사랑했던 사이라면, 우리 엄마랑 당신 아버지가 누나 말대로 그렇게 사랑했던 사이라면, 엄마가 왜 그 배에 불을 질렀겠어요?"

"그쪽 어머님이 정말로 불을 질렀는지는 몰라요."

"그럼 두 사람이 왜 헤어지죠? 갑자기 그 이후에?"

"그거야, 우리 아버지 집안이 그 일로 망했으니까."

"우리 엄마가 당신 아버지를 차버린 거라면 더 가난한 남자한테 시집가지는 않았겠죠. 애까지 달린 홀아비한테."

"그것도 그러네요."

"그럼 그 배에 불을 지른 사람이 우리 엄마라고 보는 게 맞겠죠? 그리고 우리 엄마는 당신 아버지를 사랑하지 않았다고 보는 게."

"네?"

"그래야 모든 게 말이 되잖아. 당신 말대로 그날 두 사람이 목욕탕으로 간 건 그 사건 때문일 수 있어. 우리 엄마가 자신이 한 일을 그곳에서 고백한 거지. 그 얘기를 듣고 당신 아버지는 분노한 거야. 그래서 일을 저지른 거고."

"우리 아버지가 복수심으로 당신 어머님한테 그…… 그런 행동을 한 거다 이 뜻이에요?"

"빙고."

"그 요양원에는 우리 아버지가 먼저 들어가셨어요. 나중에 그곳으로 찾아간 사람은 당신 어머니구요."

178

"우리 엄마는 그 요양원에 당신 아버지가 있는 줄 모르고 간 거지. 그러니까 둘이 거기서 만난 건 우연, 저스트 우연."

"그럼 종이배는요? 왜 당신 어머니가 종이배를 만들어서 우리 아버지에게 줬죠?"

"치매라니까 그냥 장난치고 싶었는지도 모르지. 정말 아무 것도 기억 못 하나 궁금해서."

"지금 진심으로 하는 말이에요?"

"당연하지. 당신은 검사니까 그 화재사건의 공소시효가 지났다는 건 더 잘 알잖아. 자꾸 과거 어쩌고저쩌고하며 본질을 흐리고 왜곡하려 들면, 피해자 아픔은 외면하고 고통을 가중시킨다고 검찰청에 투서를 보낼 거야. 그러니까 지금이 합의할 수 있는 마지막 기회라고."

정해심은 그에게 잠깐이나마 연민을 느꼈던 자신을 한심해 하며 이제는 하덕자의 부탁을 들어줄 수 없게 됐다고 생각한 다.

"고마워요."

"뭐가?"

"더 이상 갈등하지 않게 해줘서."

병원으로 돌아온 하덕자는 중환자실에 있는 엄마를 수건으로 닦아주다가 정해심으로부터 온 핸드폰 진동음을 듣는다. 좋은 소식이 아닐 거라는 예감. 그녀는 전화를 받는 대신 하던 일을 마저 하기로 한다. 고해심은 처음 하덕자가 여기 왔을 때부터 의식이 없는 상태로 점점 안 좋아지고 있다.

"엄마, 엄마도 동정호 도련님 딸 정해심 봤나? 아니, 먼저 그 여자 이름이 해심이라는 거 알았을 때 기분이 우쨌나부터 말해봐이. 감동스러웠노? 내도 솔직히 그렇게까지는 할 줄 몰랐다. 좀 질투는 나대이. 동정호 도련님이 자기 딸한테 내 이름 붙여줬으면 오땠을까노? 정덕자……. 흐흐 근데 너무 촌스럽긴 하데이. 그 처녀하고도 안 어울리고. 정해심은 어울려.

엄마 젊었을 때, 그때 고해심만큼 이쁘지는 않지만 그 처녀도 눈은 엄마맨치로 살아 있다카이. 그때 우리 엄마는 진짜 이뻤다. 그쟈? 그래서 엄마가, 아니 그때는 해심 언니제. 해심 언니가 동정호 도련님과 연애한다는 거 알았을 때 낸 언니가 아까웠다 아이가. 진짜라모. 동정호 도련님도 멋있지만 언니 상대로는 좀 부족한 기라. 하모, 언니보다 좀 못한 여자. 그래, 딱 내 정도 되는 여자라면 몰라도."

그 말을 하면서 하덕자는 고해심의 표정을 살핀다. 혹시 의

식이 있다면 무슨 반응을 했을 거라 생각해서지만 별 변화가
없다.

고해심은 덕자가 지금까지 결혼하지 않고 자기 곁에 있는 상
황을 늘 안타까워했다. 하지만 그 이유를 오해하고 있었다.

요양원에 들어가기 전에 덕자에게 그 말을 했던 것도 이런
이유에서였다.

"더 이상 내한테 미안해할 필요도 빚 갚을 필요도 읍다. 낸
한 번도 널 원망 안 했느니라."

그때라도 그게 아니라고 말해줘야 했을까. 덕자는 자기가 평
생 곁에 있었던 진짜 이유를 모른 채 세상을 떠날까 봐 안타까
움에 해심의 손을 어루만진다.

면회시간이 끝났다는 간호사의 말에 중환자실을 나서는 하
덕자를 영석이 기다리고 있다. 차를 미행하던 영석이 모습을
보이지 않다 이제야 찾아온 것, 좀 전에 걸려왔던 정해심의 전
화, 부재중 전화 표시를 확인했을 때의 불길한 예감이 한데 뭉
쳐져 덕자는 영석이 입을 열기 전부터 마음이 무겁고 피로해
진다.

"배고프다. 밥부터 묵자."

덕자는 어수선하고 가벼운 병원 지하식당가의 풍경이 마음
에 든다. 이런 풍경을 바라보고 있으면 중환자실에 있을 때의

침울함, 심각함을 잊을 수 있다.

영석은 사람들의 입맛을 맞추느라 양식과 일식, 중식, 한식 메뉴까지 골고루 갖춘 식당에서 덕자가 가장 먹고 싶지 않던 돈가스를 사가지고 온다. 너무 크게 썰어 입가에 갈색 소스를 묻혀가며 돈가스를 집어넣는 하영석 때문에 덕자는 식욕이 더 떨어진다.

"왜 나한테도 안 해준 얘기를 정해심 그 여자한테는 한 거야?"

"무신 얘기?"

"내가 뭘 말하는지 알잖아. 누나도 엄마처럼 날 가족으로 생각 안 하는 거야?"

"그게 무슨 소리노? 우리가 와 널……."

"그래, 그 '우리'에 나는 한 번도 들어간 적 없었어."

"뭐?"

"언제나 엄마랑 누나, 두 사람만 우리였지 나는 아니었다고! 왜? 난 어디서 주워온 애야? 그래서 그런 거야?"

"말도 안 되는 소리 하지 마라모. 엄마가 널 가지고 얼마나 입덧을 했는지 아나. 몇 달 동안 밥도 몬 먹고 무화과 그거 몇 개 먹고 간신히 살았데이."

"그럼 도대체 뭔데? 왜 나만 쏙 따돌리고 말 안 해주는데?"

덕자는 얼굴도 모르는 동생을 위해 아버지를 버렸고, 태어난 영석을 애지중지 키웠다. 정말 자기가 낳은 자식처럼 온갖 정성을 쏟았다. 그래서 영석에게 이런 말을 듣고 있는 현실이 너무나 서운하고 서럽다.

"내 부모는 왜 10년이나 살다가 하필 내가 태어나기 전에 혼인신고를 했을까?"

"널 가진 걸 알았으니까네. 사생아로 만들 수는 없으니까네 그란 기제."

"끔찍이도 날 생각했네. 그래서 아버지는 내가 태어나기도 전에 죽은 거야?"

"그건 사고였다 안 했나. 안개가 너무 짙은 날 바다에 나간 기 잘못인 기라."

"그러게. 왜 아버지는 그런 날 바다에 나갔을까?"

"덕자 땜세."

"……무슨 뜻이야?"

"병어철이었거든. 아버지는 덕자라면 환장하는 사람이었다. 그 덕자를 잡을 욕심에 아무것도 안 보인 기라. 지금의 너처럼."

"무슨 말이야?"

"엄마 돌아가시면 니 말대로 그 땅 팔게 해줄 테니까네 너도 정해심한테 합의금 받아낼 생각은 그만 접어삐라."

"왜?! 왜 그래야 되는데?"

"그러다 아버지처럼 다 잃고 싶나?"

"무슨 소리야?"

"그 땅도 엄마도 애초에 우리 것이 아니었다 아이가."

덕자는 동생에게 한 번도 하지 않았던 이야기를 왜 하필 여기서 쏟아내고 있는지 스스로도 이해가 가지 않는다. 아주 기쁘지도 아주 슬프지도 않은 얼굴로 대충대충 만들어낸 음식을 불만 없이 먹고 사라지는 사람들의 희한한 풍경 때문일까. 화를 내는 사람도 슬피 우는 사람도 없는 이런 곳에서라면 무슨 얘기를 해도 대수롭지 않게 들릴 것만 같다.

그래서인지 사람들의 시끄러운 소음 속에 섞여버리는 덕자의 목소리는 드라마나 영화 줄거리를 말해주듯 가볍고 경쾌하기까지 하다.

"그날 밤에 엄마, 아니 그때는 아직 우리 엄마가 아니었제. 해심 언니가 동정호로 헤엄쳐 가고 얼마 안 돼 배에 불이 났다 카데. 아버지는 불을 낸 사람이 누군지 알고 그걸 빌미로 협박을 한 기라."

몇 가지 내용이 생략됐지만 덕자는 그것까지 알릴 필요는 없다고 자기합리화를 한다.

"그래서 엄마가 그 사람과 헤어지고 아버지와 살았다? 쳇, 우리 엄마가 당하고 살 사람이야? 정말 살기 싫었으면 도망을 가도 열 번은 더 갔겠다."

덕자는 한 번도 해보지 못했던 생각이다. 해심 언니의 엄마가 오면 언니를 데려갈지 모른다고 걱정하면서도 해심 언니가

184

자기를 두고 혼자 도망칠 수 있다고는 전혀 생각해본 적이 없었다. 아니, 생각했는지도 모른다. 그래서 영석이 태어나길 바랐는지도, 그리고 아버지를 버렸는지도…….

"영화 같은 상상은 집어치우고 현실을 좀 직시해. 우리 엄마는 누나랑 달라. 엄마가 어떤 사람인데, 그 양반이 수십 년도 지난 옛사랑을 찾아 거기까지 갔다는 게 말이 되냐고?"

자신이 보는 엄마와 영석이 보는 엄마는 같은데 왜 다른 사람일까? 덕자는 문득 그 점이 기이하게 느껴진다.

"누나 말대로 우리 엄마가 일부러 거길 간 거라면, 그래 거기 정만선이 있다는 걸 알고 찾아간 거라면 무슨 다른 이유가 있어서야. 사랑이 아니고 다른 이유가 있었던 거라고."

"다른 이유?"

"그래. 진짜 땅을 돌려주려고 찾아갔는지도 모르지. 내가 잘되는 꼴은 죽어도 못 보는 양반이니."

영석이 지그시 어금니를 깨물며 입술을 비튼다. 덕자는 그 모습에 아버지가 떠올라 선득해진다.

동정호 선주에 대한 이야기가 나올 때마다 입술과 눈썹을 비튼 채 험한 욕을 쏟아내던 덕자 아버지. 해심이 꽃섬에서 만선과 놀던 추억이 그리워 물질을 한다며 바다에 못 들어가게 하던 성난 아버지. 그래도 해심이 몰래 물질을 가고, 덕자가 망까지 봐준 사실을 알게 된 아버지는 두 년을 꽁꽁 묶어 바다에 빠뜨려 죽이겠다고 했다.

덕자는 자신과 해심을 배에 태우던 아버지의 그 살벌한 눈빛이 영석의 얼굴에 담겨 있는 것을 보고 가슴이 서늘해진다.

"그러니까 정만선의 아버지를 죽인 건 우리 엄마고, 우리 아버지를 죽인 건 덕자란 말이네?"

6장

쥐도 새도 모르게

해심이 집으로 오기 전까지 덕자는 학교에 가본 적이 없었다. 해심 덕에 남들보다 늦은 나이에 입학하게 됐지만 하용범은 덕자가 학교에 가는 것을 싫어했다. 공부해봤자 제 애비나 미워하고 무시한다며 배에 태우고 나가 물고기만 따게 했다.

해심은 덕자를 빼내기 위해 배에 대신 올랐다. 해심의 물질을 싫어했던 하용범은 못 이기는 척 덕자를 학교에 보내줬다. 그것도 중학교까지만이었다. 덕자를 학교에 보내자고 아무리 설득해도 그는 막무가내였다. 한 번만 더 학교 얘기를 하면 덕자를 떠돌뱅이 장사꾼 홀아비한테 팔아버리겠다고 으름장을 놓았다.

그리고 해심에게 폭로했다.

　"너랑 만선이 그놈이 연애질하는 걸 내한테 말해준 사람이 누군지 아나? 바로 덕자 년이다. 그날 밤 네가 동정호에 불 지른 걸 내한테 말해준 사람도 바로 그년이고."

　　해심의 얼굴이 타들어갈 듯 붉어졌다. 해심은 상처를 받았고, 그 상처에서 나는 열을 식히려고 시도 때도 없이 바다로 갔다. 덕자는 물질을 싫어하는 하용범 때문에 애간장을 태우며 해심의 망을 봤다.

　　그러던 어느 날, 하용범에게 들켜 혼쭐이 났다. 하용범은 자기를 속인 두 년을 죽여버리겠다고, 해심과 덕자를 밧줄로 꽁꽁 묶어 배에 태우고 바다에 나갔다. 될 대로 되라는 듯, 눈을 감고 있는 해심을 대신해 덕자가 울며 사정했다. 제발 한 번만 용서해달라고, 제발 우리를 한 번만 살려달라고.

　　덕분에 죽지 않았지만 해심은 덕자에게 고맙다고 하지 않았다. 이젠 덕자도 몰래 바다로 나갔다. 하용범이 아무리 야단치고 주먹질을 해도 듣지 않았다. 중간에서 아버지를 말리느라 덕자가 더 많이 맞았다. 덕자는 자기를 때리는 아버지도 아버지지만 그럼에도 물질을 하러 나가는 해심이 원망스러웠다.

　　그날도 해심은 밤새 물질을 하다 새벽에 돌아왔고, 하용범은 야단치는 대신 한동안 하지 않던 옛날이야기를 시작했다.

　"덕자 그년이 태어나던 해, 니 애비가 죽지 않나. 그때 마지막을 지켜본 사람이 바로 내 아이가. 그때 네 애비가 내한테 뭐라 캤는지 아나?"

해심이 수백 번 들은 이야기였다. 자기는 멍에 부딪혀 다친 게 아니라 동정호 선주 정표세가 삿갓대로 찍어 이렇게 된 거라고. 고봉주의 이마를 살펴보니 정말로 삿갓대에 찍힌 상처가 있었노라고 그 이야기가 해심의 뇌리에 박힐 때까지 반복했다.

"헉헉. 아무 말도 몬하고 개처럼 헐떡거리다 꼴까닥 죽어버리삐대."

"지금 무슨 말을 하는 기라예?"

"진짜로 그러더라니께. 내가 너한테 해준 얘기는 죄다 지어 만든 것이고."

"뭐라구예?"

"느그 할아바지가 어떻게 죽었는지 아나? 일본인 선주가 귓구멍에 쇠못을 쑤셔 죽였다 아이가. 그런데 니 애비는 비겁해서 복수도 몬 하고 그놈 밑에서 일했다 아이가. 내가 대신 복수 해줬그마는 고맙다고는 몬 할망정 내 보고 인간도 아이라쿠데. 내 눈에는 그렇게 말하는 니 애비가 인간으로 안 보였다 아이가. 그래서 그놈 딸한테 누가 옳은지 물어봐야겄다 생각하고 니한테 얘기를 들려줬제."

"그럼 그기 사실이 아니라는 거라예?"

"하모. 낼 무시했던 네 애비 에미가 동정호 선주한테는 쩔쩔

매고 굽신거리는 기 아니꼽고 더러워서 꾸며낸 얘긴 기라."

"말도 안 돼. 어떻게 그런 거짓말을, 그렇게 오랫동안……. 아니지예? 아니라고 말하소!"

"흐흐. 니 할아바지를 죽게 한 동정호에 불을 싹 싸질러 없 애버렸을 때 내가 을매나 속이 시원했는 줄 아나? 니가 너그 아배보다 백배 천배는 낫데이. 그기 바로 사람다운 기라. 느그 애비도 하늘에서 보고 옳았다는 걸 알았을 기다. 느그 에미도 그 얘기를 들었으믄…… 근디 돈 벌러 서울 간 니 에미는 우째 한 번을 안 내려오노?"

덕자가 마루에서 들은 내용은 거기까지였다. 그다음에는 해심의 비명 소리, 그런 그녀를 아버지가 주먹질하는 소리, 그렇게 맞으면서도 달라붙어 물고 할퀴려는 해심의 그림자, 그 그림자를 깔아뭉개 올라타는 아버지의 그림자가 꿈인지 현실인지 모르게 기억날 뿐이다.

그날 이후, 해심의 눈은 죽은 물고기의 눈처럼 흐려져갔다. 해심의 선홍빛 입술도 시들어가는 백일홍처럼 검어졌다. 덕자는 마음이 아팠다. 이게 다 자기 때문인 것 같아 해심에게 빌었다. 내가 잘못했다고. 앞으로 평생 언니에게 진 빚을 갚으며 살겠다고. 아무리 그래도 해심의 눈빛은 돌아오지 않았다. 덕자에게 말을 하지도, 덕자를 바라보지도 않았다.

그런 나날이 얼마나 지났을까. 덕자가 모기에 물려 자다가 눈을 떴을 때, 해심이 방구석에 앉아 울고 있었다. 덕자가 놀라 눈물을 닦아주려 했지만 해심은 그 손길을 밀어냈다. 그리고 두 주먹을 불끈 쥔 채 동정호에 복수를 맹세하던 눈빛으로 자신의 배를 두드렸다.

"내는 죽어도 느그 아버지 애는 안 낳을 기다."

그 말을 하고 바다로 달려가는 해심을 덕자가 뒤쫓았다. 덕자는 배 속에 아이를 품은 채 숨이 끊어질 때까지 물속에서 나오지 않으려는 해심을 향해 몸을 던졌다. 수영을 못하는 덕자가 해심을 구할 수 있는 방법은 목숨을 버리는 것뿐이었고, 자신은 죽어도 상관이 없다고 생각했다. 해심이 죽는다면 자신도 따라 죽는 게 차라리 좋았으니까. 그렇게 영원히 함께 있겠다는 뜻을 전달하자, 해심은 죽기를 포기하고 덕자와 물 밖으로 나왔다.

덕자는 해심이 또다시 바닷속으로 들어갈까 봐 그녀를 부둥켜안고 애원했다.

"배 속의 아이는 죄 없다 아이가. 나쁜 사람은 아버지니까네 우리 아버지만 없어지면 된다 아이가."

진심이었다. 아버지만 없으면 우리는 행복하게 잘 살 수 있다고 생각했다. 해심이랑 자기랑, 얼굴도 모르는 자신의 동생이랑.

여름 장마가 시작되면서 앵강만은 아침저녁 기온차로 매일 안개가 자욱했다. 하용범은 며칠째 바다에 나가지 못하고 있었다. 바다에서 가장 무서운 건, 파도도 아니고 바람도 아닌 안개였다. 검은 밤보다 짙고 두터운 바다 안개는 지우개로 지우듯 세상을 지워버려 바로 옆에 배가 와도, 배가 암초를 향해 가도 전혀 알 수가 없었다.

그날 아침 밥상에 병어조림이 올라왔다. 하용범은 새벽 선착장에 나갔다가 동정호 정치망에 걸린 병어를 받아왔다는 덕자의 말에 눈썹을 치켜세웠다.

"물고기란 물고기는 그놈들이 다 씨를 말려버리니께네 그놈의 정치망부터 싹 없애삐리야 된다마."

말은 그렇게 하면서도 머리부터 꼬리까지 병어 한 마리를 통째로 들고 핥으며 20여 년 전 자신이 잡았던 덕자를 떠올렸다. 그물을 올릴 때마다 끝없이 올라오던 그 은빛 생명들을. 그때 놓아준 덕자를 아직까지 반도 회수하지 못했다는 계산이 그의 마음을 급하게 만들었다. 그리고 살아 있는 심장을 쿡 찍어 썰어 먹는 덕자의 회맛이 생각나 입안에 침이 고였다.

"오늘은 나가서 병어 그물 놓고 들어와야겠다."

해심이 아이를 가진 후로 하용범과 같이 배를 타는 사람은 덕자였다. 이는 곧 나갈 준비를 하라는 말이었다.

"안개가 아직 안 걷혔던데예."

"빌어먹을 년. 이런 날 저런 날 다 빼면 언제 나가 고기 잡노? 배 타기 싫으면 당장 시집 가삐리라. 이년아."

"누가 싫다고 그랬어예?"

덕자는 입을 삐죽거리면서도 눈으로는 해심을 보았다. 오늘이 해심에게 빚을 갚는 날이라는 사실을 알려주기 위해 눈까지 찡긋했다. 해심은 보지도 않고 하용범의 밥그릇에 살 바른 병어를 올려주었다.

"오늘은 내가 배에 탈래예. 바닷바람 안 쐰 지 너무 오래되니 속이 답답허고 머리가 아파예."

해심의 말은 땅을 갓 비집고 나온 애벌상추처럼 연하고 부드러웠다. 해심이 살 바른 생선을 올려준 것도, 그토록 애살스레 말을 한 것도 처음이라 하용범은 좋아서 입이 헤 벌어졌다.

덕자가 밥상을 들고 나가자마자 해심의 엉덩이를 껴안으며 넙죽 엎어졌다.

"이 무화과 속살 같은 년. 새끼를 품으니 이제야 철이 드는 모양인 기라. 해심이 니 무화과가 왜 무화과인지 아나?"

"모르는데예."

"꽃이 없다고 무화과라 부르는데 그기 다 인간들이 무식해서 그런 기라. 꽃이 없긴 와 없노. 쪽 짜개면 안에 있는 빨간 속살, 그기 바로 꽃인 기라. 지 열매 속에 달고 예쁜 꽃을 숨겨놓고 아닌 척 새침 떼고 있는 기제. 바로 해심이 너처럼."

하용범은 그 말을 하고 나니 더 이상 참을 수가 없어 해심의 치마 속을 파고들었다. 해심은 입에 쩍 들러붙는 달콤한 진액을 맛보려고 벌어진 무화과 꽁무니로 개미 떼처럼 파고드는 머리를 손으로 밀어냈다.

"이따 배에서."

"에이?"

"안개가 가려주니까네 다른 배에서는 암것도 볼 수 없는 날이잖아예."

그 말을 듣자 하용범의 몸은 더 뜨거워졌다. 발칙한 것, 그런 생각을 다 하다니. 역시 해심은 다른 여자와는 달라도 너무 다르고, 그래서 더 탐스럽고 맛 좋은 무화과였다.

해가 떠오르면서 안개는 새벽보다 짙어지고 있었다. 그 때문에 선착장에 묶인 배들이 즐비했지만 마음이 바쁜 하용범의 눈에는 아무것도 들어오지 않았다. 안개가 진할수록 해심과 오롯이 맛볼 쾌락도 커질 거라는 기대감에 아랫도리는 터질 듯했다.

하용범의 마음을 아는지, 택택택택 요란한 소리를 내며 돌아가는 발동기 소음이 다른 때보다 유난히 컸다. 하얀 안개는 연통에서 뿜어져 나오는 도넛 모양의 검은 흔적을 걸레질하듯 지워버렸다.

그사이 하용범의 배는 점점 더 멀리 가는 것이 아니라 점점 더 깊이 들어가고 있었다. 그가 사실을 눈치채고 화들짝 놀라 배를 멈춘 것은 눈앞에 두 마리의 검은 고래를 발견했을 때였다.

하지만 그건 고래가 아니라 안개 속에 가려져 있던 형제섬이 었다. 커다란 두 마리의 고래들처럼 통통배를 향해 입을 벌리 고 있는 모습은 실제 고래보다도 더 위협적이었다. 까딱했으면 형제섬에 부딪힐 뻔했고, 그랬으면 배는 산산조각 났을 거라는 생각에 식은땀이 났다.

짙은 안개도 문제지만 그 자리에 형제섬이 있다는 사실을 까 맣게 잊고 있던 자신 때문에 얼이 빠졌다. 수십 년 동안 오가면 서 이런 적은 한 번도 없었는데 무슨 조화란 말인가. 무언가에 씐 기분이었다. 바다에 나가는 게 갑자기 내키지 않았다.

배를 돌리려는데, 해심이 안개 자욱한 바다를 바라보며 손을 그었다.

"저 위에서 저 짝으로 앵강만에서 제일 좋은 물길이 숨어 있 다 카대예."

"그런 얘기는 어디서 들었노?"

"어렸을 때 우리 아부지한티예. 우리 아부지는 할아부지한 테 들었다고 하대예. 고기가 옛날보다 안 잡히는 건, 고기가 없 어져서 그런 기 아이고 물길이 바닷속 깊이 숨어버려 그런 기 라고. 인간들이 마음에 안 들믄 바다가 그래 물길을 감춰버린 다믄서."

앵강만의 물길을 가장 잘 알고 있는 사람이 고봉주의 아버지이자 해심의 할아버지라는 사실을 하용범도 잘 알고 있었다. 덕자가 태어나던 해, 자신이 억수로 덕자를 많이 잡았던 곳도 방금 해심이 말했던 바로 그 물길 사이에 있었다. 그때의 황홀했던 기억이 선착장으로 되돌아가려던 하용범의 마음을 돌렸다.

뱃머리를 다시 밖으로 돌려 해심이 가리켰던 곳을 향해 속도를 높였다. 안개가 눈앞을 가리고 있었지만 해심은 눈에 물길이 보이는지 가야 할 방향을 정확히 알려주었다. 하용범은 해심 덕분에 마음이 든든해졌다. 잠깐 마음을 스쳤던 불안감과 두려움은 가라앉고, 그물을 놓고 연하디 연한 해심을 안을 생각에 콧노래가 저절로 흘러나왔다.

어부로 살아온 지 30년이 넘었지만 바다에서 여자를 품어본 적은 한 번도 없었다. 선착장에 묶여 있는 배에서 딱 한 번 경험이 있지만 그건 바다라고도, 여자를 품었다고도 할 수 없다고 그는 생각했다. 여잔지 뭔지 솔직히 그때는 아무 느낌도 없었다. 소리 지를까 봐 그 여자 입을 막는 데만 온 신경을 썼으니까. 그러다 결국 고봉주에게 들켜 망신을 당하는 바람에 생각하기도 싫은 기억으로 자리 잡았을 뿐이다.

그래서 더 설레는지도 모른다. 그때처럼 깜깜한 어둠 속에 숨어서가 아니라 훤한 대낮에, 다른 여자도 아닌 고봉주의 딸

해심을 안고 뒹굴면 그에게 당한 수모를 깨끗이 잊을 수 있을 것 같았다. 아니, 이렇게 이쁜 마누라를 줘서 고맙다고 하늘에 있는 고봉주를 향해 꾸벅 절이라도 할 수 있을 것 같았다.

안개는 신기하게도 해수면으로부터 2미터까지만 앵강만을 두르고 있어, 산꼭대기와 하늘만큼은 선명하게 잘 보였다. 바로 그 안개띠 위로 다가오는 뾰족한 무언가가 해심의 눈에 보였다.

하루 두 번 동정호 정치망에 고기를 건지러 가는 작은 배였다. 그 배 선원들도 하용범의 배가 보이지 않는지 그대로 돌진해올 기세였다. 해심은 이를 까맣게 모른 채 그물을 내리고 있는 하용범에게 말을 할까 하다가 그만두었다.

그때였다. 그가 그물을 마저 내리고 부표를 매달아둔 깃발을 던지려고 돌아서는 순간, 뒤늦게 달려오는 동정호를 발견하고 놀라 배를 돌렸다. 그 바람에 하용범의 통통배가 한 바퀴 급회전을 했고, 동정호는 가까스로 부딪치지 않고 지나갔다. 꼬리처럼 남기고 간 파도에 중심을 잡지 못한 하용범은 출렁거리는 난간을 붙잡은 채 사라진 배 꽁무니를 향해 소리쳤다.

"아야마. 안개가 이리 짙은데 우째 그따우로 배를 모노! 확 뒤집혀 죽어뻬라마!"

그래도 분이 풀리지 않는지 동정호를 쫓아가 한바탕하려다가 해심을 생각해 성질을 억눌렀다.

"주인만 바뀌면 뭐 하노? 저놈의 동정호가 문제인기라."

그러다 하용범은 뭔가 이상하다는 걸 눈치챘다. 있어야 할 해심은 보이지 않고 배에는 하얀 안개만 가득했다.

7장

당신이 바랐던 가장 추악한 이야기

차라리 잘됐다. 정만선이 또 다시 문제 일으킨 사실을 알았을 때 요양원장이 속으로 했던 말이다. 그는 한밤중 나체로 요양원을 돌아다니다 야간근무를 하는 요양보호사에게 발각됐다.

출근해 이 사실을 알게 된 요양원장은 즉시 정해심에게 연락해 오늘 내로 퇴소할 것을 명령했다. 그는 명백한 잘못 앞에 뭐라 항변하지도 버티지도 못하는 정해심을 상대하면서 길고 긴 싸움을 끝내고 마침내 승자가 된 듯 으쓱했다. 제아무리 검사라도 이제 더 이상은 아버지의 명예니 진실이니 하는 그딴 소리는 못 하겠지.

목욕탕 사건이 아버지와 고해심의 특수한 관계에서 비롯된 일이라고 주장해온 입장에서 이번 일은 절대적으로 불리하고 치명적이다. 실오라기 하나 걸치지 않은 정만선은 어떤 특정한 방이 아니라 요양원의 방이란 방은 전부 돌아다녔고, 그 모습은 각 방의 CCTV에 선명하게 남아 있었다.

정해심은 아무 말도 할 수 없었다. 아버지의 인격을 믿었는데, 아니 믿으려고 했는데. 이렇게 뒤통수를 맞고 나니 다른 사람도 아닌 본인 충격을 다스리는 것만도 벅차다. 하영석의 말대로 아버지는 발정 난 치매 환자일 뿐이고 고해심은 첫 피해자인지도 모른다. 아버지를 용납할 수 없다는 자존심이 진실을 부인하고, 엉뚱한 이야기를 만들어낸 것은 아닐까. 자괴감이 정해심을 뿌리째 뒤흔든다.

그녀가 해외여행 중인 박문희에게 지금이 몇 시인지 따져보지도 않고 전화를 건 이유는 그래서다. 잠에서 덜 깬 엄마 목소리에 다짜고짜 고함부터 지른 것도 그동안 홀로 감당했던 마음고생이 견딜 수 없는 한계치에 이르렀기 때문이다.

"아버지 요양원 옮기라는데 어디로 옮겨?"

"갑자기 그게 무슨 소리야?"

"갑자기 아니거든. 엄마 여행 가는 날부터 벌어진 일이야. 지금까지 엄마는 아무것도 모르고 즐겁게 먹고 마셨지? 그러는 동안 나는 머리가 터질 것 같았는데 창피하고 쪽팔려 누구한테 말도 못 하고. 내가 왜, 내가 왜……."

"흥분하지 말고 무슨 일인지 알아듣게 얘기해!"

"나보고 그 말을 또 하라고? 입에 담을 수 없는 그 말을 또 하라고!"

그동안 꾹 참고 있던 눈물이 눈에서 삐죽 흘러나온다. 하영석과 노 수사관 앞에서는 자신에게 올라온 공소장이라도 되는 것처럼 담담하게 그 말들을 뱉어냈지만 속으로는 진땀이 났다. 그런데 막상 엄마에게 하려니 아무렇지 않은 척 말할 기운도 없어 침을 뱉어버리듯 한숨에 그 말을 쏟아낸다.

"아버지가 요양원에서 성폭행을 저질렀다고!"

"뭐? 야. 심심하면 연애를 해. 한밤중에 해외 있는 엄마 깨워서 재미없는 농담하지 말고. 참, 개명 신청은 어떻게 됐어? 설마 아직까지 해심이란 이름으로 살고 있는 건 아니지?"

"고해심이야."

"뭐?"

"아버지에게 성폭행당한 할머니 이름이 고해심이라고!"

정만선이 고해심에게 한 행위가 성추행인지 성폭행인지 확실하지 않은데 정작 본인은 성폭행이라 단언한다. 성폭행이라고 단정 지어 말하지 말라고 그렇게 다른 이들에게 주의를 주었으면서도. 엄마에게 최대한 충격을 주고 상처를 주고 싶어서다.

하지만 박문희가 놀라고 상처받은 건, '성폭행'이라는 단어가 아니라 '고해심'이라는 이름 때문이다. 박문희는 당장 서울로 돌아갈 테니 아버지를 집으로 모셔오라고 지시한다.

박문희가 계획했던 여행 스케줄도 이제 며칠이면 끝이 난다. 하지만 그때까지 같이 있다 가자는 친구들의 권유를 뿌리친 채, 비행기에서 깊은 바닷속에 빠진 것처럼 침잠한다.

물귀신. 그 물귀신이 어떻게 요양원에 있었을까. 치매에 걸려 40년을 산 아내도 못 알아보는 남편이 어떻게 그 여자는 알아보았을까.

아니, 몰라봤을 수도 있다. 그래서 딸이 성폭행이라는 말을 했겠지. 그렇다 해도 못마땅하긴 마찬가지다. 정신은 망가졌어도 몸이 그 여자를 알아봤다는 거니까. 얼마나 그리워했으면, 얼마나 그 몸이 그리웠으면 돌부처 같은 남자가 그런 짓을…….

물귀신 같은 여자가 남편을 또 끌어들였을 것이다. 단단한 돌 속에서 화석이 된 남편을 다시 흔들어 깨웠을 것이다.

여자의 이름이 '해심'이란 사실은 알지 못했다. 그저 다른 이름들은 다 잊었으면서 해심이란 이름만은 또렷하게 말하고 쓰는 남편이 의아했다. 어쩌면 남편이 부르는 해심은 딸이 아닐지도 모른다는 의심을 품었다. 그때부터 왠지 해심이란 이름이 께름칙하게 여겨졌다. 딸에게도 이름을 바꾸라고 성화를 부렸는데 '고해심'이라는 이름을 듣는 순간 바로 그 여자라는 느낌이 왔다.

소년의 애간장을 녹이려고 물속에서 숨을 참고 또 참았던 발칙한 소녀. 그 여자에게 고해심만큼 잘 어울리는 이름은 없다. 그 사실을 이제 와 깨닫다니! 박문희는 스스로 혀를 깨물고 죽고만 싶다. 딸에게 그 여자 이름을 붙여준 줄도 모르고, 한 살 한 살 자라나는 딸을 보며 남편이 그 여자를 생각한 줄도 모르고 몇십 년을 살아온 멍청한 여자. 그 바보가 바로 나, 박문희라니!

갑작스런 박문희의 비명에 스튜어디스가 달려온다.

"어디 불편하세요?"

"괜찮아요. 잠시 위경련이 일어난 것 같아요."

그냥 둘러대려고 한 말인데 정말 위경련이 일어난 것처럼 속이 찢어질 듯 고통스럽다.

남편을 요양원에 보낸 후, 그는 자신에게 죽은 사람이나 마찬가지였다. 하지만 고해심이 남편과 같은 요양원에 있다는 사실을 알고 나자 갑자기 죽은 남편이 살아났다. 그 남자가 사랑하는 여자 때문에, 그 여자를 사랑하는 남자 때문에 맥박이 요동치고 핏줄이 꿈틀거린다. 박문희는 이러다 심장이 터질까 봐, 자기도 모르게 또 비명을 지를까 봐 주먹으로 입을 틀어막은 채 눈을 감는다.

이 비행기가 인천공항에 도착할 즘이면 딸이 남편을 집으로 데려왔을 것이다. 그 남자는 그 여자와 같이 있지 않을 것이다. 그 생각을 주문처럼 되뇌며 스스로를 진정시킨다.

요양원장은 막상 정해심이 아버지를 모셔가겠다며 풀 죽은 모습으로 나타나자 너무 심하게 한 것 같아 마음이 쓰인다. 3 대 2나 4 대 2가 아니라 7 대 0으로 이겼을 때, 승리 팀 축구선수가 패자 팀 선수들을 바라볼 때와 같은 여유와 동정이다.

"그래, 아버지는 어디로 모시기로 했어요?"

정만선에 대한 소문을 들은 요양원에서는 절대 받아줄 리 없다. 요양원장은 그가 어디 멀리 떨어진 지방 도시로 갈 거라고 짐작한다.

"우선 집으로 모셔가려구요."

요양원에 모시던 부모를 집으로 모셔가는 자식들은 거의 없다. 그런데 집으로 모신다는 건, 받아주는 요양원이 없다는 얘기라서 해심을 대하는 요양원장의 말투는 조금 더 짠해진다.

"그래요. 어쩌니 저쩌니 해도 마지막엔 가족들밖에 없지요. 그런 가족이라도 있으니 정만선 씨는 행복한 거예요."

"그냥 임시적인 거예요. 계속 집에 계실지는 저도 몰라요."

정해심은 엄마가 아버지를 절대 모실 거라 생각하지 않는다.

지금은 무슨 생각으로 집에 모셔오라 하는지 모르겠지만 엄마 인생을 포기하고 희생해가며 아버지를 보살피지는 않을 거라 확신한다. 굳이 요양원장에게 이야기할 필요까지는 없는 내용이었다. 다만, 갑자기 쫓겨난 상황에 대한 속상함과 한껏 여유로운 마음으로 동정하는 요양원장에 대한 못마땅함 때문에 이렇게라도 흥을 깬 것이다.

"고해심 씨 가족한테는 아무 말 안 했어요."

"예?"

"그쪽에서 알게 되면……."

정해심도 안다. 하영석이 이번 일을 알게 되면 아버지를 상습적인 성범죄자 취급하며 더 목소리를 높일 것이란 걸. 그래서 요양원장이 자신에게 절대 서운해하면 안 되고, 오히려 고마워해야 한다는 의미로 그 말을 한 것이란 걸.

"언제 죽을지 모르는 게 노인들이에요. 그러니까 고해심 씨가 살아 있을 때 그쪽이랑 잘 얘기해서 끝내는 게 좋을 거예요. 난 그때까지 입 꾹 닫고 있을 테니."

"네. 감사합니다."

정해심은 머리를 조아리며 스스로에 대한 실망감과 비굴함을 또 느낀다. 협상에 유리하기 위해 사실을 은폐하고 증인을 교사하는 행위. 지금 이곳에서 이루어지고 있는 일이 바로 그것 아닌가. 검사가 아니라면 양심의 가책은 덜했을까.

정해심은 착잡한 마음으로 원장실을 나온다. 그리고 정만선이 있는 2층 방으로 올라가려다 사람들의 소란에 멈칫한다.

정만선이 고해심과 일이 있었던 목욕탕에서 또 발가벗은 채 기어 다니고 있다. 요양보호사가 목욕을 마친 정만선에게 옷을 입히려 했지만 그가 끌어안고 빨아대는 통에 비명을 지르며 도망쳤다. 그 바람에 식당에서 식사를 하고 있던 노인들까지 이곳으로 몰려와 구경을 하게 된 것이다.

보거나 말거나 알몸으로 욕조에 달라붙어 팔다리를 허우적거리는 정만선의 기행. 정해심은 뼈가 흐물흐물해지는 것 같아 똑바로 서 있을 수도 없다. 그래서 문 앞에 주저앉아 녹아버린 뼈를 말로 토해낸다.

"언제까지 날 실망시킬 거야 아버지? 도대체 어디까지 추락할 거야?"

비통한 절규에 요양원장은 호들갑을 떨며 구경하던 사람들을 내보내고 욕실 문을 닫는다. 그리고 바닥에 나뒹굴고 있는 옷을 직접 정만선의 나체에 입혀주며 다독인다.

"어르신, 따님을 봐서라도 이러시면 안 돼요."

"해심이. 해심이."

정만선은 그러다 원장의 팔과 다리를 훑어보고 그를 욕조 안으로 끌고 가려 한다. 난감한 기색으로 손을 내치는 원장을 보고 있자, 내면에서 수치심과 치욕이 불끈 치솟아 허물어져 있던 정해심을 다시 일으킨다. 정해심은 아이를 혼내는 부모처럼 아버지를 향해 다가가 소리친다.

"그 할머니랑 또 그 짓을…… 그게 그렇게 하고 싶어? 그래서 이러는 거야?"

정만선은 원장보다 더 만만한 먹잇감을 발견한 것처럼, 정해심의 팔을 다부지게 잡아 욕조로 끌어들인다. 그 바람에 균형을 잃고 욕조 속으로 넘어지고, 정만선이 달려들어 몸을 비비적거린다.

그 광경을 옆에서 지켜보던 요양원장은 입을 떡 벌린 채 기함한다. 요양원을 운영하면서 그가 가장 견디기 힘들었던 건, 생각보다 '적은 수익'이 아니라 자기도 언젠가 이들처럼 될지 모른다는 '두려움'이었다. 미리 예습하는 거라고 스스로를 다독이고 다독였지만 매일매일 몸으로 대면해야 하는 그 끔찍한 미래가 보기 싫었다.

"세상에, 아무리 늙고 병들었어도 그렇지. 어떻게 자기 딸한테까지!"

요양원장의 눈에는 정만선이 짐승만도 못한 괴물로 보인다. 결국 참고 참았던 감정이 폭발해 욕실 한구석의 밀대를 들고와 허공을 휘젓는다.

"인간도 아닌 짐승들한테 무슨 봉사고 헌신이야. 이렇게 망가진 것들은 요양원이 아니라 그냥 어디 산골짜기 같은 데 갖다 버려야 돼.”

그사이에도 정만선은 죽은 듯 엎어져 있는 정해심의 팔과 다리를 감고 빨아댄다.

“이 늙은이 당장 그만 못 해! 정 검사 괜찮아요?”

요양원장이 밀대로 정만선을 찔러 떼어내려 한다. 정해심은 멍한 얼굴로 몸을 일으켜 다리를 빨고 있는 정만선을 물끄러미 바라본다.

“정 검사 뭐 해요? 얼른 이리로 나와요. 저리 가. 저리 안 떨어져!”

정해심이 정만선의 머리를 향해 내려칠 듯 휘둘러지는 막대기를 움켜쥔다.

“그만하세요. 아버지는 지금 문어 흉내를 내는 거예요.”

“예?”

그 생각을 한 건, 정만선이 뽀뽀가 아니라 문어 다리의 흡반처럼 빨아들이고 있다는 느낌을 받아서다. 그 순간, 정해심이 똑같이 팔을 쭉 흡입하자 그가 박수를 치며 환호한다.

“다리가 여덟 개. 여덟 개야.”

정만선은 신이 나서 해심의 팔과 다리 그리고 자신의 팔과 다리를 센다. 요양원장은 어리둥절해져 지금 이곳에서 무슨 일이 벌어지는지 알 수가 없다.

정해심이 침착하게 말을 건다.

"그래. 문어는 다리가 여덟 개야. 그런데 문어는 왜?"

"배. 배."

"배?"

목욕탕에서 사건이 있던 날, 정해심이 정만선을 데리고 처음 이곳에 왔을 때도 같은 이야기를 했다.

"아버지, 오늘 아침에 여기 왜 들어왔던 거야? 여기서 뭐 했어?"

"배."

그러고는 욕실에 나뒹굴고 있는 종이조각을 집어들고 "배"라고 소리쳤다. 정해심은 그때 일을 떠올리며 다시 정만선의 팔을 세게 흡입하고 눈을 맞춘다.

"문어 잡으러 배 타고 가야 된다는 말이야?"

정만선이 세차게 고개를 끄덕인다.

"그래서 그때 할머니랑 여기서 문어처럼 그러고 있었던 거야? 말해봐."

"할머니는 몰라. 엄마도 아버지도 모르고, 해심이랑 나밖에 몰라."

"아버지네 할머니 말고, 고해심 할머니……."

그 순간, 벼락처럼 해심의 뇌리에 한 가지 깨달음이 내리친다. 지금까지 아버지와 대화가 통하지 않았던 이유. 그건 아버지의 인지능력이 떨어져서가 아니라, 그의 머릿속에서 고해심은 언제나 '할머니'가 아닌 풋풋한 '처녀'이기 때문이었다. 그래서 정해심이 고해심을 할머니라고 지칭할 때마다 아버지는 자기 할머니를 얘기했던 것이다.

주말인데도 부탁을 받아 집까지 한걸음에 달려온 노 수사관은 이야기를 듣고 고개를 끄덕인다.

"우리 어머니도 돌아가시기 전에 잠깐 그러셨던 적이 있어요. 제 아내를 언니라고 부르더라구요. 당신 나이를 잊으시고 열여섯 살 소녀처럼. 몸이 늙을수록 마음은 어린 시절로 돌아가는 모양인지."

"그때 두 분이 욕조에서 벌인 일도……."

"그럴 수도 있겠네요! 어린아이 때로 돌아가 물속에서 헤엄을 치고 문어 흉내를 내며 놀았던 건지도!"

"정말 그렇다고 해도 다른 사람들을 설득할 수 있을까요?"

"어렵긴 하겠죠. 남녀 사이에 벌어진 일은 당사자인 두 사람밖에 모르는 거니까."

"아니, 당사자도 모르는 경우가 있잖아요. 장 팀장처럼. 그 사람은 아직도 자기가 부하 여직원이랑 연애 감정으로 노래방에 갔다고 생각할 걸요. 성추행이 아닌 사랑의 스킨십 정도로요."

"참, 검사님. 근데 그 부하 여직원의 친구라는 사람이 어제 제보를 해왔어요."

"제보요?"

"네. 그날 홍 차장이랑 카톡으로 주고받은 내용을 보내왔는데 아직 진위 여부는 확인하지 못했지만 한번 보세요."

정해심은 노 수사관이 보여주는 핸드폰 속 이미지 파일을 보다 얼어붙는다. 성추행을 당했다고 신고했던 피해자가 친구와 주고받은 내용은 상상을 훨씬 뛰어넘는 것이었다.

'그 자식은 끝났어. 팀장 자리는 못 준다며 손수 장 팀장을 스카우트해온 최 부장도 이제 나한테 쩔쩔맬걸?'

'너 진짜 대단하다. 어떻게 한 방에 성공하냐?'

'장 팀장 같은 순진남을 만난 게 행운이지. 너무 쉽게 넘어오니까 재미는 좀 없었지만 ㅋㅋ'

정해심의 굳은 표정에 노 수사관도 흘끔흘끔 눈치를 본다.

"아직 영장 안 친 게 얼마나 다행이에요. 역시 우리 검사님 판단이 저보다 백배, 아니 만 배 훌륭하다니까요."

노 수사관은 마음을 풀어주려 너스레를 떨었지만 정해심의 착잡함은 풀리지가 않는다. 아버지 때문에, 아버지와의 형평성을 고민하느라 장 팀장의 선고를 미뤘다. 그러나 그가 가해자가 아니라 피해자일 수도 있다는 생각은 한 번도 해보지 못했다. 마흔이 넘도록 나이를 헛먹었다고만 생각했다. 여자의 친절을 사랑이라고 믿는 그의 미련을 어리석다 여겼던 교만이 부끄러워졌다. 장 팀장도 틀렸지만 자신 역시 틀렸다. 아니, 장팀장보다 더 많이 더 크게 틀렸다.

"어디 가셔야 한다고 하지 않았어요?"

"하덕자 씨한테 연락이 와서 만나러 갈 생각이었는데 그래도 되나 싶네요. 아버지가 낮잠을 주무시는 중이지만 곧 깨실 텐데……."

"걱정 말고 다녀오세요. 저 어르신들이랑 잘 놀아요."

하덕자로부터 잠깐 만날 수 있냐는 전화가 왔을 때, 정해심은 반가웠다. 자신이 새롭게 알게 된 사실을 확인해줄 수 있는 사람은 하덕자 그녀뿐이기에. 그래서 선뜻 하덕자가 있는 곳으로 가겠다고 하고 노 수사관에게 도움을 요청했던 것이다.

일주일이 넘도록 병원에서 숙식을 해결해온 하덕자의 얼굴은 많이 피곤해 보인다. 아니, 오늘은 또 다른 컨셉으로 변신한 건지도 모른다고 경계심을 늦추지 않는다. 그전에도 사람에 대한 믿음은 없었지만 홍 차장의 일을 겪고 나니 더더욱 보이는 대로 인간을 믿어서는 안 된다는 생각이 자신을 지배한다.

하덕자는 정해심을 지하 식당가로 데려간다. 병원 건물에 커피숍이 있는데도. 아직 식사를 못 했나 보다 했는데 음식은 주문하지도 않고 창가 쪽에 자리를 잡고 앉는다.

그리고 정만선을 집으로 모셔왔다는 말에 반색한다.

"잘됐네예. 우리 엄마 돌아가시기 전에 해심 씨 아버님을 좀 만나게 해드리고 싶어 이래 불렀다 아입니까."

"어머님이 많이 안 좋으세요?"

"하루, 이틀…… 그 이상은 아마 못 버티실 거라 카데예……."

경찰 조사가 진행 중인데 이대로 고해심이 죽는다면, 게다가 어제 오늘 요양원에서 있었던 일까지 경찰이 알게 된다면……. 그 생각 때문에 정해심의 안색이 어두워지자 하덕자가 물끄러미 그녀를 응시한다.

"내 동생보고 고소한 거 그만두라 캤어예. 더 이상 합의금 요구도 안 할 끼라예."

"정말이에요? 하영석 씨랑도 얘기 다 된 거예요?"

"그 대신 오늘 중으로 아버님 모시고 이곳으로 와주셨으면 합니데이. 그게 우리 쪽 조건이라예."

정해심은 선뜻 그 말이 믿기지가 않는다. 엊그제까지만 해도 하영석은 둘의 관계를 부인하며 우리 아버지가 복수심으로 범죄를 저지른 거라고 주장했다.

"못 믿는 거 같으니까네 내가 영석이에게 각서를 받아놨다가 아버님 모시고 오면 이따 줄게예."

"그렇게까지 해주신다면 저야 감사하죠. 그리고 또 한 가지 확인하고 싶은 게 있는데……."

정해심은 서두를 꺼내고 좀처럼 말을 잇지 못한다. 정만선이 벌인 알몸 행각을 고해심의 가족에게 알리는 게 과연 잘하는 짓일까 순간 갈등이 돼서다. 하덕자는 고소를 취하할 예정이라고 했지만 하영석이 그렇게 할지는 모르는 일이고, 아버지의 이번 행동도 자신에게 유리한 방향으로 해석할 수 있다. 위험부담을 안고서라도 추리한 내용을 확인할 것인가 말 것인가.

더 이상 시간을 끌면 갈등만 깊어질 것 같아 숨 쉴 틈도 없이 요양원에서 벌어졌던 일들을 쏟아낸다. 그사이로 옆 테이블의 짜장과 카레, 소고기국밥 냄새가 스며들고 하덕자는 말보다 그 냄새에 더 크게 반응한다.

"항상 냄새는 그럴듯하다 아이가. 입에 들어가면 속았구나 싶은데이."

정해심은 자신이 어렵게 한 얘기를 듣고 딴청만 부리는 하덕자 때문에 속이 탄다.

"꽃섬 앞에 문어가 많이 살긴 했제. 우리 엄마도 그 문어를 많이도 잡았고이."

하덕자는 마지못한 듯 말을 던져주고 또 딴소리를 하기 시작한다.

"아버님은 언제 모시고 올 수 있어예?"

"두 분이 목욕탕에서, 그러니까 욕조 안에 물을 받아놓고 옛추억을 떠올리며 문어 잡는 장난을 친 거라는 제 추론은 어떻게 생각하세요?"

"글쎄요. 내는 두 사람이 노는 걸 한 번도 본 적이 없으니까네. 동정호 도련님은 낚싯대를 들고 늘 꽃섬에 있었고, 우리 엄마는 혼자 물속에 들어가 있었거든예."

정해심이 실망하자, 하덕자가 짓궂은 표정으로 바짝 얼굴까지 들이대고 속삭인다.

"그냥 그렇다고 말해줄까예? 아니, 정말 그랬는지도 모르는 기라예. 내가 안 보는 곳에서는 둘이 우째 놀았는지 모르니께이."

정해심은 하덕자의 얼굴에 스치는 질투심을 포착한다. 사실은 그녀도 우리 아버지를 좋아했는지 모른다. 그 생각을 하자, 지난번 아버지를 만나러 요양원으로 갈 때 하덕자가 보여줬던 모습들과 돌아올 때 자신의 차에서 했던 말들이 새삼 다르게 느껴진다. 정만선을 잊지 못해서 그의 자식들이 어떤 모습일까 그림까지 그려봤다는 사람은 어쩌면 고해심이 아니라 하덕자일지도 모른다.

정해심이 그런 생각을 직접 물어볼까 망설이고 있는데 하덕자가 먼저 입을 뗀다.

"혹시 아버님이 쓴 시 같은 거 가지고 있어예?"

"네?"

"시 말이라. 시."

정해심은 아버지의 시를 한 번도 본 적이 없다. 아니, 아버지가 시를 썼는지도 몰랐다.

"혹시 있으면 한번 보고 싶어서. 우리 엄마한테 읽어줄까 해서 물어봤던 기라예."

그 말을 들으며 이제 자신의 직감을 확인해볼 필요도 없다고 생각한다. 하덕자는 정만선을 좋아하면서 그 감정을 고해심의 사랑 뒤에 숨긴다. 아마 아주 오래전부터 그랬을 것이다. 박문희가 해외여행 중이라는 말에 반색했던 까닭도 그 때문이다.

"엄마 오시면 한번 물어볼게요."

정해심은 일부러 그렇게 대답한다. 그리고 자신도 하덕자만큼이나 짓궂다는 생각을 한다.

지금쯤 박문희는 공항에 도착했을 것이다. 노 수사관은 어머니를 모시고 올 때까지 집에 있어주겠다고 했지만 정해심은 바로 집으로 갈 생각이다. 엄마가 여행을 떠날 때는 기쁜 마음으로 배웅해줬지만 이제는 마중하고 싶은 기분이 아니라는 사실을 확실히 보여주기 위해서다.

자기가 없는 동안 아버지가 또 이상한 행동을 하지는 않았을까. 걱정스러운 마음으로 들어서는데 함께 TV를 보던 노 수사관이 별일 없었다며 안심시킨다.

"말씀도 잘 하시고 괜찮아 보이시는데요."

"무슨 말씀을 하셨는데요?"

"아까 TV에 바닷마을 어부 이야기가 나왔거든요. 어르신이 흥분해서 막 말씀하시는데 완전 한 편의 시더라니까요."

"시요?"

"네. 물고기는 물고기가 아니다. 물고기가 아닌 것을 물고기라 부르는 사람들은 땅고기 어쩌고저쩌고. 근데 생각할수록 그 땅고기란 말이 재밌더라구요. 물에 사는 생물들이 물고기면 우리는 정말 땅고기인 거잖아요."

"우리 아버지가 정말 그런 말을 했어요?"

"네."

"아버지, 아버지 그 시 나한테도 들려줘요."

정해심이 옆에 앉으며 팔짱을 끼지만 눈을 감고 있는 정만선은 돌아보지 않는다.

"그새 또 주무시나 보네요. 그럼 이제 땅고기는 물러갑니다, 어르신."

노 수사관이 가자, 정해심은 소파에 앉은 채 졸고 있는 정만선을 기대 눕히고 한참을 바라본다.

남자로서는 별 매력 없다고 생각했던 아버지였다. 아버지가 가진 그 무엇이 고해심과 하덕자, 이 두 여자의 마음을 그토록 오랫동안 사로잡은 것일까. 왜 아버지는 사랑을 주는 두 여자 중 한 여자와 살지 않고, 자신의 모든 것을 못마땅하게 여겼던 엄마와 살았을까.

2주 만에 돌아왔지만 박문희는 그보다 더 오래 떠나 있었던 것처럼 다시 보는 동네와 집이 낯설다. 딸과 자신의 신발만 놓여 있던 현관에 하얀 실내화가 있어서 그런가. 실내화의 주인을 보기도 전부터 마음이 답답해진다.

정만선과 식사를 하고 있던 정해심은 박문희가 들어오는 기척에도 나와 보지 않는다.

그래서 박문희는 일부러 더 큰 소리로 외친다.

"엄마가 왔는데 얼굴도 안 보이니? 정…… 너 이제 서현이니 현지니?"

정해심은 원망스레 눈을 흘긴다. 그동안 개명할 정신이 어딨었겠냐고, 지금 한가한 소리나 할 때가 아니라는 걸 보여주기 위해 앞에 있는 존재를 부각시킨다.

"아버지, 엄마 왔어요."

정만선은 박문희를 흘끔 보고 고개를 젓는다.

"우리 엄마 아냐."

박문희는 당신이 그럴 줄 알았다는 듯이 보지도 않고 냉장고에서 물을 꺼내 마신다.

"오늘 아버지 모시고 병원에 가야 돼."

"병원?"

222

"그 할머니, 고해심 씨가 돌아가실지도 모른대."

"그래서?"

"그 전에 아버지 보여드린다고 했어."

"뭐?"

"대신 그쪽에서도 고소 취하하고, 합의금 안 받는다고 했어."

"안 돼. 절대."

"뭐가?"

"네 아버지 데리고 그 여자한테 못 간다고!"

박문희는 끝까지 정만선을 외면한다. 그리고 주방을 나가 문을 쾅 닫고 방으로 들어간다.

그 소리에 놀란 정만선이 정해심을 돌아보며 속삭인다.

"새로 들어온 여자, 성질 고약하네."

가방을 풀며 박문희는 집에 돌아온 것을 후회한다. 차라리 영원히 오지 말 것을. 그 여자가 죽은 후에, 아니면 정만선이 죽은 후에나 올 것을. 물론 그런다고 해도 마찬가지일 것이다. 애초에 두 사람의 사랑에 끼어드는 게 아니었다. 처음부터 시를 읽는 게 아니었다.

그 시는 500편이 넘는 신춘문예 응모작 중 하나였다. 문화부 기자인 박문희는 본심에 올라갈 시들을 뽑아야 했다. 아마추어 시인들이 써낸 수백 편의 시들은 가지각색. 인간이 느낄 수 있는 모든 감정과 고뇌, 고통을 담고 있었다. 하지만 시를 쓰기 위해 억지로 짜낸 듯한 그것들을 읽을수록 가슴은 무너져갔다. 그때, 그 시를 봤다. 그 시는 다른 시와 달랐다. 물귀신처럼 자신을 끌어들이는 한 남자의 순정에 박문희의 마음이 젖어들었다. 시를 몇 번이나 읽고 또 읽었을까. 어느 순간 정신을 차리고 보니 시를 보낸 남자의 주소지로 향하고 있었다.

그곳에서 정만선을 만났다. 남자는 시를 읽으며 상상했던 모습 그대로였다. 이런 남자한테 사랑받는 여자가 너무 부러웠다. 자기도 그 여자처럼 사랑받고 싶었다. 그럴 수 있을 줄 알았다.

40년을 함께 산 지금에서야 자신의 생각이 틀렸음을 인정한다. 그가 쓴 시를 제대로 이해하지 못해 이런 엄청난 실수를 저질렀다는 걸. 정만선은 살아 있지만 이미 그 여자라는 무덤 속에 생매장당한 사람, 스스로 그 무덤 속으로 걸어 들어가 순장당한 사람이다. 그래서 죽었다 깨어나도 그 여자밖에 사랑할 수 없는 남자인데 그걸 모르고 어리석게 덤볐던 자신을 저주하고 싶어진다.

'네가 아무리 그래도 언젠가는 날 사랑하게 되고 말 거야'라는 오만과 자신감이 인생을 망쳤다. 바위처럼 단단하고 컸던 그것들이 아주 작은 모래알이 될 때까지, 평생 똑같은 강도의 파도처럼 자신을 침식해온 남편이 원망스럽다.

그도 모자라 정만선은 박문희의 존재를 기억조차 못 하는 식으로 선수 치고 두 사람 관계에 종지부를 찍었다. 치매라는 병이 와서가 아니라 치매라는 병 속으로 일부러 걸어 들어갔다고 의심했다. 치매가 아니면서 치매 환자인 척하는 거라고.

이유를 몰랐는데 이제는 알겠다. 그곳에 그 여자가 있어 그랬던 것이다. 그 여자에게 가려고. 하지만 딸은 그런 게 아니라고 한다.

고해심, 그 여자가 남편이 있는 요양원에 나타난 건 한 달 전. 그사이 둘 사이에 벌어진 시시콜콜한 에피소드와 알고 싶지 않은 과거사까지 들려주는 딸이 기가 찬다. 이젠 너까지 날 모욕할 작정이니?

박문희의 심사는 가파르게 벼랑까지 치달아 돌변한다.

"너한테 실망이다. 아무리 검사라는 네 위신 깎일까 봐 그래도 그렇지. 그런 말도 안 되는 이야기를 날조하는 건 아니지."

"무슨 소리야. 내가 날조한 게 아니고 하덕자 씨한테 들은 얘기라니……."

"그럼 그 여자가 날조했네. 첫사랑은 무슨, 나도 여기저기 알아봤는데 네 아버지 같은 사람 꽤 있다더라. 치매약 중에 뇌를 활성화하는 약이 있는데 그게 부작용을 일으켜서 일이 생긴다는 거야. 과도한 성욕 때문에 그런 짓을 하게 된 거지, 그 여자랑 네 아버지는 아무 상관없어. 네 아버지는 그 여자가 누군지도 몰라."

"아니, 알아. 이름도 알고 옛날 일도 다 기억해."

이제 전선은 분명해졌다. 딸은 남편을 대리해 자신에게 상처 주기로 작정한 것이다. 그 점이 박문희는 더 아프고 서운하다.

"근데 엄마도 알고 있었어?"

"뭘?"

"고해심. 아버지가 좋아했던 할머니 이름이 고해심이라는 거 말이야. 그래서 나보고 이름 바꾸라고 했던 거야? 그런 거야?"

"아니야."

더 이상 너는 내 편이 아니니 나도 너에게 솔직할 필요 없다 는 듯 대답이 건성이다. 그럴수록 정해심은 박문희가 더 의심 스럽다.

"아버지 혹시 시 쓴 적 있어?"

"뭐?"

"있으면 병원 갈 때 가져가서 고해심 씨한테 읽어주게."

"그걸 왜 그 여자한테 읽어줘! 그걸 왜?"

"정말 아버지가 시를 썼나 보네. 엄마는 그걸 가지고 있고."

"그런 거 아냐."

"아니긴 뭐가 아냐? 엄마답지 않게 왜 이러는데? 옛날에 아 버지랑 사랑했던 사이면 뭐? 내일모레면 이 세상 사람도 아닌 데 왜 이렇게 이상하게 굴어?"

"죽는다고 끝나는 관계가 아니니까. 그 여자는 네 아버지 무덤이야. 죽어서도 살아서도 네 아버지는 그 여자 무덤 속에 있을 거고."

고해심은 중환자실에서 나와 1인실로 옮겨진다. 임종이 머지않았으니 다른 환자들에게 피해 주지 않고 가족들과 마지막을 함께할 수 있도록 병원에서 조치한 것이다.

하덕자는 고해심을 남해로 데려가 앵강만이 보이는 자기 방에서 죽을 수 있게 해주고 싶다. 하지만 가는 동안 죽으면 어떡하냐는 하영석의 말에 마음을 접는다.

"엄마가 돌아가시기 전에 와야 할 낀데."

하덕자는 초조한 마음으로 자꾸만 병실 문을 돌아본다.

"올려면 벌써 왔겠지. 지금 10시가 넘었어."

누나가 정만선을 모시고 와달라며 부탁했다는 말을 들었을 때, 영석은 왜 쓸데없는 짓을 했냐고 핀잔을 주었다.

그것도 잠시, 막상 정만선이 나타나지 않으니 그와 정해심이 괘씸하게 여겨진다. 고소를 취하하고 합의금도 안 받겠다고 하니 상대가 이런 식으로 나오는 거다. 돈과 마음은 언제나 함께 움직이는 건데.

"이게 여기 오실 때 엄마가 입었던 옷인가배?"

하덕자는 하릴없이 침상 옆 사물함을 뒤적이다 그곳에 들어 있던 고해심의 옷을 꺼내 다독거린다. 그러다 호주머니에서 종이쪽지 하나를 발견한다.

"영석아, 이게 뭐꼬?"

하영석도 처음 보는 종이다. 종이에는 어린아이가 장난친 듯 세 개의 곡선이 그어져 있고, 그 뒤에는 삐뚤빼뚤한 글씨로 '덕자'라 쓰여 있다.

"덕자. 이거 덕자라고 쓴 거 맞나?"

"그런 것 같네."

영석은 자기 이름은 없는 것이 서운하다. 그래서 종이를 뒤집어보지만 알 수 없는 곡선만 보인다.

"이건 뭘 그린 거고?"

"몰라. 그냥 의미 없이 심심풀이로 그렸나 보지."

영석은 마음이 점점 삐뚤어져 숨을 쉬는지 안 쉬는지도 알 수 없는 고해심을 원망스레 쏘아본다.

'결국 이런 식으로 떠날 거란 말이지. 나 때문에 엄마가 죽게 됐다는 죄책감을 평생 가지고 살라고. 참, 우리 엄마답네, 다워.'

그 생각을 하자 엄마와 싸우던 날 밤의 흥분과 서운함이 되살아난다. 보란 듯이 종이배를 접고 있던 고해심의 모습도.

"처음부터 마지막까지 참 모지시네, 우리 엄마."

그 말에 하덕자가 영석 쪽으로 고개를 돌린다.

"누나, 엄마가 나한테 가장 많이 한 말이 뭔 줄 알아? 너는 네 아버지 닮으면 안 된다. 너무 웃기지 않아? 아버지 얼굴 한 번 못 보고 큰 자식한테 그게 할 소리냐고. 닮고 싶어도 뭘 알아야 닮지. 안 그래?"

"그래도 신기하게 닮았다 아이가."

"그래? 그래서 엄마가 날 싫어하는 건가?"

"싫어하긴, 어느 엄마가 자기 자식을 싫어하노. 엄마가 니한테 차갑게 군 건, 다른 이유 때문인 기라."

"다른 이유 뭐?"

"너 땜세……."

"나 때문에 뭐?"

"동정호 도련님은 그때까지 결혼도 안 하고 엄마를 기다렸다 카대. 그렇게 좋아하는 남자한테 갈 수도 있었는데, 너 땜세 그리고 또 나 땜세 못 갔을 거 아이가."

"가면 그 남자가 받아줬을까? 배에 불 질러 자기 아버지를 죽이고 집안까지 망하게 한 여자를?"

"쉿! 누가 들으면 어쩔라꼬."

"들으면 뭐? 50년도 더 넘은 옛날 얘긴데."

"벌써 그렇게 됐나. 시간이 오래 지났는데 어쩜 그럴 수가 있나."

"뭐가?"

"동정호 도련님 말이다. 저번에 만났는데 우리 엄마, 아니 해심 언니가 흉내 내던 병어를 똑같이 흉내 내고 있었다 아이가. 반백 년이 흘렀는데 물속에 있는 해심 언니를 바라보던 그 눈빛 그대로 언니를 찾고 있더란 말이제."

"쳇, 그런 사람이 왜 지금까지 안 나타나?"

"그라게 말이다. 우리가 중환자실에 있는 줄 알고 그짝으로 간 거 아이가?"

정해심은 아직도 집을 벗어나지 못하고 있다. 박문희가 현관을 가로막은 채 정만선을 못 나가게 하고 있기 때문이다. 그래도 정해심이 데리고 나갈까 봐, 박문희는 요양원에서 신고 온 하얀 실내화도 문밖으로 던져버렸다.

"엄마 진짜 왜 그래?"

"너야말로 왜 그래? 성폭행 가해자와 피해자일 뿐이라는데 왜 네 아버지를 데려가려 하냐고!"

"그런 거 아니라고."

"아니 맞아. 약 때문에, 약 때문에 네 아버지가 잘못을 저지른 거야. 그러니까 그냥 판사가 선고하는 대로 벌받고 감옥 가면 돼."

"엄마!"

"네가 곤란해져도 할 수 없어. 그게 진실이니까."

"억지 부리지 마. 그게 왜 진실이야? 진실은 엄마가 질투심에 눈이 멀어 비이성적인 행동을 하고 있다는 거야."

"비이성적? 허, 이성적으로 살았으면 지금까지 네 아버지랑 살지도 못했어. 내가 이성을 버리지 않았으면 너는 이 세상에 태어나지도 못했어!"

"그게 무슨 소리야?"

정만선은 결혼을 하고서도 박문희를 안으려 하지 않았다. 박문희가 먼저 키스해도 반응이 없었고, 살을 맞대도 이게 아니라는 듯 고개 저으며 금세 몸을 풀었다.

정만선의 몸에 다가가기 위해, 그와 살 붙이고 살기 위해 박문희는 그 여자가 되어야만 했다. 남편이 피처럼 토해낸 시 속의 주인공, 그 여자처럼 되기 위해 박문희는 자존심을 버렸다. 남편에게 막 물질하고 나온 그녀처럼 느껴질 수 있도록 소금물에 몸을 담갔던 것이다.

그러자 남편이 자신을 안았다. 짠맛 때문에 그 여자와 헷갈린 건지, 그게 아니라 그렇게까지 하는 아내한테 감동받아서 혹은 불쌍해서 받아준 건지는 잘 모르겠다.

어쨌든 소금물 덕분에 딸을 가질 수 있었고, 가슴속에는 영원히 지울 수 없는 모욕감 또한 잉태됐다. 딸을 낳고는 더 이상 소금물에 들어가지 않았지만 날이 갈수록 커가는 딸만큼이나 모욕감도 함께 자라났다. 가지를 뻗쳐 하늘을 다 덮어버린 나무처럼 이제는 자신보다 더 크고 울창해진 모욕감의 숲에서 벗어날 수가 없었다.

"당신의 그 대단한 사랑, 그 대단한 순정. 그게 나한테 얼마나 잔인했는지 알아? 나도 당신한테 똑같이 해줄 거야. 절대 그 여자한테 안 보내줄 거라고."

8장

숨,바꼭질

아홉 살 만선은 학교에 다녀오자마자 가방을 내팽개치고 밖으로 나갔다. 할머니가 숙제도 안 하고 어딜 가냐며 뒤에서 잔소리했지만 만선은 걸음을 멈추지 않았다. 덧니가 툭 튀어나온 만선 엄마는 창고 앞에 널어놓은 멸치 한 주먹을 쥐어 만선에게 내밀었다. 그 멸치를 받기도 전에 작은 멸치들이 우수수 그녀의 손에서 떨어져 내렸다.

"할머니가 보면 또 혼난다카이."

만선이 맨땅에 떨어진 세멸들을 발로 짓이겨 없애려는데, 만선 엄마가 엎드려 얼른 그 멸치들을 주워 입에 넣었다.

"엄마! 흙까지 먹었잖아! 뱉아라."

하지만 만선 엄마는 입을 열지 않고 고개를 저었다. 만선이 억지로 입을 벌리려고 하자 만선 엄마가 까르르 웃으며 도망쳤다. 만선은 엄마를 따라가려다 그만두고 선착장으로 갔다.

동정호의 운반선이 어장에서 고기를 담아 막 들어오고 있는 중이었다. 대여섯 명의 일꾼들이 일사분란하게 생선상자를 내리며 만선에게 깍듯이 인사했다.

"도련님, 학교 잘 다녀오셨는기요?"

"응."

"꽃섬에 낚시 가시게이?"

"응. 물도 보고."

"흐, 우리 작은 선주님. 하루도 안 빼먹고 물 보러 댕기시고 아주 부지런하시다."

"하모하모. 낭중에 동정호를 이어받으실 분인데 그건 당연한 거 아이가. 도련님 그때는 저 옥자 아배 내쫓고 지한테 어로장 자리 주이소마. 그란 줄 알고 오늘은 지가 꽃섬까지 모시겠시다."

동정호의 운반선이 선착장에서 50미터나 떨어진 꽃섬에 도착하는 일은 순식간이었다. 모란꽃을 닮아 꽃섬이라 불리는 이 섬에 처음 아버지가 자신을 떨어뜨리고 갔을 때, 만선은 눈앞의 시퍼런 바다가 무서워 하루 종일 울었다. 저만치 선착장이 보이고, 뒤로 마을도 보이는데 파도가 밀려와 꽃섬을 꿀꺽 삼켜버릴 것만 같아서 바다 쪽은 보지도 못했다. 불과 1년도 안된 일이지만 그사이 만선은 달라졌다. 이제는 아버지가 가라고 안 해도 스스로 꽃섬에 들어갈 만큼 물 보러 다니는 재미에 흠뻑 빠졌다.

"도련님 해 떨어질 때쯤 모시러 오겠시다."

"해 떨어져도 금방 안 어두워지니까 천천히 와도 돼."

"예이."

꽃섬에 내리자마자 섬의 꼭대기로 올라가 사방을 둘러보았다. 오늘은 조금(조수가 가장 낮을 때를 이르는 말)이라 물이 많이 빠지지 않는 날. 이런 날이면 해심은 꽃섬 안쪽에서 물질을 하니 분명 저기 어딘가에 있을 것이다.

그때, 만선이 생각했던 바로 그 자리에서 동그란 머리가 물밖으로 쏙 튀어나왔다. 동시에 그의 얼굴에서도 웃음이 피어났다.

해심이 다시 물속으로 들어가자 만선은 숫자를 세기 시작했다.

"하나, 둘, 셋, 넷 ……스물다섯, 스물여섯."

그래도 해심의 머리는 보이지 않는다. 어제는 스물다섯까지 셌을 때 나왔는데 오늘은 스물일곱을 세도록 나오지 않는다. 숫자가 점점 늘어날수록 만선의 얼굴이 해쓱해졌다.

"스물여덟, 스물아홉……."

마침내 해심의 동그란 머리가 물 밖으로 나왔다. 만선은 안

도의 한숨을 내쉬었다.

만선은 고등학생이 되고부터 동정호 일꾼들이 꽃섬에 태워다줄 때까지 기다리지 않았다. 선착장 한곳에 묶여 있는 동정호의 쪽배를 풀어 직접 꽃섬까지 노를 저어 갔다. 이 쪽배는 하루 두 번 어장 고기를 풀 때 운반선에 연결해 사용하는 것이라, 묶여 있는 밤에는 마음껏 사용할 수 있었다.

어둠이 내리면 물질을 하지 않았다. 만선은 어두워지기 전에 꽃섬에 들어가려고 학교에서 서둘러 오는 길이었다. 다행히 앞바다에는 해심이 물에 들어가며 남긴 흔적이 어룽거렸다. 10년이 다 되도록 지켜봐서 저 정도면 해심이 물에 들어간 지 3초가 안 지났다는 사실도 알았다.

요즘 해심은 예순둘을 셀 때까지도 물속에 있을 수 있었다. 노를 저으면서도 습관적으로 해심이 나올 순간을 기다리며 숫자를 세는 만선은 스물아홉에 한 번, 마흔하나에 또 한 번, 쉰셋에 다시 또 한 번 목소리를 떨었다. 그 숫자들이 가슴에 남긴 피멍이 아직 채 가시지 않아서였다. 물속에 들어간 해심이 나오지 않으면 무슨 일이 생긴 줄 알고 심장이 타들어갔다.

그중에서도 특히 '쉰셋'은 가장 최근의 일이기도 했지만 죽을 때까지 잊을 수 없는 숫자가 돼버렸다. 만선은 물속에서 사람이 버틸 수 있는 시간이 50초 정도라고 알고 있었다. 게다가 근 몇 달간 해심이 물질하고 나오는 시간은 52초를 넘지 않았다.

입에서 나오는 숫자가 쉰셋이 되던 순간, 두 다리가 떨리기 시작했다. 갑자기 먹구름이 밀려와 세상까지 까매졌다. 우르르 쾅쾅! 만선은 그게 천둥소리인지 심장소리인지 구별할 수 없었다.

무슨 일이 생겼다는 직감에 낚싯대를 내던진 채 쪽배를 향해 달려갔다. 그리고 해심이 있던 바다를 향해 미친 듯이 노를 저었다. 그때까지도 해심은 보이지 않았다. 계속 숫자를 이어 셌다면 벌써 아흔아홉, 백도 넘었을 시간이었다. 만선은 받아들일 수 없어 처음부터 다시 숫자를 셌다. 바닷속에 있는 해심이 들을 수 있게 큰 소리로, 최대한 빨리.

"하나, 둘, 셋 ……마흔, 마흔하나 ……쉰둘, 쉰셋이야. 이제 그만 나와! 이제 그만 나오라고!"

만선은 울며 절규했다. 그 순간, 해심이 쪽배 위로 쑥 얼굴을 내밀었다. 꽃섬에서 해심을 바라본 지 9년 만에 가장 가까이에서 얼굴을 본 순간이었다. 물에 흠뻑 젖은 해심이 흡사 물귀신처럼 보였다.

"니 누구한테 얘기하노?"

해심이 살아 있다는 현실이 기뻐 만선의 눈에서 다시 눈물이 흘러내렸다. 그 순간 쪽배가 뒤집어졌다. 해심은 물에 빠져 허우적거리는 만선의 손을 잡고 유유히 꽃섬으로 헤엄쳐 갔다. 꽃섬에 올라 물을 먹은 만선이 토해낼 시간도 주지 않고 재촉했다.

"물이 들어오면 문어무덤엔 들어갈 수 없다 아이가."

"문어무덤?"

해심은 더 말하지 않고 만선의 손을 잡아 나무가 울창한 섬의 왼편으로 돌아갔다. 소나기가 퍼붓기 시작하자, 뒤집힌 쪽배는 썰물을 따라 바다로 떠내려가고 있었다.

그날 밤, 만선이 탄 배가 뒤집어져 바닷물에 떠내려갔다는 소문이 온 동네를 뒤집었다. 동정호 도련님을 찾기 위해 마을 사람들이 배를 타고 바다를 뒤졌다. 덕자도 선착장에서 발을 동동 구르며 도련님이 무사하기만을 빌었다.

만선이 무사히 나타났을 때, 덕자는 용왕님이 자기 기도를 들어줬다며 기뻐했다. 만선은 꽃섬에서 깜빡 잠이 들었고, 쪽배가 떠내려가는 줄 몰랐노라고 했다. 동정호 선주는 안도하며 이제 더 이상 꽃섬에 물을 보러 가지 않아도 된다고 말했다.

하지만 이후에도 만선은 매일매일 꽃섬에 갔다. 학교에서 늦게 끝나는 날도, 늦은 밤에도 사람들 몰래 꽃섬에 갔다. 아주아주 오래전부터 만선이 꽃섬에 간 건, 물을 보기 위해서가 아니었으니까.

쉰여섯밖에 안 셌는데 해심의 얼굴이 물 밖으로 나왔다.

"내 얼굴 보고 싶어서 다른 때보다 빨리 나온 기가?"

"아니. 니가 노를 젓는 바람에 다 잡은 문어를 놓쳐 화딱지가 나서 나왔다 아이가."

"진짜?"

"그래."

해심은 그때처럼 쪽배를 뒤집을 기세로 뱃머리에 매달렸다. 그 바람에 배가 기울어지자 만선이 당황했다.

"안 돼. 교복도 안 갈아입고 왔데이."

"쳇, 그까짓 게 뭐? 난 니 기다리느라 온몸이 다 퉁퉁 불었다 아이가."

그래서인지 물에 젖은 해심이 다른 때보다 더 풍만해 보였다. 특히 해심의 가슴이. 만선은 얼굴이 빨개져 얼른 시선을 돌렸다.

"그러게 왜 물속에 있어? 밖에서, 꽃섬에서 기다리제."

"그럼 사람들이 배 타고 오다가다 다 볼 거 아이가?"

"문어무덤에 들어가 있으면 되잖아."

"바보. 물 들어오는 거 니는 안 보이나?"

"아. 그렇구나. 오늘이 일곱물이니까 오늘은 우리도 문어무덤에 못 가겠네."

"당연하지. 근데 니 얼굴이 와 그라노?"

"내 얼굴이 왜?"

"똥 먹은 것처럼 얼굴이 시커매졌다 아이가."

"아니야. 그런 거."

"아니긴 뭐가 아이노? 쬐끄만 게 까져가지고는!"

해심은 매달려 있던 뱃머리를 세게 내리눌러 결국 쪽배를 뒤집었다. 그 바람에 물에 빠진 만선을 보고 웃음을 터뜨렸다. 어푸어푸 물 밖으로 고개를 내미는 눈에 아까보다 더 부푼 해심의 가슴이 들어왔다. 그 품을 향해 다가가는 머리를 해심이 다시 물속으로 집어넣었다.

만선은 해심의 몸을 끌어안았다. 두 사람이 함께 물속으로 들어가고 해심이 만선의 몸에 다리를 감았다. 그 위로 숭어 새끼들과 살이 오르기 시작한 전어 떼가 지나갔다.

환한 보름달이 조명처럼 꽃섬 중턱에 앉은 해심과 만선을 비춰주었다.

"왜 배를 선착장에 묶어놨나? 이따 우째 나가라고?"

"헤엄쳐 나가믄 되지. 내가 가르쳐줄게."

"뭐? 일곱물이라 물살도 센데 어떻게 저길 건너란 말이노?"

"그럼 물 빠질 때까지 기다리든가."

"몇 시가 간조인데?"

"새벽 5시."

"그때까지 여기 있자고?"

"와, 싫나?"

"싫은 건 아닌데 집에서 걱정할 거 아이가. 나 아직 학교에서 안 온 줄 아는데."

"그럼 헤엄쳐서 지금이라도 가삐리든가."

"피. 너 일부러 그랬구나. 나 못 가게 할라고."

"까불지 마라. 누나한테 너가 뭐꼬? 니 설마 내가 니보다 두 살이나 많다는 거 모르는 건 아니제?"

"몰랐는데."

"뭐?"

"그리고 앞으로도 모를 기다. 너는 영원히 나의 유일한 '너' 니까."

눈이 반짝하더니 해심의 백일홍 같은 선홍빛 입술이 만선의 입술을 덮었다. 그리고 만선의 목구멍 속으로 깊숙이 말을 밀어 넣었다.

"넌 시인이 될 기다. 그리고 난 네가 쓴 시를 가장 먼저 듣는 사람."

만선의 입에 침이 고였다. 해심의 입술부터 가슴, 머리부터 발끝, 그 입에서 나오는 말들과 웃음까지도 짭조름하고 달짝지근했다.

"아니, 넌 내 시야. 이 바다처럼 내가 널 시 속에 가뒀어."

"그럼 넌 나의 앵강만이 되는 기가?"

"응, 너는 그 속의 꽃섬. 문어무덤."

"쉿! 문어무덤은 니하고 내만 아는 비밀이데이."

9장

네 번째 여름

울면서 세상에 태어나는 것처럼 죽을 때도 울면서 죽으면 어떨까. 하덕자는 조용히 세상을 떠나는 고해심을 보며 그런 생각이 든다. 유언은 고사하고 눈 한번 뜨지 않은 채 마지막 숨을 거둔 엄마가 야속하기까지 하다.

하영석도 운명하셨다는 의료진의 말이 믿기지 않는지 선뜻 엄마에게 다가가지 못한다. 그러다 영안실로 옮기기 직전 간신히 손을 잡아보았다. 물질하고 나왔을 때처럼 차가운 것은 똑같지만 늘 바삐 움직이던 손이 가만히 놓여 있어 엄마가 죽었다는 사실이 실감됐다.

하덕자는 사설 구급차를 불러 죽은 고해심을 남해로 옮긴다.

영석도 말리지 않는다. 서울에서 장례를 한다고 해봤자 망한 제작자의 어머니를 조문하러 올 사람들은 없을 테니까. 일부러 알리지도 않는다. 그동안 다른 제작자나 투자자, 배우, 촬영 스태프들의 경조사는 빠짐없이 참석해온 그였다. 남해까지 오진 않더라도 조의금을 거둬 송금받으면 꽤 큰 액수일 수도 있는데 이상하게 내키지가 않는다.

하덕자 역시 학교에서 함께 근무했던 동료 교사들이나 선배들에게 부고를 보내지 않았다. 조촐한 남해의 장례식장을 고해심을 기억하는 호구리 사람 몇몇이 다녀갈 뿐이다. 하지만 그들도 곧 태풍이 온다는 소식에 동네가 어수선하다며 밥만 먹고 서둘러 돌아갔다.

고해심은 자정을 넘기기 전 죽은 데다 아침 늦게야 남해에 도착했다. 그래서 3일장인데도 바로 다음 날이면 장지로 가야만 한다. 하덕자와 하영석은 조문객 없이 썰렁한 장례식장에 덩그러니 앉아 엄마를 어디로 모실 것인지를 궁리한다.

"물질을 좋아하셨으니 그냥 화장해서 앵강만에 뿌리면 되지 않아?"

"요즘 오디 그리할 수 있나. 법에 다 걸린다 안 하나."

"밤에 사람들 없을 때 하면 되지."

"니는 엄마를 멀리 보내고 싶노?"

"누가 그렇대? 그럼 어디 납골당을 알아보든가."

하덕자는 그것도 내키지가 않는다. 고해심이 옷 속에 넣어둔 종이쪽지가 자꾸만 마음에 걸린다.

"이게 내는 우짠지 내한테 남긴 유언장 같은 생각이 자꾸 든데이."

"뭔 소리야? 누나 이름만 있지 아무것도 없는데."

"여기 안 있나. 이거 동그란 곡선 세 개."

"그러니까 그게 뭐냐고?"

"혹시 무덤 아닐까이?"

"뭐?"

"엄마가 내한테 자기 죽으면 무덤 만들어달라고 그린 기 아니겠냐 말이다."

"근데 왜 세 개야?"

"그러니까네. 내도 그걸 모르겠다마."

마지막 인사를 못 하게 하려고 정만선을 놔주지 않던 박문희는 언제 그런 일이 있었냐는 듯 무심하다. 정해심은 자신이 출근할 때까지도 방에 틀어박힌 채 얼굴을 내보이지 않자 걱정이 된다.

"엄마, 나 출근해. 아버지 아침 식사는 내가 차려드렸으니까 나머지는 엄마가 해. 할 수 있지?"

"못하면 구속이라도 시키게?"

까칠한 박문희와 말을 주고받다가는 아침부터 또 싸울 것 같아 대꾸도 않고 집 밖으로 나간다. 하지만 검찰청으로 운전을 하고 가는 내내, 집에 폭탄을 두고 나온 것처럼 불안불안하다.

하덕자에게 아버지와 병원에 가지 못해 미안하다고 연락한 건 이틀 전이었다. 하덕자는 간밤에 어머니가 돌아가셔서 남해로 모시고 가는 길이라며 더 이상 고소 문제도 합의금 문제도 신경 쓰지 않아도 된다고 했다. 그 말을 들으니 더 미안했다. 끝까지 아버지를 보내주지 않은 엄마가 원망스러웠다. 그리고 그 마음은 시간이 갈수록 커졌다.

아버지가 요양원에서 집으로 온 지는 겨우 사흘. 예상했던 대로 엄마는 아버지와 함께 있는 것만으로도 힘들어하며 종일 화를 냈다. 아버지가 젓가락으로 국을 떠먹으려 한다고, 화장실에서 볼일을 보고 물을 내리지 않는다고, 몸에서 오줌 냄새가 진동한다고.

그럴 때마다 정해심은 환자인 아버지 편을 들었다. 그런 줄 모르고 집으로 모셔오라 했냐고, 식사할 때 도와드리고, 화장실 갈 때마다 따라가 씻겨주는 게 간병인인 엄마가 해야 할 일이라고.

그 말에 박문희는 버럭 소리를 질렀다.

"내가 왜?"

"부부니까. 엄마가 아버지랑 가장 가까운 사람이니까!"

"웃기는 소리 하지 마. 말로만 부부지 우리는 부부도 아니었어. 나는 네 아버지 똥 묻은 몸 씻겨줄 만큼 그 몸이랑 가깝게 안 지냈다고!"

"그럼 집으로 모셔오라고 하지 말았어야지. 그 할머니 떠나실 때도 인사 못 하게 막지 말았어야지. 나 먹기는 싫은데 남 주기는 싫고. 엄마가 아버지한테 하는 게 딱 그 심보야."

말이 끝나기가 무섭게 손이 얼굴로 날아들었다. 정해심은 태어나 엄마에게 한 번도 맞아본 적이 없었다. 한쪽 볼이 화끈거리는 감각을 느끼면서도 자신에게 벌어진 일이 무엇인지를 받아들이기 힘들었다.

"엄마 지금 날 때린 거야?"

"그래. 더 때려줘? 어떻게 감히 그따위 소리를 엄마한테……. 뭐? 나 먹기는 싫은데 남 주기는 싫어서 그런 거라고? 네가 뭘 알아? 뭘 안다고 까불어!"

눈앞에서 악을 쓰는 박문희는 정해심이 알던 엄마가 아니었다. 신문기자 출신이라 늘 육하원칙에 근거해 말하기를 좋아했고, 감정을 과하게 드러내는 드라마나 영화를 질색했다. 그런데 완전히 다른 사람이 되어 히스테리를 부리니 이제 아버지를 돌보는 일보다 더 힘이 든다.

그래도 직장이 있어 아침마다 탈출할 수 있으니 다행이다. 남에게 들키기 싫은 파일 창을 닫듯이, 마음을 어지럽히는 가족 문제를 지우고 해야 할 업무를 점검한다.

오늘은 장 팀장이 다시 오는 날이다. 어제 고소인 조사를 통해 장 팀장을 회사에서 쫓아내려 의도적으로 강제추행치상 혐의를 유도했다는 자백을 받아냈다.

그녀가 친구와 나눈 카톡 내용이 결정적 증거였다. 사건이 발생한 노래방의 흐릿한 CCTV는 그 둘이 키스하기 전 홍 차장이 어떤 눈빛으로 장 팀장을 바라봤는지, 노래하는 장 팀장 뒤에서 홍 차장이 어떤 스킨십을 했는지는 포착하지 못했다. 하지만 직접 연기를 한 홍 차장은 이 모든 것을 세밀하게 기억하고 있었다.

"장 팀장님에겐 미안하지만 나도 억울해서 그랬어요. 밤낮없이 죽어라 야근하고 주말에도 나와 일했는데 내가 여자라서 팀장 자리는 줄 수 없다고. 그래서 엉뚱한 사람을 데려다 앉힌 게 너무 화가 나서……."

정해심은 죄 없는 사람을 어떻게 성범죄자로 만들 수가 있냐고 질책했다. 그러나 상처받은 홍 차장의 마음도 이해할 수 있었다.

아무리 세상이 바뀌어 대학을 졸업하는 여성 비율이 높아지고 일하는 여자들이 많아져도 마찬가지다. 어느 직업군이나 높은 지위로 올라가면 그 많던 여자들은 다 어디 가고 남자들만 보이는 게 대한민국의 현실이다. 물론 자신이 일하는 검찰청도

예외는 아니다. 능력이 있어도 여자로 태어나는 순간, 식물이 자랄 수 없는 북방한계선처럼 어느 위치 이상은 올라갈 수 없는 선이 우리나라, 아니 지구 곳곳에는 존재한다. 그 선이 사라지지 않는 한, 홍 차장 같은 피해의식을 가진 사람도 없어지지 않을 것이다.

성범죄의 가해자에서 무고죄의 피해자가 된 장 팀장은 사직서를 낸 회사에 복귀할 수도 있지만 그러고 싶지 않다는 뜻을 내비친다. 그는 혐의를 벗었는데도 전보다 침울해 보이고 정해심은 그것이 심히 염려된다.

"그래도 다행이라 생각되지 않으세요? 억울하게 옥살이까지 할 뻔했는데."

"전혀요. 어쨌든 그때 느꼈던 내 느낌이 틀린 거잖아요. 난 그게 진짜라고 믿었는데."

"틀렸다기보다 속으신 거죠. 상대방이 사랑하는 척 연기를 했으니 당연히 그렇게 느끼실 수밖에 없었던 거고."

"이젠 아무것도 못 믿을 거 같아요. 사랑도 제대로 할 수 없을 것 같고."

장 팀장이 마지막으로 하고 간 이 말이 하루 종일 정해심의 귓가에서 반복된다. 끝까지 진실을 모르는 게 차라리 나았을까. 그랬다면 이토록 깊은 내상은 받지 않았을까.

한편으로는 장 팀장에게 마음이 쓰이는 자신이 이상하다. 아무엇도 못 믿을 것 같고, 사랑할 수 없을 것 같은 상태는 정해심에게 너무나 오래되고 익숙한 감정이다. 지금까지 늘 그런 입장이었으니까. 그런데 왜 다른 사람이 그 말을 하자, 마음 한쪽에 싱크홀이라도 생긴 것처럼 자꾸만 돌아보는지 알 수가 없다.

장 팀장을 1층까지 배웅해주고 돌아온 노 수사관의 표정도 좋지만은 않다.

"요즘은 내 나이가 참 감사하단 생각이 들어요."

"네?"

"방금 나간 사람처럼 조금만 늦게 태어났으면 저도 겁나서 여자한테 손 한번 못 내밀어보고 혼자 살았을지 모르잖아요. 제 아들 녀석들한테도 그런다니까요. 니들 여자랑 어디 갈 때는 항상 CCTV 화질 좋은지부터 확인해봐라."

"너무 남성 편향적인 말씀 같은데요."

"그렇다기보다 남자로서 느끼는 일종의 피해의식이죠."

"네?"

"전보다 남자들이 살기 힘든 시대인 건 맞잖아요. 스킨십 한 번 잘못했다가는 큰일 나고. 당사자들이 문제없다고 해도 다른 사람들이 오해하고 사건화하고."

"우리 아버지 사건 말씀하시는 거예요?"

"네. 제가 어렸을 때보다 세상은 훨씬 개방적으로 변했는데 몸에 대해서만큼은 더 폐쇄적으로 변한 것 같아요. 이젠 여자뿐만 아니라 남의 몸에 손대는 것 자체가 꺼려진다니까요. 참, 사는 게 깝깝해졌어요."

"남자들이 살기 힘든 시대가 오기 전까지는 그 몇 배의 고통을 여자들만 겪었죠. 그래서 저는 여자들만 가지고 있던 피해의식을 남자들도 가지게 된 지금이 꼭 나쁘지는 않다고 생각해요."

"그 점은 저도 인정해요. 하지만 이러다 점점 사람들이 사랑과 멀어지는 건 아닌지 안타깝다는 거죠. 삭막한 인생에서 사랑마저 없으면 너무 끔찍하잖아요."

"글쎄요. 저는 사랑하지 않고도 살 수 있을 것 같은데요. 저희 엄마도 그렇게 살았고."

"에이. 검사님 어머님은 아버님을 사랑하시는 거죠. 그러니까 끝까지 그 할머니한테 못 가게 하신 거고."

"그건 사랑이 아니라……."

정해심은 뭐라고 이름을 붙여야 할지 난감해 말을 잇지 못한다.

노 수사관이 그녀를 대신해 빈자리를 채운다.

"사랑을 하는 방식의 차이가 아닐까요, 검사님?"

"그런 게 사랑이라면, 평생 외롭고 쓸쓸히 살아가며 원망하는 게 사랑이라면요. 차라리 저는 사랑하지 않는 편이 나을 것 같은데요."

"사랑하지 않아도 외롭고 쓸쓸한 건 마찬가진데 저라면 사랑
하면서 외롭고 쓸쓸한 쪽을 선택할 거 같은데요. 뭐, 지금도 그
렇게 살고 있지만."

"노 수사관님이랑 우리 엄마는 완전히 다르죠. 수사관님이
야 아내분이 돌아가셔서 어쩔 수 없이……. 그전에는 행복하셨
을 거 아니에요."

"검사님 어머님이라고 행복할 때가 전혀 없진 않으셨을 걸요."

정해심은 엄마의 행복에 대해 생각해본 적이 단 한 번도 없
다. 그래서인지 '엄마'와 '행복'이란 단어를 나란히 앞에 놓는
게 낯설다.

"근데 의외네요. 하영석 그 사람 그렇게 쿨할 거 같지 않았
는데."

"그러니까요. 저도 이렇게 끝날 거라고는…… 역시, 아직 안
끝났네요."

정해심은 벨이 울리는 핸드폰을 들어 보인다. 액정에는 하영
석이라는 이름이 떠 있다.

"이번엔 또 무슨 수작이야?!"

통화버튼을 누르자마자, 하영석의 고함이 날아온다.

하영석은 돈이 입금되면 알려주는 문자서비스 덕에 오늘 정만선으로부터 1억이 입금됐다는 사실을 알게 됐다. 합의금을 달라고 요구할 때는 꿈쩍도 않다가 어머니가 돌아가시자마자 거액을 보낸 것은 무슨 꿍꿍이가 있어서라고밖에 볼 수 없다. 필시 시가 30억짜리 땅에 대해 알게 된 게 분명하다. 엄마가 그 땅을 정만선에게 돌려주려 했다는 사실을 알고 이런 식으로 사전공작을 하는 거다.

그런데 정해심은 전혀 모르는 일이라고 잡아뗀다. 자기는 돈을 보낸 적이 없고, 아버지가 보냈을 리도 없다고. 그러다 "혹시 엄마가" 하고는 확인 후 다시 연락을 주겠다며 전화를 끊는다.

혹시 하영석에게 돈을 보냈냐는 정해심의 전화에 박문희는 귀찮다는 듯이 대답한다.

"그럼 안 주고 그냥 넘어가니? 네 아버지가 죄를 저질렀고, 그래서 그 여자가 죽었는데 양심도 없이 가만있어?"

"엄마, 진짜……."

"네 아버지가 번 돈이니까 넌 신경 쓸 거 없어. 자기가 번 돈 자기가 싼 똥 치우는 데 쓰는데 뭐?"

"누가 돈이 아까워서 그래?"

"그럼 뭐?"

"엄마 이러는 거 그 할머니 가족들한테 무례고 상처야."

"뭐?"

"그쪽 사람들이 얼마나 황당해하는 줄 알아?"

정해심은 통화를 끝내고 하영석에게 전화를 걸어 양해를 구한다. 그날, 엄마가 아버지를 병원에 못 가게 한 일이 마음에 걸려 조의금으로 돈을 보낸 것 같다고.

하영석은 정해심의 말을 믿지 않는다. 당장 돈을 돌려주겠으니 계좌번호를 보내라고 다그친다. 돈이 궁해 하루가 멀다 하고 합의금을 보내라 협박하던 사람이 이제는 왜 또 이러는지 의아하다.

그사이 정해심에게 몇 번이나 전화를 걸었던 박문희는 해심이 하영석과 통화하느라 전화를 못 받은 걸 알고는 절대 그 돈을 돌려받으면 안 된다고 아우성이다. 당장 계좌번호를 보내라 독촉하는 하영석과 절대 돈을 받지 말라는 박문희 사이에 낀 정해심은 이러지도 저러지도 못하고 골치가 아파 핸드폰을 꺼 놓는다.

그녀는 난감한 표정으로 자신을 보고 있는 노 수사관을 발견할 때까지 전원을 꺼놓았다는 사실을 인지하지 못한다.

"하영석이 검사님을 만나러 왔다는데요?"

"네? 여기로요?"

"네. 1층에서 연락 왔어요. 제가 같이 가드려요?"

"아니에요."

검은 정장을 입은 하영석이 1층 로비에서 기다리고 있다. 언제나 추레한 수염에 흐트러져 보였던 그가 오늘은 그렇지 않은 모습이라 더 긴장된다. 정해심은 검찰청 근처의 커피숍으로 하영석을 데리고 간다.

하영석은 자리에 앉자마자 오늘 경찰서에서 고소를 취하했다며 정식 서류를 보여준다.

"그러니까 이제 서로 얼굴 볼 일 없었으면 좋겠다 이거야. 내가 여기까지 정해심 검사님을 찾아온 건."

"성범죄는 불고지죄라 고소를 취하해도 조사가 중단되지는 않아요."

"그래서?"

"그냥 그렇다구요. 혹시 또 경찰서에서 만날 수도 있다는 뜻으로 말한 거예요."

"그럼 경찰조사 때문에 그 돈을 미리 먹인 거다? 그런 거면 진짜로 걱정할 거 없어요. 우리는 그쪽 아버지와 있었던 일은 엄마 무덤에 묻고 다 잊어버리기로 했으니까."

"먹이다니 무슨, 그래서 돈을 보낸 건 절대 아니……"

"그럼? 그럼 뭔데? 혹시 그 땅?"

"네?"

"그래봤자 소용없어. 이미 거기는 우리 엄마 무덤이 차지했으니까."

그 땅을 고해심의 무덤으로 쓴 건 하덕자의 생각이었다. 하덕자는 하영석에게 땅을 팔아도 좋으니 자기 몫으로 엄마 무덤으로 쓸 만큼만 땅을 남겨달라고 부탁했다. 하영석은 장례식이 끝나면 어디든 엄마를 모셔야 하니 누나 뜻대로 하라고 할 수밖에 없었다. 엄마를 묻고 나서야 누가 무덤 바로 옆에 있는 땅을 사려 할까 걱정이 됐다. 우려대로 땅을 탐내던 펜션업자에게 전화를 걸어 문의하니 무덤 옆에 누가 펜션을 짓냐고 혀를 찼다. 하영석은 다 알면서도 자신을 속이고 일을 벌였다며 덕자에게 화를 냈다.

삼우제는 지내고 올라가라는 손도 뿌리치고 서울로 올라온 그는 죽은 고해심을 향해 이죽거렸다.

"누가 우리 엄마 아니랄까 봐, 죽어서도 나 잘되는 꼴은 기어코 막는 거야?"

박문희는 자신의 방에서 나와 정만선의 방을 노려본다. 저 방문을 열면 남편이 또 그 여자에 대한 시를 토해내고 있을 것만 같다.

같이 사는 동안 그렇게 쓴 시가 얼마나 될까. 그녀는 시를 볼 때마다 족족 태워버렸다. 그 시들은 세상에 하나도 남아 있지 않지만 머릿속에는 화상흉터처럼 새겨져 있어 세월이 지나도 사라지지 않는다.

책 좀 읽은 신문사 문화부 기자로 살아봐서 누구보다 잘 안다. 분명 자기가 아니었으면 남편 정만선은 시인이 되었을 것이다. 그때 신춘문예 공모에 참여했던 남편의 시도 자신이 일부러 탈락시켰다. 시가 세상에 나오면 그 여자가 읽을까 봐, 두 사람이 다시 만날까 봐 정만선을 방에 가두고 그가 쓴 시를 없애버렸다.

그 대가로 원치 않는데도 머릿속에 새겨진 시들을 곱씹고 또 곱씹어야 하는 형벌을 받고 있는지도 모른다. 정만선을 볼 때마다 그 시들을 떠올리며 진저리 쳐야 하는 고통도 둘 중 한 사람이 죽을 때까지 계속될 것이다.

이제 남편은 글을 쓰지도 읽지도 못하니 그 여자에 대한 시도 쓰지 못한다. 저 방문을 열 때마다 상처받지 않기 위해 심호흡을 할 필요도 없다.

몇 가지 사실이 용기를 줘 문을 휙 잡아 여는데 방 안에 아무도 없다. 정만선이 더 이상 시를 쓰지 못하게 됐을 때 느꼈던 안도감과 서운함이 빈방을 보는 순간 다시 밀려온다. 박문희는 자기 안에 공존하는 이 상반된 마음 때문에 되레 현기증이 난다.

"해심이니? 네 아버지가 없어졌어. 몰라. 언제 어디로 갔는 지 아무것도 모르겠어."

정해심은 하영석과 얘기하는 중에 전화를 받고 뜨악한다. 집 밖을 찾아봤는데도 없다고 어린아이처럼 울먹거리는 박문희가 어이없다. 같이 있을 땐 무심하더니 이제는 또 하늘이라도 무너진 것처럼 울다니. 도대체 엄마의 진심은 무엇인지 갈피를 잡을 수가 없다.

"치매 환자용 배회감지기, 그거 아버지한테 달아놨으니까 내가 어디로 가셨는지 알아볼게."

정해심은 아버지가 실종됐다며 하영석에게 양해를 구하고 핸드폰 위치추적 앱을 확인한다. 시계처럼 손목에 차는 배회감 지기의 위치는 서초동 일대다.

"강남? 여기까지 왜 가셨지?"

호기심 어린 표정으로 보고 있던 하영석이 정해심의 혼잣말 에 끼어든다.

"남해 가는 시외버스가 있어요. 서초동에."

"예?"

"남해에 가려면 거기 남부터미널에서 시외버스를 타야 한다 구요."

"설마 아버지가 혼자 거기를⋯⋯."

그때 위치추적 앱의 빨간 점이 빠르게 움직인다. 하영석은 당황한 정해심 대신 핸드폰 어플을 들여다보고 알려준다.

"양재동 쪽으로 가고 있잖아요. 이미 버스 타셨네요."

"네?"

"주차장 쪽으로 나와요. 나도 남해에 볼일 있으니까 내 차 타고 같이 가요."

경황이 없어 얼결에 타긴 했지만 그와 다섯 시간이나 걸리는 곳까지 함께 가야 하는 상황이 부담스럽다. 정해심은 지금이라도 내리는 게 나을 거 같아 조심스레 말을 꺼낸다.

"괜히 저 때문에 가시는 거 아니에요?"

"사람 보는 눈이 그렇게도 없어요? 내가 그럴 사람으로 보여요?"

정해심을 할 말 없게 만드는 말이다.

"그렇다고 대놓고 솔직할 필요까진 없잖아요?"

"네?"

"방금 표정이 그렇잖아요. 그래 네가 그럴 놈은 아니지 하는 표정."

"너무 맞는 말이라 부인할 수가 없네요. 근데 왜 내려가시는 거예요?"

"우리 엄마 무덤을 다른 데로 옮기려구요."

"네?"

"무덤 때문에 30억을 포기할 순 없잖아요. 우리 엄마한테 더 이상 질 수도 없고. 근데 아버지가 치매인 거 맞아요?"

"무슨 소리예요?"

"치매인 사람이 어떻게 혼자 버스터미널까지 가서 남해행 버스를 타냔 말이지."

"아버지가 치매 판정 받고 알아봤을 때, 치매 환자라고 똑같이 다 기억력과 지남력이 떨어지는 건 아니라고 하더라구요. 사실 처음 치매 판정 받았을 때도 우리 아버지가 글은 못 읽고 못 쓰셨지만 다른 인지기능은 나쁘지 않았어요. 그래서 엄마는 가짜 치매라고 의심했죠."

"가짜 치매요?"

"가성치매라고 우울증이나 스트레스 때문에 치매처럼 보이는 경우도 종종 있다거든요. 엄마는 아버지가 글자를 잊어버린 게 아니라 자기 때문에 절필을 한 거라고 생각했나 봐요."

"절필이요?"

"나도 이번에야 알았는데 우리 아버지가 시를 쓰셨나 봐요. 그 시를 읽는 사람은 우리 엄마뿐이었는데 아버지가 보여주기 싫으니까 글자를 잊어버린 척하는 거라고 우기셨죠."

문득 정해심은 그 말을 하면서 박문희가 아버지의 시를 좋아했음을 깨닫는다. 그래서 더는 시를 쓰지 않게 됐을 때, 서운해하며 억지를 부렸던 거다. 혼자만 차지하고 싶다는 소유욕과 집착 때문에 딸인 자신에게까지 그것들을 안 보여준 건지도.

엄마가 아버지를 향해 내뿜는 영하 50도의 냉기 속에 그런 엄청난 뜨거움이 있었을 줄이야.

"다른 분들보다 단기기억을 상실해가는 과정도 너무 빨랐어요. 치매 판정을 받을 때는 5등급이었는데 요양원 들어가신 지 한 달 만에 가보니까 중증 치매 환자분들이랑 별 차이 없으시더라구요."

"제대로 치료를 안 했나 보죠."

"아직까지 치매를 치료할 수 있는 건 없어요. 진행 속도를 늦출 뿐이지. 우리 아버지는 요양원 프로그램에도 잘 참여 안 하려고 하신다더라구요. 혼자 멍하니 있거나 잠만 자려 한다고. 그런데 이번에 CCTV 보니까 고해심 씨가 그런 우리 아버지를 변화시킨 것 같아요."

"우리 엄마가요?"

"네. 아버지가 치매라는 얘기를 듣고 저도 이 책 저 책 좀 찾아보다 알게 됐는데, 치매 환자들 대부분은 단기기억을 장기기억으로 저장할 수 없대요. 단, 그 기억에 감정이나 정서적인 정보가 포함돼 있으면 편도체를 자극해 장기기억으로 전환될 수 있다고 하더라구요. 어쩌면 영석 씨 어머님이 우리 아버지에게 그런 기억을……."

"사랑이라더니 이제는 또 치료예요?"

"예?"

"우리 엄마가 그쪽 아버지를 치료하려 종이배를 접어주고, 목욕탕에서 일을 벌였다는 거 아니에요 지금?"

"의도적으로 그랬다는 건 아니고, 결과적으로 그렇게 된 게 아닐까 뭐 그런 말이죠."

"우리 엄마 당신이 상상하는 것처럼 이타적인 사람 아니에요. 당신 아버지를 찾아가 목욕탕에서 일을 벌인 것도 사실……."

"사실 뭔데요? 설마 그 이유를 알고 있었어요?"

"우선 내 얘기부터 들어봐요. 당신이 종이배 어쩌고저쩌고 해서 기분도 안 좋은데, 엄마가 손수 접은 종이배를 보여줘 돌아버렸던 날이에요. 그래서 엄마한테 막 소리쳤죠. 망한 제작자, 이혼당한 찌질이가 이제 꽃뱀 아들이란 소리까지 들어야겠냐고. 대체 왜 그딴 걸 보여주는 거냐고. 그때 우리 엄마가 뭐라 그랬는지 알아요?"

"뭐라 그랬는데요?"

"꽃뱀이 아니라 자기는 '문어귀신'이라고. 당신 아버지만 무덤 속에서 꺼내줄 수 있다고. 그래서 목욕탕에 간 거라고."

"그게 무슨 말이에요?"

"내가 어떻게 알아요."

"왜 안 물어봤어요?"

"처음부터 못 알아듣는 척하고 있었는데 어떻게 물어봐요?"

"네?"

"듣고 싶지도 알고 싶지도 않은데 참 신기하게도 다른 사람들은 알아듣지 못하는 우리 엄마 말을 나는 또 귀신같이 알아듣는단 말이죠. 그게 짜증 나서 일부러 못 알아듣는 척했어요. 항상. 그런데 더 짜증 나는 건 뭔 줄 알아요?"

"어머님이 하영석 씨가 일부러 못 알아듣는 척하는 것까지 알고 있었다는 거?"

"어떻게 알았어요?"

"그러니까 어머님이 그런 얘기를 하영석 씨에게 하셨겠죠."

"와, 역시 검사라 다르네."

"근데 우리 아버지도 목욕탕에서 그런 말을 했어요. '문어'라고. 해심이랑 약속했다고."

"약속이요?"

"네."

정해심은 시외버스터미널 CCTV에서 버스를 타는 아버지의 모습을 확인했다고 전한다. 남해로 직접 내려가 아버지를 찾아올 테니 기다리라고도 덧붙인다.

그러자 딸의 전화를 받은 박문희가 실성한 사람처럼 웃는다.

"것 봐. 치매 안 걸렸다니까. 그 사람 그동안 너와 세상을 속인 거야. 하지만 난 안 넘어갔지."

박문희는 통화가 끝났는데도 핸드폰을 들고 혼자 중얼거린다.

'그 남자가 그렇게 음흉하다니. 겉보기엔 그냥 순하고 착한 남자 같지? 근데 실체는 아냐. 얼마나 독하고 나쁜 사람인데. 여자라고는 관심도 없는 돌부처? 웃기고 있네. 그 여자하고 얼마나 야하게 뒹굴었는데. 내가 그걸 어떻게 아냐고? 그 남자가 그렇게 썼으니까. 그 시를 나는 다 읽고 외웠으니까.

어디 구석진 방도 아니고 바다 한가운데 떠 있는 섬에서, 머리에 피도 안 마른 어린 것들이 서로를 먹고 마시고 삼키고 내뱉고. 네 몸 내 몸 구분할 수 없는 지경이 되도록 사랑을 했댄다. 바닷물 속에 사는 여자한테는 사람 냄새가 아니라 물귀신 냄새가 났는데 남자는 그게 또 좋았댄다. 짭조름한 맛이 시시때때로 생각나 입에는 침이 고이고 눈에는 눈물이 고여 하루 종일 그 여자만 생각나더란다.

그런데 갑자기 여자가 사랑이 아니라고 하더란다. 그게 다 복수하려고 그런 거라고. 복수가 끝났으니 우리도 끝났다고. 남자는 화도 내지 않고 복수까지 사랑한다고 했댄다. 그래도 여자는 돌아서더란다. 사실은 다른 남자를 사랑한다고. 그 남자, 여자의 사랑이 끝날 때까지 기다리겠다고 했더란다.

세상에 그런 남자가 어딨니? 그런 남자한테 어떻게 반하지 않을 수가 있겠니? 남자의 시는 가짜가 아니었어.

남자는 정말로 기다렸다. 그리고 마침내 여자가 남자에게로 온 거지. 그 남자가 얼마나 기뻤겠니? 서로를 먹고 마시고 삼키고 내뱉고. 네 몸 내 몸 구분할 수 없을 때까지 하나가 되고 싶었겠지. 머리는 하얗게 백발이 된 늙은이들이 나이도 잊고 사랑하다 죽고 싶었겠지. 그러다 여자가 정말로 죽었네. 그래서 그 여자가 남자를 찾아온 것처럼, 이제는 그 남자가 여자를 찾아간 거지. 그 여자 무덤 속으로.'

하덕자는 정만선이 남해행 버스를 탔다는 동생의 연락을 받고 터미널로 마중을 간다.

가기 전 고해심의 무덤에 들러 그 소식을 전한다.

"엄마, 동정호 도련님이 여기 온다 쿠네. 우리 엄마 좋겠다. 좋긴 뭐시 좋냐고? 치, 말은 그렇게 해도 속으로는 억쑤로 좋아하는 거 내 다 안다. 그라고 옛날에도 다 알고 있었데이. 언니가 복수할라고 우리 아버지한테서 물고기 가져가는 기 아이라는 거. 근디 내가 도련님 좋아하는 줄 알고 내한테 사실대로 말 못한 기제? 지금도 그런 줄 알고 있제? 질투 때문에 아버지한테 일러바쳐 니랑 도련님 갈라놓고, 내는 평생 그 도련님 못 잊어 결혼도 안 하고 처녀로 늙은 줄 알제?

그란디, 그런 기 아이다. 질투는 맞는디 내가 질투한 건 니가 아이라 동정호 도련님이다. 난 해심 언니 니가 좋았다. 아니, 니만 좋아했다. 널 뺏기기 싫었다 아이가. 도련님뿐 아니라 그 누구한테도.

　아버지도 버렸다 안 카나. 근디 니는 평생 그걸 몬 알아주더라. 그라니까 내도 솔직히 말 몬하고 도련님을 좋아하는 척했제. 니랑 똑같은 옷 입고 똑같은 이불 덮고 자는 거맹키로 같은 사람 좋아하면서 같이 그리워하는 재미도 쏠쏠했고.

　엄마, 아니 해심 언니야. 내가 얼마나 배신감을 느꼈는지 아나. 니가 내한테는 말도 안 하고 도련님이 있는 요양원에 찾아갔다는 거 알았을 때 말이다. 늙어 볼품도 없대 뭐. 니 눈엔 안 그렇드나? 여전히 옛날 그때처럼 멋있어 보이드나? 그람 결국 내가 진 거제. 내가 널 차지했다고 생각했는데 막판에 홀랑 뒤집어져 그 사람이 이긴 거 아이가.

　그란디 분하진 않다. 참말이데이. 니 죽기 전에 그 양반 불러서 만나게 해줄라고도 안 했나. 그냥 말로만 그란 기 아니고 진심으로 바랬다니께. 그건 영석이도 알 끼다. 내가 보고 싶어 부른 거 아니냐고? 참말로 아이라니께. 근디 와 그 사람 온다니께 꽃단장하고 마중까지 나가냐고?

　언니야, 요샌 니 방에 누워 있으믄 내가 하덕자인지 고해심인지 막 헷갈린다 안 하나. 지금 무덤 속에 있는 사람이 낸지 넌지 모르겠는 기 내 솔직한 심정인 기라.”

　'내가 지금 살아 있는 건지 죽은 건지.

여기가 무덤 속인지 무덤 밖인지.

니가 좀 알려주라마. 내는 누구고?'

만선은 가지도 않을 거면서 걸핏하면 남해행 버스표를 끊었
다. 그리고 그 버스에 자신을 태워 보냈다. 몸이 대합실 의자에
앉아 있는 동안 마음은 남해에 도착해 여기저기를 쏘다녔다. 어
떨 때는 화방사, 어떨 때는 관음포, 어떨 때는 이락사 일대를.

하지만 껍데기가 없는 마음은 호구리와 앵강만 쪽으로는 절
대 가지 않았다. 해심을 만날까 봐 두려워서였다. 너무 보고 싶
지만 보고 싶지 않기도 했다. 어떤 마음으로 그녀를 대해야 하
는지 알 수 없어서였다.

남해에서 올라오는 막차가 도착하면 종일 쏘다니다 온 마음
을 몸에 싣고 다시 집으로 돌아갔다. 그곳에서 들은 고향 사투
리가 며칠 동안 귀를 먹먹하게 했다. 그 소리가 잊힐 만하면 다
시 터미널로 가 남해행 버스표를 끊었다. 남해 사람들을 싣고
오는 버스가 도착할 때마다 혹시 저 버스에서 해심이 내릴지도
모른다는 생각을 했다. 꽃섬이 있는 앵강만에서 다시 해심을
만날 용기는 없지만 서울에서, 이렇게 번잡한 터미널에서 우연
히 만나는 정도는 괜찮을 것 같았다.

만약 그런 일이 생긴다면 무슨 이야기를 해야 할까. 어디 가서 무얼 먹을까. 매일 밤 혼자 궁리하고 또 궁리하다 결국 시 한 편을 쓰곤 했다.

다 부질없는 짓이었다. 해심은 오지 않았고, 시를 읽는 아내만 아프게 했으니까. 그 사실을 깨달았을 때 만선은 시를 놓았다. 더 이상 남해행 버스표도 끊지 않았다.

그래도 몇 년 만의 발길인데 버스터미널은 제자리에 있었다. 버스 요금은 올랐지만 차량 색깔도 운전사의 남해 말씨도 여전했다. 늘 마음만 태우던 버스에 몸까지 싣기가 어색해 망설이는데 맘씨 좋은 운전사는 만선이 몸이 불편해 그러는 줄 알고 부축까지 했다.

대합실 의자에 앉아 마음만 태워 보낼 때는 못 보았던 풍경들이 펼쳐져 모든 게 새롭고 낯설다. 버스가 도착한 곳도 만선이 늘 마음을 보냈던 예전의 '그곳'이 아니다. 그래서 만선은 차에서 내리지 않으려고 한다.

"다 왔심니더."

"여기가 아니야."

"예? 어디 가시는데예?"

"해심이."

"예?"

"해심이. 해심이가 죽었어."

덕자는 터미널에 도착해서야 서울발 버스에 탄 만선이 이미 어디론가 사라졌다는 사실을 알게 된다.

'엄마가 자꾸만 말 시키는 바람에 늦었다 아이가. 일부러 엇갈리게 할라고 그랬나?'

덕자는 원망하며 허둥지둥 다시 무덤으로 가보지만 그곳에도 만선은 없다.

그리고 곧 영석과 정해심이 도착한다. 덕자는 어디 가서 만선을 찾아야 하는지 알 수 없어 두 사람을 데리고 호구리 일대를 빙빙 돈다. 만선이 살았던 동정호 집은 아직도 정치망을 하는 사람들이 살고 있지만 일꾼들은 동남아시아 곳곳에서 온 외국인들로 모두 바뀌었다.

"배회감지기는 아직도 먹통이에요?"

"예. 터미널에서 신호가 꺼진 걸로 나와요."

"그럼 거기로 돌아가서 다시 알아봐야 하는 거 아니에요? 다른 데로 가셨을지도 모르니까."

"그치만 왠지 이곳 어딘가에……. 아, 꽃섬. 아버지가 꽃섬에서 낚시하던 얘기를 몇 번 했는데 혹시 거기 가신 건 아닐까요?"

"저기가 바로 꽃섬이라예."

덕자가 선착장에서 50미터밖에 떨어져 있지 않은 섬을 가리킨다.

"배를 얻어 타고 갔으면 사람들이 알겠죠. 그런데 아무도 해심 씨 아버지를 못 봤다니 저기 가신 건 아닌 것 같은데."

그러면서 영석은 엄마가 늘 물질하던 꽃섬 옆 바다를 한참 동안 바라본다.

"아! 헤엄쳐 가셨을지도 모르겠네요."

"네?"

"오늘이 몇 물이야 누나?"

"엄마 돌아가셨을 때가 백중사리였으니께 오늘이 한물."

"그럼 물도 안 들어오고 물살도 안 세니까, 물 빠질 때 오셨으면 꽃섬까지 충분히 헤엄쳐 가셨을 수도 있잖아?"

"잠깐만요. 우리 아버지는 수영을 못해요."

그 말에 덕자가 이상하다는 듯 바라본다.

"정말이에요. 한 번도 수영하는 걸 본 적이 없어요."

"난 봤지예."

"예?"

덕자는 한밤중에 교복 입은 동정호 도련님이 해심과 꽃섬에서 헤엄쳐 선착장까지 오는 모습을 똑똑히 봤다. 그래서 그날 집으로 돌아가 아버지에게 고자질했던 것이다.

"아버지, 와 해심 언니가 그 비싼 문어랑 전복을 아버지가 잡은 물고기랑 바꿔가는지 아나?"

세 사람은 동네 어부에게 부탁해 어선을 타고 꽃섬에 내린다. 하지만 나무들이 무성한 꽃섬 꼭대기까지 올라가 다 뒤져봐도 만선은 보이지 않는다.

"여기 오신 게 아닌가 보네요. 문어도 안 보이고."

"문어가 물속에 있지, 어떻게 섬에 있어요?"

"문어? 갑자기 문어는 와 찾노?"

"예전에 엄마가 이상한 얘기를 했거든. 자기는 문어귀신이라고. 만선이만 자기를 무덤 속에서 꺼내줄 수 있다고."

"무덤?"

"참, 무덤 얘기가 나와서 말인데 내가 엄마 모실 납골당을 알아봤거든. 그러니까 엄마는 화장해서 납골당으로 옮기고 그 땅은……."

"엄마 무덤 만든 지 사흘밖에 안 됐는데 뭐 납골당? 그기 말이 되는 소리가?"

"무덤 하나 때문에 그럼 30억을 날리는 건 말이 돼?"

"그기 니 땅이가?"

"그럼 누나 땅이야?"

"만선이, 여기 해심 씨 아버지 거이니께네 원주인한테 허락부터 받으라모."

"그게 무슨 소리예요?"

"그라니께네."

"누나!"

격렬하게 싸우는 남매 사이에서 정해심이 영문을 몰라 어정쩡하게 서 있다. 그때 핸드폰이 울린다. 박문희로부터 온 전화다. 정해심은 꽃섬에 왔는데 아버지를 못 찾았다고, 아버지가 없다고 보고한다.

그 말에 박문희는 대꾸도 없이 시를 읊조린다. 한 번도 들어본 적이 없는 시다.

"하나, 둘, 셋, 넷 ……쉰셋. 내 눈물 위로 떠올랐다, 그 여자. 문어무덤으로 들어가 속삭였다."

"엄마 그게 무슨 소리야?"

"문어무덤을 찾아. 네 아버지는 거기 있을 거야."

통화를 끝낸 정해심이 서로에게 으르렁거리고 있는 영석과 덕자에게 그 말을 전한다.

"여기 문어무덤이란 곳이 있어요?"

"아니. 내는 그런 건 처음 듣는데."

꽃섬의 숲 가장 아래, 오래된 나무뿌리가 뒤엉켜 마치 그물처럼 보이는 그곳을 잘 살피면 멸치젓국 단지만 한 구멍 하나가 보인다. 만선이 물 빠지는 시간에 맞춰 헤엄쳐 와 그 구멍속으로 들어간다. 이곳이 해심과 만선만이 알고 있는 '문어무덤'이다.

하마터면 여기까지 못 오고 다시 서울로 돌아갈 뻔했다. 도착한 버스에서 내리지 않는 만선을 이상하게 여긴 운전기사가 손목에 차고 있던 치매 환자용 배회감지기를 발견하고 경찰서로 데려가려 했기 때문이다. 만선은 그 손을 뿌리치고 도망쳐 택시를 탔다. 배회감지기도 떼서 밖으로 던져버렸다. 정확한 주소를 대지 못했지만 택시 기사는 '앵강만'과 '꽃섬'이란 말만 듣고도 그를 원하는 곳에 내려주었다.

호구리 선착장에 서서 꽃섬을 바라보는 순간, 만선은 자신이 무엇을 해야 하는지 생각할 필요도 없었다. 눈앞에 펼쳐진 물 색깔만 보고도 몸이 반응해 망설이지 않고 물속으로 뛰어들었다.

물이 빠져 드러난 문어무덤 입구에는 물이 없다. 웅덩이처럼 깊이 들어가 있는 무덤 안쪽에만 옹달샘만큼 물이 고여 있을 뿐이다.

만선은 허리를 숙인 채 구멍으로 들어가 고개를 돌린다. 그 옆으로 튀어나온 바위 쪽에 해심이 죽은 문어들을 가져다 만든 작은 무덤들이 보인다. 그런데 그곳에 있는 또 다른 무덤은 만선이 알던 문어무덤이 아니다.

그보다 훨씬 크고 하얀 두 개의 무덤을 보는 순간, 가슴에서 울음이 솟구친다. 칼로 새겨진 무덤들 위의 글씨가 무엇인지 알지 못하는데 다시는 느끼지 않을 줄 알았던 슬픔이 몰려온다. 머리부터 발끝까지, 손가락부터 내장 가장 깊숙한 곳까지 아귀처럼 요란하게 헤엄치며 물어뜯는다.

만선은 의사로부터 치매라는 얘기를 들었을 때 앞으로 아무 것도 없을 줄 알았다. 글씨를 잊은 것처럼 내가 어디 있는 누구 인지 잊어버릴 거라고 생각했다. 이제 누군가를 그리워하고 원 망하거나 기다리지도 않게 될 거라고. 그게 두렵거나 슬프지는 않았다. 오히려 빨리 그렇게 되기를 바랐다. 뇌세포가 죽어가 는 것보다 먼저 그 기억들을 죽였다.

그런데 해심이 나타났다. 쪽배에 타고 있는 자신을 물에 빠 뜨리던 날처럼 또다시 바다에 빠뜨렸다. 만선의 기억 속, 가장 아픈 그 앵강만에. 날 아프게 했으면서 이제 와 왜 또 고통을 주려는지 알 수 없었는데 이 두 개의 소금 무덤을 보는 순간, 머리가 아닌 온몸으로 알아버렸다. 그래서 끝없이 통곡이 쏟아 진다.

수확 없이 그만 꽃섬을 떠나려고 배에 오르던 덕자가 멈칫 한다.

"무슨 소리 안 들리나?"

"우리 아버지 같아요."

해심의 말에 영석도 귀를 기울인다.

"섬이 아니라 저 밑 바닷속에서 나는 거 같은데?"

"그기 무신 소리고?"

"저 수영할 줄 알아요. 제가 한번 들어가볼게요."

"큰일 날 소리! 여기가 무슨 수영장인 줄 알아요? 기다리고 있어요. 내가 가볼 테니까."

영석은 자리에서 양복을 벗어던지고 속옷만 입은 채 바닷속으로 걸어 들어간다. 친구들이랑 헤엄치고 놀 때도 상주나 두곡의 바닷가로 갔지 앵강만에 몸을 담근 적은 없었다.

몸에 착 감기는 물이 생각보다 따뜻하고 부드러워 움찔한다. 물속에 머리를 박고 다리를 땅에서 뗀다. 자신을 밀어내지 않고 온전히 품어주는 바다가 고맙다. 발 디딜 곳 하나 마련하기 위해 악다구니를 써야 했던 육지에서의 시간들이 떠올라 몸이 울컥해진다. 잠결에 파고들었던 엄마 품 같아서, 그 품에 안겼던 마지막 순간이 떠올라서 숨이 가빠진다.

중환자실로 옮겨지기 전, 영석은 갑자기 숨도 못 쉬고 헉헉거리는 엄마를 끌어안고 애원했다.

"설마 이렇게 죽는 건 아니지? 안 돼! 나도 엄마한테 잘했다고 칭찬 한 번은 받아봐야 될 거 아냐! 그러니까 그때까진 살아있어야 돼. 절대 죽으면 안 된다고!"

바위에 말라붙은 수초처럼 처져 있던 엄마가 꼭 끌어안아준다면 앞으로는 엄마가 바라는 대로 살겠다고. 영원히 가난한 제작자로 살아도 좋다고 간절히 기도했다. 하지만 엄마는 끝내

들어주지 않았다.

새삼 설움이 북받쳐 가슴이 뻐근하고 숨이 막힐 것 같은데 무언가가 영석의 다리를 잡아당긴다. 엄마가 말했던 문어귀신인가? 그 생각에 화들짝 놀라 물 밖으로 고개를 내미는데 흠뻑 젖은 정해심의 얼굴이 뒤따라 물 밖으로 나온다.

"참, 거 말 되게 안 듣네. 기다리고 있으랬더니 왜 따라 들어왔어요?"

"당신 누나가 같이 가보라고 했어요. 당신 혼자만 보내는 게 불안하다고."

"하여간 날 못 믿는 건 엄마랑 똑같다니까."

"바보예요?"

"예?"

"못 믿는 게 아니라 걱정하는 거죠. 사랑하니까."

정해심은 노 수사관이 하면 딱 어울리는 말을 자기 입으로 한 게 쑥스러워 물속으로 숨는다. 그리고 팔다리를 힘차게 휘젓다 깨닫는다. 영석의 말대로 바닷속은 수영장과 다르다는 걸.

물색이 흐려 시야도 좋지 않은 데다, 곳곳에 튀어나온 바위들과 수초들 때문에 몸을 마음대로 움직일 수조차 없다. 이정표로 삼던 아버지의 목소리도 더는 들리지 않아 미아처럼 헤매고 있을 때, 영석의 손이 다가온다.

땅에서라면 선뜻 잡지 못했을 그 손을 망설임 없이 잡는다.

출퇴근길 지하철이나 버스에서 타인과 몸이 맞닿았을 때의 불쾌감과 찝찝함, 불순한 의도로 다가오는 손길에 대한 경계나 의심 없이. 영석은 그녀를 만선이 있는 곳으로 안내한다.

바닷가 출신이면 누가 가르쳐주지 않아도 수영을 하게 마련인데 왜 자신은 평생 수영을 배우지 않았을까. 꽃섬에 홀로 남겨진 덕자는 스스로에게 질문을 던지고 곰곰이 생각한다.

그건 두려움 때문이었을 것이다. 이 바다는 해심의 세계고, 그곳까지 침범하면 안 될 것 같았다. 해심에게 두려움을 주려고 그랬는지도 모른다. 수영을 할 줄 알았다면 바다에 빠져 죽겠다고 시시때때로 협박할 수 없었을 테니까. 그럼 해심은 진작 자신을 떠나버렸을 테니까.

그런데 물속에서 나온 영석의 이야기를 듣는 순간, 덕자는 해심이 자신의 짝사랑을 한평생 몰랐듯이 자신도 해심의 비밀을 몰랐음을 깨닫는다.

"누나한테 남긴 그 종이 그림, 정말 무덤이 맞았어. 그래서 엄마는 세 개의 무덤을 그린 거야."

세 개의 무덤이라면, 엄마 무덤 말고 다른 두 개의 무덤이 이 꽃섬 아래 있다는 얘기가 된다.

"그 무덤 때문에 고해심 씨가 요양원에 있는 우리 아버지를 찾아오신 거였어요."

위로하듯 말하는 정해심을 보자, 덕자는 속내를 들킨 것 같아 얼굴이 붉어진다.

'내는 아주 옛날부터 너를 원망 안 했느니라.'

너 때문에 앵강만을 떠나지 못한 게 아니라고. 네 아버지가 싫어하는데도, 너를 매 맞게 하면서까지 물에 들어갈 수밖에 없었던 이유. 해심은 그 이유를 보여주려 했던 것이다.

그 마음에 덕자는 코끝이 찡해지며 부러 꼬투리를 잡는다.

'결국 니는 내가 좋아서 옆에 있었던 기 아이네.

살아 있는 내도 영영 못 잡은 니를,

그리 오래 붙잡고 있었던 이들은 도대체 누꼬?'

10장

문어가 잠드는 곳

일본인 선주가 남해 앵강만에 자리를 잡고 배를 띄울 때, 처음부터 '동정호'란 이름을 붙인 건 아니었다. 일본인 선주는 일본의 수도인 '동경'을 따 '동경호'라 이름 짓고, 어로장인 고봉주의 아버지에게 한글로 그리 써달라 부탁을 했다. 그런데 귀가 어두운 그가 잘못 알아듣고 '동정호'라 써주었다고 한다.

일본인 선주는 한글을 몰라 이를 한동안 알지 못했다. 그러다 그보다 몇 년 먼저 건너와 조선에 자리 잡은 일본인 친구가 배 이름이 '동경호'가 아니라 '동정호'라는 사실을 알려주었다. 일본인 선주는 조선인 어로장과 일꾼들이 한통속이 돼 자신을 속여먹었다고 분기탱천했다. 고봉주의 아버지를 잡아다 어차

피 귀가 안 좋으니 귀머거리가 돼도 상관없겠다며 송곳을 박아 넣었다.

그 때문에 고봉주의 아버지는 병이 나 죽고 고봉주가 뒤를 이어 어로장이 됐다. 사람들은 아비를 죽인 자의 밑에 들어가 왜 일을 하냐고 비난했지만 고봉주는 아버지가 남긴 유언을 거스를 수 없었다.

"우리가 나 몰라라 하고 내삐리두믄 일본 놈들이 우리 바다를 다 망친데이. 물길이 망가지믄 바다도 죽는 기라."

고봉주는 사람의 피부 속 핏줄처럼 바닷속에도 수많은 물길이 있다고 믿었다. 그 물길을 통해 바다가 숨을 쉬고 살아간다는 사실도 알고 있었다. 그는 한 사람의 자존심보다 물길을 지키는 일이 더 중요하다는 아버지의 말에 동의했다.

고봉주가 동정호의 어로장이 되자, 선주는 인근 어부들이 자꾸만 자기네 어장 근처에 그물을 치고 고기를 잡는다며 그를 닦달했다. 고봉주는 어민들에게 정치망 보호구역 근처에는 어장을 놓지 말라고 경고했지만 은근슬쩍 정치망의 어장 한쪽을 틔워놓아 고기들이 어부들의 어장으로 흘러가게 했다.

얼마 후 일본은 패망했다. 그리고 조선은 일본의 식민지에서 해방됐다. 동정호의 일꾼들도 더 이상 일본인 선주의 말을 듣지 않았다. 그가 일본으로 돌아가기 전에 죽여야 한다고, 다 같이 죽여버리자고 벌 떼처럼 일어났다. 일본인 선주는 이 사실을 알고는 재산을 모두 두고 가겠다며 선수를 쳤다. 또 자기 딸과 결혼하는 조선인 사위가 이 모든 것들을 관리하게 될 거라고 공표했다.

사내들은 모일 때마다 누가 그따위 쪽발이 사위를 할 거 같냐고, 머리도 모자란 왜년 남편을 왜 하냐고 침을 튀겼다.

하지만 집으로 돌아가서는 전혀 다른 생각을 했다. 동정호의 황금어장과 네 척이나 되는 배 그리고 고래등 같은 집과 땅을 공짜로 차지할 수 있는 사람은 누가 될 것인가. 서로 눈치만 보며 눈알을 굴렸다. 누가 선주가 돼도 자기가 아닐 바에야, 차라리 지금처럼 일본인 선주 밑에서 일하는 편이 낫다는 생각까지 들었다.

선주가 노린 것은 바로 그것이었다. 인간의 오장육부 옆에 달린 탐욕을 일깨워 사람들을 분열시키는 것. 조선인들 또한 겪을 만큼 겪어 그 속셈을 모르지 않았다.

그때 간계에 휘말리지 않고 선주에게 당한 수모를 앙갚음하려면 그의 딸을 망가뜨려야 한다는 주장이 누군가의 입에서 흘러나왔다. 사람들은 주술에 걸린 것처럼 그 말을 따랐다. 지능이 떨어지는 선주의 딸은 아버지가 찾는다, 맛있는 걸 주겠다는 말에 의심 없이 사람들을 따라나갔다 결국 봉변을 당했다.

고봉주가 흉한 소문을 들은 것은 한참 뒤였다. 그도 아버지의 귀에 송곳을 박아 죽인 일본인 선주에게 아무 감정이 없는 것은 아니었다. 하지만 죄 없는 선주의 딸이 몹쓸 짓을 당했다는 사실이 가슴 아팠고, 그런 짓을 저지른 사람들이 같은 동료이자 동네 사람들이라는 현실이 믿기지 않았다. 그건 사람들이 그냥 만들어낸 이야기가 아니었다. 고봉주가 직접 자기 눈으로 그 일을 보고 말았으니까.

정치망의 그물을 교체하던 때라, 동정호의 가장 큰 배를 선착장에 대놓고 기름이 얼마나 남아 있나 확인하러 들어가려던 날이었다. 깜깜한 밤이라 선착장에 아무도 없는데 갑판에 올려놓은 그물 더미 사이로 신음소리가 들려왔다.

누구냐고 고함을 지르자 소리가 뚝 멈췄다. 고봉주는 잘못 들었나 싶으면서도 한쪽 그물 더미로 발걸음을 옮겼다. 거기서 하용범의 손에 입을 틀어막힌 채 깔려 있는 선주의 딸을 발견했다.

바지를 까 내려 맨살이 드러난 하용범의 엉덩이를 발로 걷어차자 그가 다리에 매달렸다. 자신은 고봉주의 아버지가 당한 치욕을 복수해주려고, 고봉주를 선주로 만들어주기 위해 그런 것이라고 우겼다. 이미 결혼해 아이까지 있는 고봉주가 선주의 딸과 결혼할 수는 없으니, 이 여자가 결혼을 못 하게 만들면 일본인 선주도 결국 자리를 고봉주에게 넘기지 않겠느냐고.

바로 그 자리에서 하용범을 일본인 선주나 경찰서에 데리고 가지 못한 건, 고봉주도 그와 비슷한 생각을 한 적이 있어서였다. 일본인 선주의 딸과 결혼한다는 사람이 나타나지 않으면, 어로장인 자신에게 동정호를 물려주고 가지 않을까 하는 기대를 조금은 했다.

그 후, 누구 씨인지도 모르는 아이를 가지고 점점 배가 불러가는 선주의 딸을 볼 때마다 고봉주는 죄를 저지른 것 같은 죄책감에 괴로워했다. 물길이 막혀 녹조가 낀 바닷속처럼 그의 마음도 엉겨 붙어 숨을 쉴 수가 없었다. 더 이상은 견딜 수 없어 친구인 정표세에게 털어놓고 부탁했다.

"이보게. 이렇게 여자를 일본으로 돌아가게 하면 안 되지 않겠는가. 저 불쌍한 여자와 배 속 아이를 자네가 구해주게나. 그라모 내도 죽을 때까지 자네를 섬기며 살겠네."

"말도 안 되는 소리. 저 여자가 불쌍하믄 자네가 나서지 그러나?"

"자네는 내 등에 탄 우리 해심이 보면서 우째 그런 소리를 할 수 있는가?"

그때 해심의 나이 두 살. 어른들의 말을 알아듣지는 못했다. 하지만 그들이 했던 말은 해심의 기억 속 가장 깊은 바다, 수초들이 우거지고 문어들이 숨는 작은 바위틈에 가라앉았다.

"그 아이가 불행하면 우리 마을 사람들은 영원히 벗어날 수 없는 죄업을 짓는 것 아이겠나?"

"그렇다고 정도 없는 여자랑 우째 살란 말이고?"

"대신 내가 너를 위해 살겠다고 안 하나. 네가 죽게 되면 내가 대신 죽어줄 끼구만."

"그라모 니 처자식은 우짜고?"

"뭔 걱정이노? 니가 내 대신 잘 살펴줄 낀데."

그로부터 몇 달 뒤 만선이 태어났다. 만선은 호적상 정표세의 아들이었지만 사람들은 진짜 아버지는 따로 있다고 수군거렸다. 하지만 동정호의 선주가 된 정표세가 점점 부와 명예를 가진 지역 유지로 성장하자 아무도 그를 함부로 대하지 못했다. 만선은 티 없이 맑게 자랐다. 그 모습을 아버지인 정표세보다 고봉주가 더 흐뭇하게 바라봤다.

태풍이 오다는 소식에 동정호의 어망을 손보다가 사고를 당했을 때도, 죽어가던 고봉주가 하용범에게 한 말은 만선에 대한 얘기였다.

"네가 만선 엄마와 만선에게 한 짓을 속죄하며 살아라."

고봉주를 위해 한 일일 뿐이라는 하용범은 끝까지 자기 마음을 몰라주는 그가 원망스러웠다. 자기 아버지를 죽인 자의 딸에게 복수해줬는데 고맙다고 하기는커녕, 멸시하는 고봉주가 가증스러웠다.

'일본인 선주 똥구멍을 빨아먹고 산 놈 주제에 누굴 가르치려 드노? 아버지의 유언? 웃기는 소리 하고 자빠졌데이. 저도

내처럼 하고 싶었는데 못 해서리 괜히 배 아파 내한테 지랄한 기 아이가.'

하용범은 억하심정으로 자신에게 준 모욕을 꼭 되갚고야 말 겠다고 다짐했다. 어떻게 하면 죽은 고봉주를 제일 아프게 하 는 것일까 고심했다.

가장 쉬운 답은 그가 '원하지 않는 짓'을 하는 것이었다. 그래 서 고봉주의 아내인 해심 엄마에게 같은 해 같은 날, 홀아비 과 부가 된 것도 운명이니 잘 지내보자고 추근댔다. 해심 엄마는 차갑게 내쳤다. 하용범은 고봉주에 이어, 고봉주의 아내한테까 지 멸시를 당하자 이제 그들의 딸인 해심에게로 눈을 돌렸다.

갓난아기인 덕자를 죽이든 살리든 맘대로 하라며 어린 해심 에게 맡기고 배에 탄 것이 복수전을 위한 발판이었다. 그리고 하루 두 번 들어오는 밀물처럼, 해심을 볼 때마다 해심 아버지 를 죽인 것은 만선 아버지라고 소곤거렸다.

그때 해심의 나이 열 살. 그 말은 돌 틈 사이, 모래 틈 사이에 붙어 쉽사리 떨어지지 않는 따개비처럼 해심의 기억 속에 뿌리 내렸다. 하루하루 새까맣게 번져 일대를 전부 따개비 밭으로 만 드는 그것들처럼, 해심의 바닥을 조금씩 조금씩 점령해갔다.

고봉주가 죽은 후, 정표세는 그의 아내를 동정호에서 일하게 했다. 육지에서 일꾼들의 밥을 준비하고, 그들이 가져온 멸치를 찌고 말리는 일이었다. 해심은 자기가 돈을 벌어올 테니 동정호에서 일하지 말라고 엄마를 졸라댔다. 해심의 엄마는 어린게 무슨 일이냐며 그 말을 귓등으로도 안 들었다. 동정호 선주가 죽은 네 아버지의 친구라서 우리가 굶어 죽지 않는 거라고. 늘 동정호 선주와 만선에게 감사하는 마음으로 인사를 잘하라고 타일렀다.

해심도 엄마의 말을 한 귀로 듣고 한 귀로 흘렸다. 아버지를 죽인 만선 아버지 덕에 먹고살지 않기 위해 바다에 나가 물질을 했다. 학교에 가지 않고 하루 종일 바다에서 살았다.

그 사실을 알고 엄마가 야단을 치면 덕자 핑계를 댔다.

"내가 안 봐주믄 갓난애가 죽는디 그라모 엄마가 덕자를 키워줄 끼요?"

"내가 와 그 애를 키우겠노? 내 딸 하나도 벅찬디!"

"그라니께이. 내가 뭘 하든 상관 마소!"

온종일 물속에 있어도 지겹지 않았다. 초록의 잘피숲 사이를 헤엄치며 해삼과 전복을 줍고, 갑오징어, 문어와 경주를 하다 보면 어느새 해가 떨어졌다.

키가 조금씩 커질수록 들어가는 물도 점점 더 깊어졌다. 동네에는 해녀가 없어 물질을 가르쳐주는 사람이 없었지만 바다가 대신 해심을 키우고 가르쳤다. 아버지가 말했던 물길이 무엇인지도 깨달았다. 모래와 뻘이 적절히 섞여 생명체를 품고, 바다를 살아 있게 만드는 길. 아버지는 너도 그런 물길처럼 세상을 바다만큼 아름답게 만들라며 '해심'이란 이름을 지어주었다.

물 밖에 나오면 한낱 어린애 취급을 받았지만 물속에서는 해심이 가장 큰 어른이었다. 해심은 사람들과 물 밖에서 이야기하는 시간보다 물고기들과 물속에서 대화하는 시간이 길어지면서 사람의 말을 잊어갔다. 그나마 아예 말을 까먹지 않을 수 있었던 건 덕자 덕분이었다. 덕자는 이제 말을 할 수 있을 만큼 자랐고, 눈에 보이는 모든 것에 대해 물었다.

"저건 뭐야?"

"저건 꽃섬."

"아니, 꽃섬 속에 있는 저거!"

그렇게 해심은 만선을 발견했다. 아버지를 죽인 살인자의 아들이라 길거리에서 보면 고개를 돌려 아예 쳐다보지도 않았다. 하지만 지구가 태양을 돌듯, 동그란 꽃섬을 따라 물질을 하다 보면 그 가운데 있는 만선을 보지 않을 수가 없었다.

매일매일 모든 각도에서 보았다. 짱구처럼 앞으로 툭 튀어나온 그의 이마. 저보다 큰 낚싯대를 휘두르느라 한껏 뒤로 휘어지는 그의 어깨. 뭐라도 걸렸을 때마다 앞으로 바짝 구부려지는 그의 무릎.

어느 쪽에 있어도 만선의 얼굴이 보이는 게 신기했다. 뒤통수에 뿔이라도 난 것처럼 헤엄쳐 다른 곳으로 갈 때마다 그도 몸을 돌려 뒤통수를 숨겼다. 만선의 눈은 해심을 놓치지 않았다.

몇 해가 더 지났다. 해심은 이제 만선이 항상 자신을 바라보고 있다는 것을 알았다. 물질하러 들어갈 때마다 그가 숫자를 센다는 사실도. 그래서 일부러 놀라게 해주려고 물속에 들어가 숨을 참고 나오지 않았다. 그럴 때마다 해쓱하게 질려 있는 그의 얼굴을 보는 일이 재밌었다.

그렇게 또 몇 해가 지나갔다. 두 손으로 낚싯대를 들고도 휘청거리던 만선의 팔이 굵어졌다. 바람이 불면 날아오르듯 가볍게 펴지는 만선의 가슴도 가오리처럼 넓어졌다. 한번 물에 들어가면 한참을 나오지 않을 수 있게 된 해심은 눈을 속이고 바닷속 깊이깊이 잠수해 그가 볼 수 없는 곳으로 갔다. 그리고 살짝 고개를 내밀어 자신에 대한 걱정으로 애가 타는 만선을 지켜봤다.

숫자를 세고 있는 목소리가 떨릴수록, 핏줄을 타고 작은 물고기들이 헤엄치는 것 같은 간질간질한 행복감이 밀려왔다. 해심을 구하기 위해 만선이 낚싯대를 집어던지고 쪽배를 탄 채 노를 저었다. 그러자 신기하게도 그 배가 점점 더 해심의 마음속으로 들어왔다.

살며시 다시 물속으로 들어가 쪽배로 다가갔다. 만선을 본 지 9년 만에 처음으로 그의 얼굴 가까이에 자기 얼굴을 쏙 내밀었다. 물귀신이라도 본 듯 놀라 넘어지는 그가 귀여웠다. 아버지를 죽인 살인자의 아들인데 자기 때문에 눈물까지 흘리는 만선이 사랑스러웠다.

해심은 만선의 손을 잡고 싶어 쪽배를 뒤집었다. 그리고 물속에 빠져 허우적거리는 만선의 손을 잡고 자신만 아는 문어무덤으로 데려갔다. 알을 낳고 그 알이 부화할 때까지 아무것도 먹지 않고 지키다 죽은 하얀 문어들을 가져다 묻은 곳이었다.

어른 두 사람이 누울 수 있을 만큼 큰 굴이지만 입구가 바닷속에 있는 데다 나무뿌리로 가려져 있어 사람들은 굴이 있는지 몰랐다. 해심도 물이 다 빠졌을 때만 그 굴속에 들어가 쉴 수 있었다.

그곳으로 만선을 데려가자 문어귀신들이 해심의 귀에 대고 속삭였다. 아버지를 죽인 살인자의 아들이지만 이곳에서만큼은 사랑해도 괜찮다고. 해심은 기꺼이 꼬임에 넘어가 그의 입술에 자기 입술을 갖다 댔다.

두 번째, 세 번째…… 문어무덤에 들어갈 때마다 해심의 몸은 문어 빨판처럼 그의 몸에 더 많이 더 오래 찰싹 달라붙었다.

만선이 해심에게 직접 지은 시를 들려줬다.

하나, 둘, 셋, 넷 ……아홉
그 애가 내 세상으로 들어온 시간,

하나, 둘, 셋, 넷 ……스물아홉

젖은 그녀의 얼굴 아래 봉긋한 가슴,

하나, 둘, 셋, 넷 ……마흔하나

점점 더 그녀를 오래 품는 바다를 질투한다.

하나, 둘, 셋, 넷 ……쉰셋

내 눈물 위로 떠올랐다, 그 여자.

문어무덤으로 들어가 속삭였다.

하나, 둘, 셋, 넷밖에

못 셀 때부터 나를 보았다고,

내 애간장을 녹이려고

물속에서 숨을 참고 또 참았다고.

하나, 둘, 셋, 넷 ……예순일곱

이제는 섬 최고의 해녀가 되었다고.

하나, 둘, 셋, 넷 ……일곱

나는 물귀신 같은 그녀에게로

빠져들고, 또 **빠져들고**

하나, 둘, 셋, 넷 ……서른하나

매일매일 그녀 속에서 죽었다 깨어난다.

그 여자, 내 무덤.

해심은 세상에 태어나 처음으로 황홀감을 느꼈다. 커다란 용이 트림을 하듯 바닷물이 굽이치고, 그 위에 비단옷을 입듯 연초록 플랑크톤들이 반짝거렸다.

묵으로 그린 매화처럼 검은 새들이 하늘과 바다 사이에 점점이 피다 어부 그물에 걸려 올라올 때까지, 그 죽은 새가 다시 갯장어의 먹이가 되고 갯장어를 피해 수면으로 도망친 전어를 갈매기들이 잡아채 하늘로 날아오를 때까지, 해심은 만선이 쓴 시를 읽고 또 읽었다. 이렇게 만선이 쓴 시를 읽고 살 수 있다면 물 밖에서도 물속에서만큼 행복할 수 있을 것 같았다.

하지만 만선은 아버지를 죽인 살인자의 아들. 해심은 만선을 시인으로 만드는 게 복수라고 우겼지만 덕자만큼이나 자신도 그 말을 믿지 못했다.

그래서 만선과 떠나기 전에 동정호에 불을 지르기로 했다. 복수를 끝내고 나면 그를 맘껏 사랑해도 되니까. 해가 뜨고 달이 질 때까지 매일매일 그가 쓴 시를 읽고 또 읽을 수 있으니까.

백중사리가 코앞이라 물살이 빨랐지만 그만큼 물도 많이 빠져 있었다. 꽃섬까지 가서 정박된 동정호에 오르는 일은 어렵지 않았다. 누가 가져다 둔 것처럼 큰 배 옆에 만선이 자주 이용하던 쪽배가 있었기 때문이다.

해심은 그 쪽배에 묶인 줄을 잡고 올라타 큰 배의 기관실로 들어갔다. 그리고 비닐봉지에 돌돌 말아온 성냥과 기름솜을 꺼내 불을 붙인 후 기름통 쪽을 향해 던졌다.

다시 쪽배로 뛰어내렸을 때, 배에서 불길이 치솟았다. 뒤이어 사람 소리가 들렸다. 해심이 놀라 돌아보자 뱃머리 쪽 갑판에서 알몸 그림자 둘이 나타났다. 비명을 지르며 옷을 입던 여자 쪽으로 커다란 불덩어리가 떨어졌다. 그 바람에 여자의 얼굴을 정확히 알아볼 수 있었다. 자신의 엄마였다.

해심은 난생처음 멀미를 했다. 땅보다 더 편했던 바다가 내장까지 뒤집었다. 몸속에 있던 모든 것을 토해내며 보았다. 불덩이가 엄마를 삼키려 하자, 구하러 달려왔다 같이 불이 붙는 만선 아버지를.

해심은 더 이상 보지 못하고 물속으로 뛰어들었다. 깊이깊이 다시는 물 밖으로 안 나갈 것처럼 헤엄치면서. 그제야 왜 만선 아버지가 만선과 만나지 말라고 그 좋은 땅을 주었는지 깨달을 수 있었다. 엄마가 자신과 만선이 연애한다는 소문에 왜 그리 기겁을 했는지도.

그때 해심의 옆으로 시뻘건 엄마의 몸뚱이가 떨어졌다. 다가갈 생각도 못 하고 도망치는 사이, 죽은 엄마가 다시 물 위로 올라왔다. 사람들이 보면 안 된다. 절대 만선이 알아서는 안 된다. 그 생각이 도망치는 해심을 붙잡았다. 해심은 자꾸만 떠오르는 엄마를 끌어안고 내려와 문어무덤 속으로 옮겼다.

일을 끝마치자, 바닷물이 아닌 눈물에 젖어 선착장으로 헤엄쳐 갔다. 덕자가 있던 자리에는 덕자 아버지가 서 있었다.

"네가 동정호에 불 지른 걸 내만 알고 있을 끼데이. 대신 니도 만선이는 잊고 내 마누라가 돼야 한데이."

다음 날, 동정호 선주가 화재로 죽었다는 소식을 듣고 도시로 전학 가 있던 만선이 내려왔다. 만선은 아버지의 장례가 끝나는 대로 함께 일본으로 가자고 했지만 해심은 이를 거절했다. 그동안 복수하기 위해 너랑 연애했던 거라고. 이제 네 집안이 망했으니 너랑 만날 일도 없다고 했다. 만선이 물러서지 않자, 사실은 덕자 아버지를 사랑한다며 그의 아내가 될 거라고 말했다.

만선은 믿지 않았다. 그래서 보따리를 싸 들고 덕자 집으로 갔다. 해심은 만선이 떠나자 문어무덤 속에 엄마의 무덤을 만들었다. 조개껍데기와 모래, 굴 천장에 달라붙은 소금을 떼어내 매일매일 엄마의 몸을 덮으며 울었다.

덕자 아버지는 해심이 만선을 못 잊어 걸핏하면 물에 들어간다며 물질을 막았다. 그래도 해심은 덕자 아버지 몰래 물속으로 들어가 엄마의 무덤을 만들었다. 무덤 위로 하얗게 소금꽃이 피었을 때, 하용범은 만선 아버지가 해심 아버지를 삿갓대로 찍어 죽였다는 이야기는 거짓말이라고 털어났다.

해심의 바다를 오래도록 점령하고 있던 검은 따개비들. 그것들 때문에 만선을 좋아하지 못하고 몇 년 동안 빙빙 돌기만 했는데……. 동정호에 불을 지르고 만선의 아버지와 자신의 엄마를 죽게 만들었는데…….

해심은 부패한 따개비들이 입을 벌리고 내뿜는 독에 미치는 줄 알았다. 아니, 미쳐버리고 싶었다. 그래서 정신줄을 놓고 매일매일 발광했다. 자신의 인생을 망친 하용범에게 미친개처럼 달려들었다.

그러다 몸속에 하용범의 자식이 생긴 사실을 알게 됐다. 해심은 문어무덤에 들어가 엄마 옆에서 죽으려 했다. 배 속 아이는 하용범이 심어놓은 또 다른 따개비들로 그것들을 없애려면 죽는 수밖에 없다고 생각했다.

그런데 덕자가 말렸다. 해심을 끌어안고 아버지만 없어지면 된다고 애원했다. 해심은 자기 때문에 이미 두 사람이 죽었는데 또 사람을 죽일 수는 없다고 고개를 내저었다. 덕자는 엄마가 배 속 동생과 죽으면 자신도 죽겠다고 맹세했다. 해심은 덕자가 그러고도 남을 애라는 걸 잘 알고 있었다. 세 사람을 살리려면, 이제 한 가지 방법밖에 없었다.

앵강만에 장작불로 푹 곤 장어탕처럼 진득하고 뿌연 안개가 낀 날, 해심이 하용범과 배를 탔다. 하용범은 덕자를 잡을 욕심에 서둘러 그물을 던지느라 동정호의 운반선이 오는지도 모르고 있었다.

그때 해심이 바닷속으로 뛰어들었다. 그리고 뒤늦게 모든 사실을 알고 놀란 그에게 살려달라 소리쳤다. 당황한 하용범이 소리 나는 쪽으로 뛰어들자 해심이 잠영해 다시 배에 올라탔다. 뒤이어 하용범 쪽으로 바짝 배를 붙여 삿갓대를 내밀었다.

삿갓대를 잡고 배에 타라는 줄 알았지만 그게 아니었다. 해심은 삿갓대를 휘둘러 날카로운 갈고리로 그의 이마를 찍었다. 하용범이 피 흘리며 기를 쓰고 뱃전에 다가올 때마다 삿갓대를 내리찍었다. 만선 아버지가 삿갓대로 해심 아버지를 내리찍어 죽였다고 했던 하용범의 거짓말 속 장면처럼.

짙은 안개가 그 모든 모습을 가려주었다. 해심은 죽은 하용범을 문어무덤에 데려가 묻었다. 그리고 안개가 짙어 동정호의 운반선과 부딪칠 뻔한 찰나, 배 밖으로 떨어졌노라고. 자신은 배 위에 간신히 올라탔는데 하용범은 안개 때문에 찾을 수 없었노라고 말했다. 자신에게는 솔직해도 된다는 덕자에게도 똑같이 말했다. 오직 해심 혼자서만 문어무덤 속의 비밀을 간직했다.

영석이 태어났고, 덕자는 학교에 나갔다. 해심은 다시 물질을 하기 시작했다. 어렸을 때 그랬던 것처럼 매일 꽃섬 주위를 빙글빙글 돌아가며 해삼과 문어, 전복, 미역, 다시마를 땄다.

그 가운데 만선이 있었다. 해심이 나이가 들어 흰머리가 생기고 주름살이 생겨도 꽃섬의 만선은 항상 젊었다.

하지만 그는 얼굴을 보여주지 않았다. 그것이 서운해서 몰래 잠수해 얼굴이 보이는 곳으로도 헤엄쳐 갔지만 그가 먼저 고개를 돌렸다. 물속에 들어가 아무리 숨을 참고 나오지 않아도 쪽배를 타지 않았다. 기다리며 숫자를 세지도 않았다.

이젠 만선 대신 해심이 숫자를 셌다. 그럴수록 물속에 있을 수 있는 시간은 점점 줄어들었다.

'쉰셋, 마흔하나, 스물아홉……'

망태기에 담긴 것들도 하나씩 줄었다. 그러다 빈손으로 돌아가는 날도 많아졌다. 그 많던 해삼, 문어, 전복들이 사라진 게 아니라, 자신이 자연의 뜻을 거슬러 화가 난 바다가 물길을 숨겨버린 거라고 생각했다.

병이 든 건 해심만이 아니었다. 꽃섬도 누렇게 병이 들어 쪼그라들었다. 해심은 그런 꽃섬을 볼 때마다 가슴이 아파 출렁거렸다. 자신이 죽고 나면 문어무덤에 있는 두 사람은 영원히 세상 밖으로 나오지 못한다. 꽃섬도 살릴 수 없다. 그 생각 때문에 잠도 못 들고 온몸이 마비돼갔다.

해심은 덕자에게 시집을 사다 달라 했지만 어느 시집에서도 만선의 시는 찾을 수 없었다. 그러다 덕자가 산책 중 발이 삐어 병원에 가던 날, 선착장에 놀러왔던 만선의 먼 친척으로부터 그가 용인의 요양원에 있다는 얘기를 들었다. 해심은 꽃섬이 만선을 데려오라고 그 소식을 귀띔해준 거라 생각했다.

지난날 꽃섬 속에 세워두었던 젊은 만선은 가짜였다. 만선도 해심만큼이나 늙었고, 기억은 데구리배가 쓸고 나간 바다처럼 텅 비어 있었다. 그 빈 바다에 작은 물고기부터 하나하나 채워 넣었다. 병어와 갈치, 갑오징어와 서대를 헤엄치게 하는 건 어렵지 않았다.

하지만 그 가운데 꽃섬을 놓는 건 힘들었다. 만선은 꽃섬을 지워버렸고, 해심도 알아보지 못했다. 자신에게 입은 상처 때문에 기억을 거부하는 거라고 생각했다. 그래서 용서받기 위해 그의 치매와 싸웠다.

종이배를 만들어 만선의 바다에 띄우고 꽃섬으로 갔다. 아무것도 없던 바다가 조금씩 되살아나는 것이 느껴졌다. 꽃섬에 가던 기억은 아주 사라진 게 아니라 깊은 뻘 속에 처박혀 있었던 것이다. 그 속에 묻혀버린 기억을 끄집어내기 위해 종이배에 불을 붙였다.

종이배를 바라보는 만선의 눈에서 큰 동정호가 불탔던 사건, 그때의 아픔이 번쩍했다. 해심은 만선을 보며 눈빛으로 배에 불을 지른 사람이 나라고 말했다. 만선이 이미 알고 있었다는 사실을 해심도 그의 눈빛으로 알았다. 하지만 아직 만선이 모르는 게 하나 더 있었다. 그걸 알려주기 위해서는 그를 문어무덤으로 데려가야만 했다.

해심은 만선을 데리고 욕조로 들어가 처음 만났던 순간을 재연했다. 쪽배를 뒤집어 만선을 물속에 빠뜨리고, 바다 밑 무덤으로 가 두 마리의 문어처럼 사랑을 나누었다. 문어무덤 속에서 만선이 '그 여자, 내 무덤'이란 시를 읽어주었다.

해심이 욕조 안에 띄운 종이배를 뒤집고, 만선의 머리를 물속으로 처박았다. 그리고 자신도 물을 뒤집어쓴 채 만선의 손을 잡고 헤엄쳤다. 두 사람은 그렇게 문어무덤으로 들어가 입술에 입을 맞췄다.

그러자 문어귀신 대신 사람이 나타나 비명을 질렀다. 해심의 몸에서 떼어내려고, 만선을 물 밖으로 데려가려고 때렸다. 그들은 만선이 해심의 몸에 붙어 있는 게 아니라, 해심이 만선의 몸에 달라붙어 놔주지 않는다는 사실을 몰랐다. 그래도 만선만은 알고 있었다. 두 사람이 지금 있는 곳이 문어무덤이라는 걸.

해심은 그곳에 꼭 가달라고 만선에게 부탁했다. 만선은 아무도 듣지 못하는 해심의 말을 알아듣고 작게 고개를 끄덕였다.

작가의 말

남해에서는 사람이 아니라 바다가 주인공이다. 다른 곳에도 바다가 있지만 이곳 바다는 그들보다 더 화려하다. 아침이면 황금빛 태양 왕관을 머리에 두르고, 낮이면 은빛 가루를 온몸에 뿌려댄다. 진주알 같은 작은 섬들을 줄줄이 늘어놓고, 어부들이 사이사이 꽂은 알록달록한 깃발들을 춤추게 한다. 사람들은 눈을 뜨자마자, 바다의 기색부터 살핀다. 바다에 길들여진 입맛으로 바다가 내준 것들을 먹으며 살아가기 때문이다.

여름이면 바다의 위세는 더 등등해진다. 오랜 세월 야생에서 노숙한 짐승 냄새를 풍기며 사람이 사는 마을까지 스며든다. 백중사리 때맞춰 태풍을 불러들이고, 사람 하나씩을 삼켜버리기도 한다.

지난여름, 큰바람이 지나가고 죽은 사람 하나가 떠밀려왔다. 놀란 사람은 나처럼 도시에서 내려온 지 얼마 안 된 외지인들 뿐이었다. 하지만 바다와 함께 살아온 사람들에게는 너무도 익숙한 일. 생명을 품고 있는 줄만 알았던 바다는, 동시에 죽음도 품고 있었다.

바다가 얼굴색을 바꾸고, 구름과 안개 베일을 두르면 그 누구의 접근도 허락하지 않는 바다만의 시간이 시작된다. 그사이 무슨 일이 벌어지는지 사람은 알 수 없다. 그저 시간이 지나 바다가 밀어낸 죽음의 형상으로 그 모습을 짐작할 수 있을 뿐이다.

나는 그것으로 만족할 수 없어 겁 없이 바다로 들어갔다. 매일같이 찾아와 졸라대는 맹랑한 인간이 귀찮았는지, 바다는 품고 있던 이야기 한 자락을 내게 보여주었다.

바다에 아랫배를 찰싹 붙이고 살아가는 물새와 어부들. 난파선에 숨겨져 있던 보물처럼 반짝이며 올라오는 은빛 물고기들. 바람을 타고 육지에서 실려 오는 무화과 향기……

그 속에 '해심'과 '만선', '덕자'가 있었다. 나는 바다와 함께 숨죽여 출렁거리며 그들이 태어나기 전부터 늙어 죽을 때까지 지켜보았다. 해심이 만선의 손을 처음 잡고 꽃섬으로 헤엄칠 때, 내 가슴에 파동이 일었다. 많은 시간이 지나 해심이 만선의 손을 다시 잡았을 때, 나도 그들처럼 나이를 잊어버렸다.

남해에서 잉태된 그들의 사랑과 역사는 바다를 닮아 깊고, 잔혹하고, 아름다웠다. 이 소설은 그 풍경을 글로 옮긴 것이다. 남해 바다를 닮은 이곳 사람들에게, 초보 어부를 품어준 앵강만에게, 감사의 마음을 전한다.

류
현
재

소설가. 1973년 2월생. 물의 자리에서 태어났다. 약속된 나이에 펜을 잡기 시작해 2003년 'MBC 베스트극장' 〈아빠 로미오 엄마 줄리엣〉으로 데뷔했다. 그 후 방송작가로 왕성히 활동하며 〈난 니가 부러워〉〈우리가 쏜 화살은 어디로 갔을까?〉를 연달아 선보이고, 《야미》《남편은 요세미티에 있습니다》《아내를 위해서 월요일에 죽기로 했다》 등 몇 권의 책을 더 집필했다.

신작 《네 번째 여름》은 작가 특유의 선연한 문체가 살아 있는 미스터리물이다. 활자를 읽고 있음에도 순간의 상황이 눈앞에 펼쳐지는 강렬한 몰입감은 류현재만이 구현해낼 수 있는 필력의 극치라 할 수 있다. 한 편의 드라마를 연상시키는 이번 작품은 2020 대한민국 콘텐츠 대상에서 스토리 부문 수상의 영예를 안았다. 한 치의 오차도 허용치 않는 촘촘하고 치밀한 전개가 완벽한 스토리텔러의 조건으로 손색없다는 평이다.

지금은 귀어해 새벽을 일으키는 어부로 두 번째 삶을 써 내려가고 있다. 소설 속 배경이자 실제 터전인 남해가 더 특별할 수밖에 없는 이유. 살아 있으나 죽지 않고 죽어 있으나 살지 않는 그곳, 가늠조차 힘든 심연의 바다는 그녀에게야말로 풀리지 않는 미스터리다.

네 번째 여름

2021년 5월 10일 초판 1쇄 | 2021년 7월 12일 3쇄 발행

지은이 류현재
펴낸이 정법안   **경영고문** 박시형

책임편집 윤정원   **디자인** 박선향
마케팅 이주형, 양근모, 권금숙, 양봉호, 임지윤, 유미정
디지털콘텐츠 김명래   **경영지원** 김현우, 문경국
해외기획 우정민, 배혜림
펴낸곳 마음서재   **출판신고** 2006년 9월 25일 제406-2006-000210호
주소 서울시 마포구 월드컵북로 396 누리꿈스퀘어 비즈니스타워 18층
전화 02-6712-9800   **팩스** 02-6712-9810   **이메일** info@smpk.kr

ⓒ 류현재(저작권자와 맺은 특약에 따라 검인을 생략합니다)
ISBN 979-11-6534-346-0 (03810)

쌤앤파커스(Sam&Parkers)는 독자 여러분의 책에 관한 아이디어와 원고 투고를 설레는 마음으로 기다리고 있습니다.
책으로 엮기를 원하는 아이디어가 있으신 분은 이메일 book@smpk.kr로 간단한 개요와 취지, 연락처 등을 보내주세요.
머뭇거리지 말고 문을 두드리세요. 길이 열립니다.